U0066206

棄婦超搶手 1

灩灩清泉 著

風文創 1169

風文創 1169

目錄

序文

灩灩清泉

非常開心，我創作的網路小說又一次以出版實體書的方式與臺灣讀者見面。感謝讀者朋友的厚愛，感謝狗屋出版社編輯的肯定。

我一直不太喜歡寫重生文，覺得重生文裡的女主都是「蠢」死的，因為有太多不甘，重生後逆天改命。

寫網路小說這麼多年，這是我第一次寫重生文。

真正開始寫了，才知道重生女主有多麼讓人心疼。她們不是「蠢」，而是「純」，因為單純、不諳世事，把所有事物想得太美好，特別是對待愛情，愛得盲目和執著。

這何嘗不是我們絕大多數人年少時的心態？

她們的單純是相同的，卻有著各自不同的經歷和命運。

本書的女主江意惜，是個可憐又可悲的女孩。父母早逝、長輩不慈，又愛上了不該高攀的孟三公子。而孟三公子的母親孟大夫人還有著不可告人的過往和目的，江意惜的結局可想而知。

孟大夫人設計江意惜跟患有眼疾的大伯子孟辭墨幽會，還被人看到，孟辭墨主動承擔了所有過錯，江意惜則被趕去庵堂。

之後江意惜機緣巧合地學會了治眼疾，在她準備給孟辭墨治病的時候，卻得知孟辭墨殺死繼母孟大夫人後自殺了。

江意惜悲傷過度，也死了。

不甘的她重生了，治好了孟辭墨的眼睛，懲治了害她的惡人，也收穫了美好的愛情。

由於這個故事稍顯沈重，我加了兩個輕鬆又搞笑的元素——一個是穿越女，前世當吃播的李珍寶；一個是愛哭、愛美又腹黑的光貓。

若是我的老讀者，一定對光貓有印象。不錯，就是《旺夫續弦妻》裡的太極。我太喜歡這隻貓了，所以又讓牠再次「下凡」，成了本書裡的花花。擔任搞笑和顏值重責的同時，也助女主一臂之力。

書裡的每一個女主和男主都是作者的孩子，傾注了作者最深的愛。而本書裡的江意惜和孟辭墨，是我所有書裡最心疼的女主和男主。

本書延續了我的一貫風格，輕鬆、溫馨、甜蜜，也少不了人生的無奈和悲情。

再次感謝編輯和讀者，有了你們的支持和鼓勵，我的寫作之路才能一直走下去。

第一章

江意惜已經重生三天了，從建榮二十二年回到建榮十六年。

十五歲，正是如花一般的年紀。

三天前，在宜昌大長公主府的桃花宴上，江意惜被人突如其來一撞，腳下一滑，眼看著要倒向湖裡時，她情急之下拉住了站在旁邊的孟家三公子孟辭羽，兩人一起落水。

再次醒來的她，已是歷盡滄桑的江意惜。她似乎是作了一個很長很長的夢，夢中她好不容易嫁入孟家高門，卻受丈夫和婆家人苛待揉搓，又被設計與大伯子通姦，最後死在庵堂。

仔細回想夢中發生的一切，實在太過真實，她肯定那不是夢，而是自己重生了。

雖然重生在落水後，但好在還沒有跟孟三公子訂親，一切都還來得及。

她知道，現在上京城的街頭巷尾都在傳說武襄伯府的江二姑娘心眼壞，硬生生賴上成國公的嫡次子，那個有潘安之貌、子建之才，讓幾乎所有小娘子都為之傾心的孟辭羽。

許多人都在惋惜，若江二姑娘真的嫁給孟三公子，三公子那可是鮮花插在牛糞上了。甚至還有閒聊之輩在打賭，賭江二姑娘能否嫁給孟三公子？

江太夫人、武襄伯江霄及江大夫人周氏都恨不得把江意惜給掐死。

武襄伯府已經敗落，頂級豪門的賞花宴根本不會邀請他們。由於江霄夫婦的嫡次女、江府三姑娘江意言已經十四歲，為了給她謀個好親事，所以江大夫人幾個月前就開始謀劃，關係託關係，還送了重禮，終於託到宜昌大長公主小叔子家的兒媳婦鄭夫人跟前，這才弄到一張帖子。

江家共有五位姑娘，大姑娘江意慧年初剛剛出嫁，剩下的四位姑娘在十二歲至十五歲間，都到了說親的年齡，因此老太太讓江大夫人把幾位姑娘都帶去赴宴。

沒想到，江意惜竟搞出那麼大的事！

事情已經發生，若江意惜真能嫁進成國公府，那就壞事變好事，與成國公府當親家；可若成國公府不搭理他們，由著那些傳言撲天蓋地，那江家姑娘的名聲就毀了，不僅江意惜再找不到好人家，其他幾個江家姑娘也別想找到好人家。

對於成國公府或許能夠同意這樁親事，江家還是存了一點僥倖的，因為在晉和朝同西涼國的大戰中，江意惜的父親江辰為了救老成國公的長孫孟辭墨而死了。

老成國公孟令是那次大戰中晉和朝的兵馬大元帥，以五十五歲高齡掛帥出征，四年就擊敗敵國，得皇上看重和百姓愛戴。

孟令上年回朝後交出兵符，並把爵位傳給長子孟道明。雖然還掛著太師的銜，卻遠離朝事，幾乎一半的時間都陪著長孫在莊子養病。

孟辭墨在班師回朝的路上，翻越一座山時驚馬落下懸崖，雖然撿回了性命，左眼卻瞎了，如今右眼也視線模糊。

老成國公記著江辰的情，還沒回京前就寫信給長子，送了江老夫人五千兩文銀，並承諾等江辰的閨女江意惜過了孝期會幫她找一門好親事，還會出一筆嫁妝；等江辰的兒子江洵長大後，也會負責他的前程。另外還給平庸且有些微跛的武襄伯江霄在中軍都督府尋了一個文職，也給江三老爺江波升到從四品的副參領。

如此一來，除了江意惜姊弟成了孤兒，江家的其他人都因江辰的死得了大利。

今年正好過了三年的守孝期，若老成國公依然記著那個情，還是有定下親事的可能。因為抱著這個渺茫的希望，江老太太和江大夫人忍得肝痛，也忍住沒有馬上處罰江意惜。

江老太太一直在家裡等成國公府的人來家裡商議善後事宜，等到今天上午也沒等來孟家人，於是一吃完晌飯，老太太就帶著江大夫人和江三夫人去了成國公府。

江意惜知道，成國公府連門都沒讓她們進。她還知道，明天下晌成國公和孟大夫人會親自來武襄伯府，定下孟辭羽和江意惜的親事，還會定在明年正月成親。

成國公夫婦恨死了算計兒子的江意惜，當然不可能同意這樁婚事，還瞞著待在京郊莊子裡的老成國公，可老成國公卻突然回府，得知那件事後，逼著兒子跟媳婦來武襄伯府把親事定下。

不能繼續在床上躺著了，等老太太回來要跟她攤牌。

乳娘吳嬤嬤和丫頭水香服侍江意惜起床。

前世，出了通姦那件事後，吳嬤嬤和水香都被打死了，如今看到她們，江意惜心中充滿了愧疚。

吳嬤嬤一臉愁苦，悄聲囑咐道：「姑娘，老奴覺得，即使孟家想娶您，您也不要嫁進去。他們不會真心待您，您會受苦的。」

江意惜道：「嬤嬤放心，我不會有那個妄想。」

連吳嬤嬤都能看透的事，前世的她和江家的許多人卻看不透。或許該說，他們想得太美好了，被浮華蒙蔽了心智。

躺了三天三夜，渾身骨頭都是痠的。

江意惜來到院子裡，小院不大，只有三間主屋、兩間偏房。右牆邊長著一棵女貞樹，樹冠遮了這邊半個院子以及牆的另一邊四姑娘江意柔的院子。

窗前有一棵貼梗海棠，當紅色花朵綻滿枝頭，如雲蒸霞蔚。地上還擺了幾盆月季，朵大豔麗。江意惜給這個院子起了「灼園」的名兒。

她從六年後的青石庵回到了這裡，此時春光正濃，韶華正好……

江意惜眼裡湧上淚光，嘴卻笑起來，抬腳向院門外走去。

水香上前跟著。

江意惜搖頭。「我自己走走。」

隔了六年，又隔了一世，這個家江意惜已經非常陌生了。

走過幾個月亮門，穿過幾條遊廊和碧池旁的甬道，來到花園。園子裡的各色花兒肆意開放，姹紫嫣紅，風中瀰漫著濃濃花香。

她走到桃花樹下，頭頂是一片粉紅，兩樹之間吊著一架秋千。風一過，秋千盪得高了一些，片片花瓣隨風飄落。花瓣滑過她的臉頰，柔柔的、潤潤的。

她坐去秋千上。秋千是一把刷了漆的白色長條椅，輕輕盪著，舒服極了。這種閒適的心境，只有嫁去孟家之前才有。

秋千一盪一盪，她犯起睏來，迷迷糊糊睡著了，前世那個夢如影隨形……

那六年，江意惜幾乎每天都會作同一個夢，夢到同一張臉。如墨的眸子空洞無神，嘴唇淡粉潤澤，像上了釉的瓷片，對她說著「活下去」。

那個「捉姦」的場面讓她羞愧窒息，而那雙眸子則讓她心疼不已……

不知過了多久，遠處傳來幾道清脆的笑聲，江意惜才清醒過來。

她起先還有些懵，自己怎麼沒睡在庵堂的土炕上？眨眨眼睛才想起來，自己重生了，又回到十五歲這年。

夢中人是孟辭墨，她父親用命救下的人，她那一世的大伯子。明日若任由親事定下，也會是她這一世的大伯子。

在他與自己被「捉姦」時，孟辭墨替她開脫了所有罪名，說：「三弟妹被下了蒙汗藥，她什麼都不知道。」還對她說：「對不起，妳是受我所累。無論前路多艱難，活下去，我會證明我們的清白。」
江意惜知道，若孟辭墨不當眾把責任都攬過去，她當天就會被處死。當然，若他的眼睛沒有瞎，也不會被人設計。
在庵堂時，江意惜幾乎是靠著那三個字撐下去的。她覺得，若她死了，孟辭墨和她的黑鍋就白揹了。她也在等，等孟辭墨證明他們之間的清白。
幾年後，她無意中救了採藥摔下山的沈老神醫，老神醫問她有什麼要求，江意惜提出請他為孟辭墨治眼睛。老神醫說，自己的父母、親人都被晉和朝的「反賊」殺了，他不會為晉和朝的官員及家眷治病，但可以教江意惜。還提醒她，不要說她是老神醫的徒弟，否則後患無窮。
江意惜用一年的時間學會了治病，包括治眼疾。然而，當她請人去接孟辭墨的時候，卻得知他那樣決絕地死了……
「二姑娘，您在這裡呀，讓奴婢好找！」一個穿淡青色比甲的丫頭跑來。
她是江意惜的另一個丫頭，名叫水露。前世江意惜的幾件倒楣事都有她在場，在通姦被捉後，乳娘吳嬤嬤和丫頭水香被打死，水露卻什麼事都沒有。江意惜被休後，她還留在了成國公府。
江意惜冷冷地看了她一眼。「慌慌張張，何事？」
那道冷光如晴空中突降的冰雹，砸得水露一個哆嗦，趕緊答道：「瓔珞姊姊來請二姑娘，說老太太有事。」

老太太回來了？江意惜也想見老太太，便抬腳向花園外走去。水露來扶她的胳膊，她把胳膊抽了回來。

穿過花園，站在碧池前，水面泛著層層漣漪，在陽光的照耀下，如灑了無數顆碎金。水邊浮出十幾片小荷葉，在風中搖曳著。

江意惜深吸幾口氣。往事如煙，今生還長。這一輩子，她要想辦法避開那樁親事，好好活下去……活下去！

一陣說笑聲掠過水面傳進江意惜的耳裡，把她拉回現實。

水中有一座八角亭，彎曲的小橋從亭子兩邊連接兩岸。亭子裡有幾位花枝招展的姑娘，是江三姑娘江意言、江四姑娘江意柔及江五姑娘江意珊。

江意柔喊了一聲「二姊」。她是江三老爺的嫡女，十三歲，性格活潑，愛說愛笑。

江意言則狠狠瞪了江意惜一眼。她是江伯爺的嫡次女，平日嬌寵好強。因為江意惜做了那件丟臉事，讓她恨得牙癢癢的。

五姑娘江意珊是江伯爺的庶女，十二歲，不愛說話。

江伯爺還有個嫡長女江意慧，十七歲，今年年初剛剛出嫁。

江意惜有一個胞弟江洵，十三歲。因為母親生江洵時難產而死，江洵又淘氣頑劣，家裡人都不喜歡他。前世的江意惜也覺得是這個弟弟害死了母親，跟他很生分。

後來在江意惜落難時，江洵多次蹺課出府去庵堂看她，天不怕、地不怕的少年哭得極為傷心，覺得是自己沒本事，沒照顧好姊姊。

可惜的是，江洵在她死的前一年也病死了。

那一世，二房的人都死絕了。

想著往事，江意惜百感交集，眼眶紅起來。

她衝江意柔笑笑，向江老太太住的如意堂走去。

江意言翻了一個白眼，扯著帕子罵道：「做了那種不要臉的事，還好意思笑！癩蝦蟆想吃天鵝肉，孟三公子也是她能肖想的？」在她心裡，自己比江意惜強多了；出身好、長得好、名聲好，又有才氣，簡直樣樣好。江意惜除了皮膚白些，什麼都不及自己！特別是從小失母，這可是大戶人家找媳婦最忌諱的。就這樣的人，還敢肖想高高在上、連自己都覺得遙不可及的孟三公子？

江意柔嘟囔了一句。「二姊不是說了嗎，她不是有意拉孟三公子——」

江意言搶白道：「這鬼話妳也信！」

如意堂裡，江老太太和江大夫人周氏、江三夫人趙氏、江大奶奶閔氏坐著閒話，閒話的主題就是戳江意惜的脊梁骨。

成國公府的閉門羹打了老太太的老臉，她恨不得立刻把江意惜那個死丫頭掐死！

江意惜走進屋裡，哪怕沒抬頭看她們，也感覺得到幾把無形的眼刀子「嗖嗖嗖」地往她身上甩來。

江老太太五十幾歲，因為氣憤，讓白胖的老臉多了幾分淩厲。

江意惜剛屈膝見了禮，老太太就把一盅茶水潑在她身上。

老太太咬牙罵道：「死丫頭，自己幾斤幾兩掂不清楚嗎？還敢去打孟三公子的主意！如今偷雞不成蝕把米，不僅把妳和伯府的名聲搭了進去，還招了大長公主和孟家的恨！」

江意惜垂目斂去眼裡的鋒芒。這個老太太偏心涼薄，之前最忽略二房，因為不喜二兒子，也自是沒憐惜過從小失去母親的江意惜姊弟。

其實，江家三兄弟中，老二江辰長得最好，也最有能力，不到三十就當上四品遊擊將軍。五年前開赴戰場後，立功無數。若能活著回來，肯定是最有出息的一個。

但老太太重視身為伯爺的大兒子，心疼會來事的小兒子，從來沒把二兒子放進眼裡。還是在江辰捨命救了孟辭墨，讓武襄伯府得了諸多好處後，老太太對他們姊弟的態度才有所轉變。這次江意惜意外闖了大禍，老太太又恨上了。

不過，現在還不能得罪老太太。

江意惜委屈道：「我不是有意拉孟三公子，是有人撞我，我才下意識拉了他一把。誰知孟三公子出身將門卻那麼嬌弱，不僅沒助我站穩，還被我帶進了湖裡。」

一旁的江大夫人諷道：「妳這丫頭在胡說什麼？把人家害了，還埋怨人家的不是？旁邊那麼多人，妳獨獨拉了孟三公子，誰信妳不是故意的？也不看看自己的出身，如何高攀得上孟三公子？這下可好，高枝兒沒攀上，還害我們都跟著丟臉！」她好不容易弄到帖子，把閨女打扮得花枝招展，本想給那些貴婦留下好印象，卻被這個小浪蹄子弄砸了！如今武襄伯府成了笑話，閨女的親事也艱難了。想到這些，她恨不得把這死丫頭的臉撓花！

江意惜瞥了一眼江大夫人，垂目沒搭理她。

江霄夫婦跟老太太一樣涼薄自私。江辰的死給江家帶來諸多好處，他們享受得心安理得，可江意惜一闖了禍就翻臉，覺得是江意惜影響了他們的好前程。

前世江意惜被休後，江家只接納了她的嫁妝，直接把人送去庵堂。

大房的幾個人，只有嫁出去的江意慧去看過她一次，對江洵也不好。

三房比老太太和大房有人情味多了。三老爺夫婦去庵裡看過江意惜兩次，讓下人送過數次錢物，江洵死前還為他張羅著娶媳婦。哪怕他們的行為沒幫到江意惜大忙，江意惜也記著這個情。

江老太太鄙夷地看了江意惜一眼，想著接下來的話，忍住罵人的衝動，淡然道：「該想的法子我們都想了，老臉我也豁出去了，奈何成國公府不要妳。妳德行有虧，成了笑柄，也讓我們武襄伯府蒙羞，我不能讓妳繼續住在府裡阻礙兄弟及妹妹們的前程和親事。妳去祠堂外跪兩個時辰，然後收拾收拾，去莊子避幾年吧。」

江意惜今年十五歲，去莊子裡待幾年就成老姑娘了，之後即使要嫁，也只能給老鰥夫當繼室。把已經長大成人，且長相妍麗、正好能聯姻給家族帶來好處的江意惜罰去莊子，老太太也肝痛。但她必須這麼做，既是為了避風頭，也是為了平息成國公夫婦的怒火。

江意惜也想去莊子，不是為了避風頭，而是另有圖謀。但她怕明天老太太把她同孟辭羽的親事定下，那就糟糕了。她不願意走老路，不會再嫁進孟家。

那一世，孟辭羽跟她連一夜夫妻之實都沒有，哪怕老成國公拎著鞭子抽，也沒能把他抽進她的院子。

想到孟大夫人冰冷的眼神和孟辭羽嫌棄的表情，以及除了老國公和孟辭墨之外所有人的鄙夷，哪怕隔了兩世，都讓江意惜寒徹入骨、脊背發涼。

江意惜用帕子擦擦身上的茶葉和茶水，忽略掉老太太眼裡的憤怒，雲淡風輕地說：「我爹因救孟世子而死，老國公記情，說不定會讓成國公和孟大夫人來家裡提親。」

她的話音一落，屋裡立即響起幾聲嗤笑。

下人低頭憋笑憋得內傷，老太太等幾個主子則是像看傻子一樣地看著江意惜。

江老太太的臉陰沈得更厲害了。

江大夫人扯著嘴角譏笑道：「惜丫頭，妳的夢還沒醒吧？都這樣了，還惦記著孟三公子？好歹也是伯府出身的姑娘，不奢求妳有多矜持，但也不能這樣……真是魔障了。這話若是傳出去，人家不得笑死？」當著老太太的面，她不敢直接把「想男人想得魔障」的話說出來。

江三夫人趙氏也覺得江意惜是不是想孟三公子想糊塗了，產生了幻覺？於是皺眉勸說道：「惜丫頭，該醒醒了，孟三公子是天仙般的人兒，不是妳能肖想的，成國公府不是咱們這樣的人家能攀上的。妳暫時出去避避，等到風頭過了，老太太心疼孫女，自會接妳回來的。」她也氣江意惜闖了大禍會影響子女，但想到江意惜這輩子完了，終究不願把話說得太難聽。

看到這個蠢丫頭仍然執迷不悟，老太太連說話的慾望都沒有了，剛要讓她趕緊去跪祠堂，江意惜卻又說了一句更加石破天驚的話——

「我昨夜裡作了個夢，夢到今兒傍晚會下大雨，大伯下馬車的時候，車滑摔了一跤。」

老太太幾人都下意識地瞥了窗戶一眼——小窗半開，燦爛的斜陽射進屋裡，形成一圈光暈，也把春天的溫暖氣息帶進來。

這麼好的豔陽天會下雨？還說伯爺要摔跤？真是魔障了！

江大奶奶滿臉擔憂地說：「二姑，需要請大夫來幫妳看看嗎？」她上年剛嫁進來，如今懷孕四個月。

這位大嫂跟她的夫君江晉一樣，都是自掃門前雪的那種人。

江意惜沒搭理她，繼續說道：「祖母、大伯娘、三嬸，反正只有一個時辰的時間，不妨耐心等一等，看我那個夢到底準不準？我也好奇著呢！」

老太太制止還要說話的江大夫人，指指一旁的椅子說：「惜丫頭坐吧。若信口開河，罪加一等。」就等等吧，讓這丫頭心服口服，之後去莊子的時候能少鬧騰。

江意惜乖巧地坐下，低頭垂目不言語，聽著幾個長輩閒話。

江大夫人不時把話題引到「府裡的姑娘大了，以後怎麼找婆家」之類的話，江大奶奶則附和著。她們越說越氣，看江意惜的眼神越加不善。

江意惜面無表情，當她們說的是鳥語。且先得意吧，等把那件事解決了，鳥語和鳥氣她都不會再受。前世活得小心翼翼，最後還不是死得那樣淒慘？既然老天眷顧，給了一次重生的機會，她就要活得暢快些。

不多會兒的功夫，江意言、江意柔、江意珊也來了如意堂。她們知道老太太心情不佳，不敢多言，見完禮後就靜靜坐去自己的位子扭帕子。

不多時，江大爺江晉也領著放學的江洵、江文、江斐過來，這是江家第三代的四個男子。

江伯爺有兩個嫡子，長子江晉十九歲，文不成、武不就，捐了一個六品官，在家管庶務；次子江文十二歲。江三老爺有一子江斐，十一歲。再加上已故二老爺江辰的獨子，十三歲的江洵。三個年紀較小的男孩，如今都跟著先生在前院學習。

江晉、江文、江斐是走進來的，而江洵則是跳進來的。

江洵先看了江意惜一眼，正好對上江意惜看他的目光，那雙眼中含著笑意，溫柔得像窗外的春陽。

江洵知道自己討家裡所有人的嫌，也包括胞姊，因此看到江意惜如此表情，感到既意外又激動，有種想哭的衝動，結果沒注意腳下，一個趔趄摔了個狗啃屎。左腳鞋子摔掉了，露出襪子，白襪子已經泛黃，還破了一個洞。他趕緊爬起來穿上鞋子，不好意思地衝江意惜笑笑。

那隻襪子讓江意惜心疼，這就是沒爹沒娘沒人疼的孩子，哪怕奴僕成群，依然過得不好。前世自己糊塗，這一世一定要好好守護他。

江意惜問：「摔疼了嗎？」

江洵滿不在乎地說：「不疼，這算什麼？」又誇張地彎腰看了一眼地下，自嘲道：「陰天摔跟頭——沒影兒！嘿嘿！」

幾聲輕笑響起。

老太太皺眉道：「都十三歲了，還毛毛躁躁的！」心裡暗道，這就是沒娘教的孩子，站沒站相、坐沒坐相，走個路都會摔跟頭，不會有出息！若惜丫頭沒得罪成國公府，他們看在老二的情分上還能幫江洵一把，如今……唉，不巴望他有出息，只要不闖禍就好。

江洵沒敢再嬉皮笑臉，跟著幾個兄弟給長輩們行了禮，坐去自己的位子。

幾人剛坐下，就聽到外面響起一記炸雷聲，接著瓢潑大雨傾盆而下！

江老太太、江大夫人、江三夫人及江大奶奶都齊齊看向江意惜，一臉的錯愕。

江意惜非常平靜，垂目看著放在膝蓋上的青蔥玉指，白皙細嫩，十點蔻丹鮮豔奪目。

除了雨聲和喝水觸碰茶碗的聲音，屋內沒有一點其他的聲響。

老太太臉色嚴肅，神情莫名，時不時地看一眼江意惜。

別說其他人了，連最愛鬧騰的江洵都不敢出聲。

雨一直下著，當天色完全暗下來的時候，下人匆匆來報，說伯爺下馬車時摔跤崴了腳，被人直接揹回了正院！

江大夫人一聽，驚恐地看了一眼江意惜，而後跟老太太說道：「婆婆，我回去瞧瞧伯爺。」

老太太怔怔地看著江意惜，看都沒看江大夫人，只揮手讓她去。

江大夫人向外面走去，江晉等幾個大房的人也都起身匆匆跟出去。

片刻後，老太太的眼珠才轉動起來，眼裡溢滿笑意，說道：「惜丫頭留下，其他人都回去吃飯吧！」

平時，一家人的早飯、晌飯是各吃各的，晚飯則會一起吃。

眾人起身告退。

江洵走的時候，還擔憂地看著江意惜。二姊剛闖了禍，被祖母單獨留下準沒好事。

江意惜衝他笑著搖搖頭，意思是「我沒事」。

老太太從腕上把佛珠取下，遣退下人，偌大的屋裡只剩她和江意惜。

老太太心裡歡喜極了，偏還強壓著。若惜丫頭作的夢果真靈驗，明天成國公夫婦會主動來求親，自家就是成國公府的親家了，何愁兒孫的前程不好？

老太太做了一個深呼吸，才問道：「惜丫頭，妳還夢到了什麼？」

江意惜起身來到老太太的跟前，低聲說道：「其實，是我爹來給我託的夢。」

老太太的瞳孔一縮。

江意惜又說：「我爹穿著戰袍，身上還有血，眼裡似有淚光。他說，我們江家到了生死存亡之際，他不得不來託夢，希望江家能躲過劫難。」

老太太不待見江辰，江意惜其實更想說是死了的老伯爺來託夢，可老伯爺是個天生的敗家子，活著時只知鬥雞、遛鳥、捧戲子，若說他因為某某紅牌來託夢，老太太還會相信，說他因為家族存亡而來託夢，老太太十有八九不會信的。

老太太雙目圓睜，不可思議道：「生死存亡？劫難？跟成國公府結親明明是好事啊！妳爹是如何說的？說清楚，不要有遺漏。」老太太捏佛珠的手顫抖著，手背上的青筋異常明顯。託夢的說辭匪夷所思，但前兩個說法都應驗了，老太太不敢不信。

江意惜深吸一口氣，緩緩說道：「我爹是這樣說的——三月二十六傍晚會天降大雨，大哥會在門前提前給列祖列宗謝罪。惜惜落水、大哥謝罪，預示已到了江家生死存亡之際。三月二十七成國公會來家為孟三公子求娶惜惜，這樁親事萬萬不可答應，否則惜惜會淹死，伯府也會被人陷害而抄家滅門！祖母，今天就是三月二十六。」江意惜必須要把後果說嚴重點，老太太和江伯爺才會重視起來，也好讓他們知道，只有當家人決策不對才是敗家的根本。並把她先前意外落水說成「預示」，讓老太太和大房日後少拿那件事來噁心她。

她的聲音越來越弱，說到「惜惜」時，眼圈泛紅。所有親人中，只有爹爹和母親叫她「惜惜」。母親叫她「惜惜」自己已經不記得了，是父親跟她說的。即使隔了兩世，想到江辰對自己的疼愛，年紀輕輕就死在戰場上，江意惜還是難過得想哭。

江老太太又驚又怕，手一使力，佛珠的繩子斷了，一顆顆珠子落下地，蹦跳著四處滾去。她厲聲喝道：「胡說！我大兒只不過摔了一跤，怎麼會是『提前謝罪』？我大兒、三兒官職不高，不可能犯抄家滅門的大罪！」抄家滅門的罪大多是謀逆或忤上，就老大和老三現在當的官，連犯這個罪的機會都沒有。

江意惜一臉茫然。「我也不知道，我爹就是這麼說的。」

老太太提高聲音喊道：「來人！」

守在門外廊下的丫頭寶簪快步走進來。「奴婢在，老夫人有何吩咐？」

「去，問問伯爺是如何摔跤的？」

寶簪領命出去。

老太太的手抖得厲害。她忽略掉江意惜有可能淹死的話，只怕伯府真的會斷送在大兒子手中。

一刻多鐘後，寶簪回來了。

「稟老夫人，聽門房華老伯說，伯爺下車時滑落車下，雙膝雙手著地。」

雙膝雙手著地，那不就是磕頭嘛！真的是在提前謝罪？老太太看向江意惜，眼裡有了鄭重，揮手遣下寶簪。「惜丫頭，妳爹還說了什麼？」口氣軟和多了。

江意惜道：「只說了那麼多。我一害怕就醒了，再睡下也沒再夢到我爹。」

老太太沈思著，老臉皺得像白胖胖的包子，喃喃道：「跟孟家結親明明是好事，有了那麼強大的倚仗，伯府怎麼會被人陷害？所謂一榮俱榮、一損俱損，成國公府不應該會坐視親家倒楣而不伸把手啊……」

江意惜心裡冷哼，再聰明會算計，若被富貴迷了眼，也就變蠢了。那個大利也不看自家受不受得住、人家是否真心願意給？要了不該要的，是會倒大楣的。

前世就是如此。她死了，死的半年前聽說江伯爺因犯錯被削爵罷官，江三老爺也受累降職。

江意惜提醒道：「祖母，結親是結好，若結了怨，會適得其反。孟三公子是孟大夫人的獨子，又是勛貴子弟中的佼佼者，小小年紀就中了秀才，只等明年中舉人，是成國公府用來聯姻高門的，若捏著鼻子娶我這個門第不高的孤女，會甘心嗎？這不是他們的本意，應該是老公爺記著我爹的情，逼迫他們答應的。若咱們應下這樁親事，就招了成國公和孟大夫人的恨了，他們不僅不會幫咱們家，還會往死裡整。而且，若我們推了婚事，江家姑娘賴上孟三公子的謠言就會不攻自破，對咱們家的不好影響也會降至最小。」

前世，孟三公子被硬逼著娶了江意惜，心裡不痛快，也不好好用功了。在次年秋闈時未能中舉，於是孟大夫人等人又把這筆帳算在了江意惜身上。

江老太太一聽，的確是這麼個道理啊。老成國公歲數大了，又不管事，也不知還能活多久，而孟老太太是個老好人，鮮少管家事。成國公府的實際掌權者是成國公夫婦，若不顧及他們的想法，強把惜丫頭嫁進去，別說他們不會給自家好處，到時怎麼整兩個兒子都不知道。

想到二兒子，江老太太的眼圈有些泛紅。她知道，三個兒子中老二最有出息，可惜了，英年早逝。其實，二兒小時候她還是喜歡的，可長大後卻一定要娶那個女人，哪怕那個女人死了也不願意再娶，連妾都不要……

老太太強壓下心事，目光滑向江意惜，眼珠轉動著，從頭頂看到裙下，再把目光移到她的臉上。

五官妍麗，肌膚賽雪，眸子明亮，氣質如蘭。哪怕只安安靜靜站在那裡，也看得出別有一番氣韻，如畫中走出來一般。這樣的人才，就是丟進京城貴女堆裡，也排得到前面。

老太太一直知道江意惜是幾個孫女中長相最好的一個，但今天才發現，她竟出落得如此明豔照人，還如此有遠見。小妮子長大了，遠遠超出她的預期。

這麼一顆好棋子，廢了真是可惜。

老太太臉上有了笑意，招手道：「好孩子，過來坐在祖母身邊。」

江意惜走過去坐在老太太身邊，老太太拉著她的手放在自己的膝蓋上。

老太太向來嚴肅，這種親熱的舉動只在長孫女江意慧和小孫子江斐身上有過。乾燥顫抖的手讓江意惜非常不適，她極力壓下把手抽出來的衝動。

老太太問道：「依惜丫頭之見，若成國公夫婦明天真的來求親，我們該如何拒絕？若他們沒來，我們又該如何應對？」

江意惜故作為難地抿了抿嘴，搖頭道：「孫女愚鈍，不知到底該如何處理。祖母見多識廣，大伯和三叔為官多年，肯定比孫女想的多。我只知道，我爹既然託了夢，寧可信其有，不可信其無。為了這個家，也為了我自己，我絕對不會嫁給孟三公子。」

只要明天成國公夫婦來提親，老太太肯定會更加相信江辰託夢的事，不敢答應親事。至於要如何推拒、如何消除成國公夫婦的怒氣，就是老太太和江伯爺的事了。

倘若成國公夫婦沒來提親也無妨，反正老太太不是已經決定把自己趕去莊子了嗎？

江意惜能夠預見的是，不管成國公夫婦來不來提親，只要江意惜嫁不進成國公府，老太太都會把她攆去莊子避風頭，只是待遇不同而已。另外還有一個好處——出了這件醜事，老太太不會忙著給她說親事了。

老太太看看江意惜，倒是個顧家的丫頭。她拍拍孫女的手說：「妳爹託夢這事誰都不許說。好了，妳回去吧。」

江意惜起身給老太太屈了屈膝，轉身走出房門。

老太太閉目思索許久，才睜開眼睛對綠綢說道：「去，讓人把伯爺揹來這裡，我有急事。」老三在京郊西大營任職，那裡離家有幾十里的路程，所以只在休沐時回家，若有急事，老太太只能同大兒子商量。

若真如惜丫頭所說，成國公夫婦明天會來提親，那自家絕對不能高攀。拒絕的同時，還要想法子減少成國公夫婦的震怒，最好再能要點利……

雨還在下，滴滴答答，倒是比剛才小多了。

水露撐著油紙傘，兩人沿著遊廊向灼園走去。府裡遊廊四處連接，只有一小段的路會淋雨。

廊下隔一段距離就有一個紅燈籠，燈籠泛著紅光，在風中飄盪著，也把那一處的雨霧照得格外清晰。

江意惜唇角微勾，暗暗鬆了一口氣。想了三天三夜的難事，解決了一半。

這就是「未卜先知」的好處。

江洵等在離如意堂不遠的拐角處，見姊姊來了，忙迎上前問道：「姊，祖母怎麼罰妳的？真的要趕妳去莊子嗎？」

看到活生生的弟弟站在面前，江意惜鼻子泛酸。

她從懷裡掏出帕子，擦去他頭髮上的雨水，笑道：「出了那件事，我也想去莊子住一段時日。你若休沐了，就過去找我。」

見姊姊願意去莊子，江洵也就不抱屈了。再聽姊姊主動讓他去找她，不禁笑得見牙不見眼。姊姊變了，變得喜歡自己了！

江意惜又道：「你明天晌午來灼園吃飯，我讓人做你喜歡吃的豬大腸。」

前世江意惜非常看不上江洵喜歡吃豬大腸，覺得那東西骯髒、噁心，聽到名字都想吐。重活一世她終於想通了，既然弟弟喜歡，自己為何不將就一下他？同一種事物，用不同的心境去對待，結果或許會有不同。

江洵樂得大嘴咧到耳後根，連連道好。

姊弟二人分開後，江意惜回到灼園。

乳娘吳嬤嬤上前用帕子撢去她衣裳上的雨珠，又拎出一雙繡花鞋蹲下給她換上。

灼園只有三個奴才——吳嬤嬤、大丫頭水露、二等丫頭水香。

水香從廚房拎回兩個食盒，一盒主子的，一盒下人的。

她把主子的飯菜擺上桌，只有一道小雞燒蘑菇、一道素炒豆芽，還有一碗粉絲湯。

伯府的日子不算奢侈，主子們的分例菜是三菜一湯，三葷一素，吃不完就賞下人。如今少了一個菜，雞肉都是雞頭和雞脖子，豆芽炒糊了，粉絲湯裡連片肉都沒有。下人的飯菜就更差了，只有兩個素菜，分量還少得可憐。

自從江意惜闖禍後，灼園的待遇就是如此。

水露一看就氣道：「那些捧高踩低的死婆子，苛待我們也就罷了，竟這樣苛待主子！妳太老實了些，就該把這些飯菜扣在她們身上，再啐上一口！」

水香紅了臉，她也覺得自己很沒用，嘟嘴道：「我問柴嬤嬤是不是弄錯了，怎麼二姑娘的菜連有些奴才都趕不上？柴嬤嬤說沒弄錯……」

吳嬤嬤討厭掐尖要強的水露，但因她母親是江大夫人身邊的管事夏嬤嬤，平時都會給她留些臉面，此時忍不住皺眉道：「姑娘剛剛惹了當家人的不快，何苦再去多事？」

廚房敢這樣，一定是有人交代。老太太不會管這種小事，肯定是江大夫人恨她，讓人搞的鬼。江意惜忍到現在，是不想明天那件事節外生枝。

江意惜看了水露和水香一眼，嘆著氣說：「我犯了那個錯，祖母已經明說讓我去莊子避風頭，這一住少不了幾年。妳們都滿了十五歲，跟我去鄉下會影響親事，我也不願意耽誤妳們。有門路的就想想法子，另尋出路吧。」

吳嬤嬤紅了眼圈，開解道：「姑娘長得好，興許過個一年半載，老太太想通了又會把妳接回來。」

水香跪了下來。「姑娘不要趕奴婢走，姑娘去哪兒，奴婢就去哪兒。」她不是家生子，在這個府裡，對她最好的人就是二姑娘和吳嬤嬤。

水露也表態。「奴婢哪兒都不想去。」

她說得有多言不由衷，在場的人都能聽出來。

水露的娘夏嬤嬤是江大夫人跟前的得意人兒，之所以來服侍江意惜，是因為老成國公曾經的那個許諾，她想跟著江意惜嫁去高門。她娘昨天就知道二姑娘要被罰去莊子，已經求了大夫人把她調去別處，大夫人也同意了。

江意惜點點頭，算是滿意她們的忠心，又對水露道：「妳去正院看看我大伯如何了？若傷勢重，我還要送些孝敬過去。」

這正合水露的意，忙不迭地去了正院。

水露一出去，吳嬤嬤就啐道：「那匹白眼狼，怎麼餵都餵不熟，早走早好！」

江意惜可不會這麼放過水露。只是現在必須先空出一個丫頭的名額，補她想要的人，再收拾這個小鬼。

可笑她前世一直把水露留在身邊，自作聰明以為透過水露可以多知道大房那邊的消息。

江意惜坐去桌前吃飯，說道：「等水露走了，我想把憨丫頭要過來。」

憨丫頭是家生子，因為缺心眼、愛打架，府裡的人就叫她憨丫頭，久而久之，連她的本名都不記得了。這樣的人本來是不能進府做事的，但她有一把好力氣，且祖父老邁、哥哥有病，管家就把她安排去了廚房。不僅管燒火、劈柴，內院有需要幹力氣活的，也會讓她來做。

上年憨丫頭剛進府做事，在園子裡摘了兩朵芍藥簪頭髮。看園子的婆子說她是小偷，硬要讓她賠二十文大錢。憨丫頭又氣又急，解釋自己不是小偷，以為園子裡的花可以摘，她沒有錢賠。

婆子想訛錢，說要告去大夫人那裡，把她攆出去。

憨丫頭大哭，說丟了這份差事，她和爺爺、哥哥就沒有活路了。那時江意惜正好路過，幫她解了圍。

別看憨丫頭憨，倒很記恩，每次遠遠看到江意惜，都會跑過來見禮。

江意惜還知道，這個丫頭可不止有一把好力氣，而是有很大的力氣，屬於力拔山兮那種，手上也有些功夫。

前世，有一次江洵跟幾個紈袴子弟打架。江洵身材高大，身手不錯，但畢竟雙拳不敵四手，最後被那群人打得頭破血流。正好憨丫頭看見，衝上去把那群人一頓胖揍，還把鎮南侯府公子的腿給打斷了。

結果江霄不僅不護著自家人，反倒斥責江洵得罪了貴人，又讓人打了憨丫頭五十板子，賣了出去。

江洵跪下求情也沒能保住憨丫頭，想自己偷偷買下她，但連人被賣去哪裡都不知道。

後來江洵去庵堂跟江意惜說起這事，淚眼汪汪。

江意惜想把憨丫頭要過來，不僅能護著憨丫頭，自己身邊也有個厲害的保鏢。

吳嬤嬤不太願意。「姑娘，憨丫頭的腦子不靈光，怕是服侍不好姑娘。」

江意惜笑道：「細緻活有嬤嬤和水香做，憨丫頭力氣大、身手好，有她在，咱們在鄉下也安全些。」

吳嬤嬤看看越來越妍麗、懂事的姑娘，覺得的確是這麼個道理，遂笑道：「姑娘想得周到。」

水香又笑道：「我去廚房拿飯時，憨丫頭悄悄跟我說，是環兒姊姊讓柴嬤嬤減二姑娘的例。憨丫頭還說，二姑娘人最好，長得也最好看，看到二姑娘受氣，她難過得吃飯都不香了。」

環兒是江大夫人的大丫頭。

江意惜和吳嬤嬤都笑起來，覺得把憨丫頭要過來實在是個好主意。

吃完飯，江意惜讓吳嬤嬤和水香給江洵做鞋子，她做襪子和荷包。

無父無母的孩子可憐，江洵尤甚。頑皮、魯莽、不會討巧、不得長輩歡心，但玩世不恭的表面下卻有一顆善良的心。特別是對江意惜這個胞姊，他是全心全意的愛，只不過前世的江意惜沒有用心去感受。

江辰是男人，上戰場之前多數時間在軍營，頂多每旬回家一次，也忽略了這個兒子。江洵的幾個下人都不得用，或者說不盡心。儘管每季衣裳不短缺，可就是穿得不索利，不是刮破了，就是不搭。

跌個跤都能摔掉鞋子，很明顯鞋子不合腳。

想到那些往事，江意惜就生氣，嘟嘴說道：「于婆子歲數大了，服侍洵兒力不從心，該讓她回家養老了！」

吳嬤嬤冷哼道：「攆了最好！那個婆子不只人懶，嘴也不好，仗著大哥是伯爺的長隨，經常打罵小丫頭。」

江洵小時候，他乳娘秦嬤嬤請假出去照顧生病的男人，江大夫人就調于婆子來照顧江洵的日常起居，而乳娘再也沒回來。江辰活著時于婆子不敢那麼放肆，後來江辰死了，長輩又不管，她的膽子才逐漸大起來。

江洵還有一個丫頭和一個小廝，兩人的歲數都小，十二、三歲的樣子。

江意惜記得，于婆子的確喜歡打罵人，特別是江洵的那兩個丫頭和小廝，沒少受她欺負。

等拒了親事，把該攆的人攆出去，該要的人要過來後，她才能安安心心去莊子，還必須去座落在西郊的扈莊。

第一要做的是幫人，在那個關鍵時刻幫助帶髮修行的節食小尼姑。節食小尼姑俗名叫李珍寶，是雍王爺的女兒，當今太后的嫡親孫女。因為命格和身體的原因，幾歲時就去了昭明庵帶髮修行，今年十二歲。

第二要做的是「報恩」，得想辦法為孟辭墨治眼睛。她聽江洵說過，孟辭墨和老國公休養的莊子就在京城西郊。

然後要偷偷掙些錢，為她和江洵的將來作打算。

母親扈氏留了點嫁妝，卻不多，一直由老太太掌管著。其中有一個莊子叫扈莊，吳嬤嬤的男人吳大伯在那裡當莊頭。

外祖父在外地當官，官還不大，舅舅們也都沒出息，江意惜姊弟根本指望不上這個外家。

晉和朝的女子可以立女戶，也可以自梳。江老太太和江伯爺肯定不願意浪費她這顆好棋子，哪怕嫁一個有點地位的老鰥夫，也是為江家做貢獻。

這兩年江意惜要好好謀劃，能找到中意的人當然更好，找不到就得想辦法逼迫老太太同意她立女戶、自梳。前世的經歷告訴她，嫁不好，寧可不嫁。

她又問：「嬤嬤，扈莊離昭明庵有多遠？」

吳嬤嬤道：「昭明庵就在青螺山腳，扈莊去那裡腳程不過一刻鐘。」

「這麼近……」

吳嬤嬤問：「姑娘怎麼知道昭明庵？」

江意惜笑道：「在桃花宴上，我聽幾位貴女悄悄議論，說雍王府的珍寶郡主就在昭明庵修行，還說珍寶郡主上個月突然性情大變，吵著要還俗、吵著要吃肉，雍王爺和王妃、世子都去昭明庵陪她，太后娘娘也愁得睡不著覺。」

珍寶郡主吵著要還俗、吃肉真的是江意惜在桃花宴上聽說的，而珍寶郡主在昭明庵則是聽吳嬤嬤說的。

前世四月中的某天，一個留著頭髮、穿著尼姑素衣的小姑娘在路過扈莊時崴了腳。她哭著把門敲開，想用一錠銀子在扈莊躲幾日。

那個小尼姑留著頭髮，還這麼有錢，吳大伯自覺她身分不簡單，莊子裡又只有吳家父子三個男人，因此不敢留人，便說不收錢，送她些草藥和齋飯，讓她坐在外面歇歇。

小尼姑不願意，正鬧著，就趕過來一群人，然後一個帶髮老尼姑硬把她揹上背，還叫她「節食師父」。

江意惜記得很清楚，就是四月中旬的某天，她剛訂親沒多久，吳嬤嬤回了莊子一趟，回來後把這話當樂子告訴了她。

除了外地人，京城幾乎所有人都知道珍寶郡主的法號可笑地叫「節食」，只是不知道她到底在什麼庵修行。

自己若能跟珍寶郡主結好關係，這輩子許多事情就好辦多了。

夜裡，江意惜又夢見被捉姦的現場，孟辭墨囑咐她「活下去」……

清醒後她想著，或許只有徹底回絕那樁親事，改變命運，才不會再作這個惡夢吧？

第二章

次日一早，雨已經停了。碧空如洗，東方天際掛著火紅的旭日。

老太太身邊的下人去了主子們的院子，說老太太昨夜沒睡好，晚輩們不用去給她請安。

水香把早飯拿回來，跟昨天的早飯一樣，兩個小花捲、一碟鹹菜、一碗綠豆粥。

江意惜雖然說準了兩件事，但第三件事準不準還要下晌才知道，江大夫人也就沒讓廚房恢復江意惜的分例。

水露看了一眼飯菜，沒有言語。她昨天晚上去找她娘說話，伯爺摔得不算嚴重，只是崴了腳。她娘還說，大夫人會把她調去五姑娘跟前當差。五姑娘是庶女，暫時在那裡幹著，以後三姑娘跟前有缺了再調過去。

這時候她不想多事，怕走不成，因此還討好地出賣了一個不算重要的情報。「聽我娘說，伯爺昨天被老太太請去如意堂，一宿都沒回正院，早上也沒有上衙呢！」

江意惜冷臉道：「這些事以後不要跟我說。瞭解情況的知道是妳多嘴，不瞭解情況的還以為我故意養了個耳報神。」

水露立即紅著眼圈，抿著嘴，委屈極了，心裡想著要趕緊去找母親，早些離開這裡！

吳嬤嬤也故意懟她道：「看看妳那樣子，簡直比姑娘還姑娘！」

水露終於忍不住，哭著跑了。

江意惜沒理會，讓吳嬤嬤拿一個銀角子去外面買副豬大腸，再買幾樣調料、幾味中藥，晌午請江洵來吃飯。

江意惜的私房錢不多，只有十幾兩銀子。想到江洵拒了的那五百兩銀子，她的心都抽緊了。自己之前怎那麼傻呢？白白便宜了老太太！江洵再傻也不會把孟辭墨送他銀子的事說出去，一定是于婆子知道了，偷偷告訴大夫人，大夫人再告訴老太太的。

江意惜又拿出二十文大錢，讓水香去大廚房多買些柴火。府裡會給每個院子供應柴火，但不多，只夠燒水。

灼園偏房裡有一個灶，是專門用來燒水或熱飯菜的。

不多時，水香帶著揹了一大捆柴火、兩手還提了兩捆柴火的憨丫頭走進灼園大門。

憨丫頭把柴放下後，從腰帶上抽出斧子開始劈柴，見江意惜出來，趕緊停下手中的活，給江意惜行禮。「奴婢見過二姑娘！那個……柴火有些粗，怕姊姊們燒不慣……嘿嘿。」抬手蹭了一下臉，臉上立即多了一塊黑灰。

憨丫頭梳著雙丫髻，一百七十幾的個子，雙腿修長，濃眉大眼，嘴唇豐厚。衣裳不乾淨，還有兩塊補丁。

別看憨丫頭長得這麼高，也才十四歲。

江意惜笑道：「真是個好丫頭！」

得了表揚的憨丫頭笑得開心，又道：「向婆子嘴討嫌，說二姑娘想高攀那個什麼公子，奴婢氣得心慌，把她的臉打青了。二姑娘這麼俊，怎麼會高攀別人？是別人要來高攀二姑娘！」

水香想攔她的話都攔不住。

江意惜不以為意地笑笑。「憨丫頭說得是，我也這麼認為。」

憨丫頭把木柴劈小後，碼在偏房邊，這才拍拍手說道：「水香姊姊，我回了！以後二姑娘有差事，一定記著讓我來，莫給別人。」

水香笑著答應，給了她兩朵紅色絹花。「這是姑娘賞的。」

憨丫頭喜笑顏開，把手在身上擦了擦，接過絹花在頭上比劃一下。「謝姑娘的賞！這花真俊，回家戴給我爺爺和哥哥看，他們一定會誇我長得好。」

正好吳嬤嬤買東西回來，聞言笑道：「我們憨丫頭本來就長得好！」

除了爺爺和爹爹、哥哥外，憨丫頭第一次聽人誇她長得好，不好意思地捂了捂臉，小跑著走了。

吳嬤嬤已經在外面把肥腸洗好，進偏房滷進鍋裡了。

江洵滿臉通紅地跑來。「姊、姊……」

小少年長得像江辰，英武俊朗、麥色肌膚，是江家男孩子中最俊俏的一個。就是走路沒個正形，連蹦帶跳，給人感覺不穩重，沒有氣質。

他一跑進屋，就像一道陽光射進來，江意惜連心裡都亮堂了起來。

江意惜知道他為何此時跑回來，起身用帕子擦去他臉上的汗珠。

「慢些，沒放學怎麼就回來了？」

江洵沒說話，賊頭賊腦地四處望望。

吳嬤嬤和水香會意，都退了下去。

江洵這才貼近江意惜的耳朵，小聲說：「姊，連山大哥剛剛悄悄來找我，說孟世子說的，若成國公和孟大夫人來提親，姊萬萬不要答應。他們兩人和孟三公子都抗拒這樁親事，是老公爺硬逼他們答應的，嫁給孟三公子，姊不會幸福。若咱們家拒絕親事，一定程度上可以挽回姊的聲譽，他們對姊的埋怨也會少一些。」孟連山是孟辭墨的親兵兼長隨。

老成國公在把爵位傳給大兒子時，雖然預見到孟辭墨有可能雙眼都會失明，還是為孟辭墨請封了世子。他說，成國公府已經富貴無邊，不需要未來的接班人發揚光大，守著家業就成。皇上尊敬老成國公，又憐惜孟辭墨小小年紀就上戰場，准了。

因為感念江辰的救命之恩，孟辭墨上年回京後見過江洵一次，問江洵有什麼要求？江洵說想學武，將來跟父親一樣當將軍。

孟辭墨給了江洵五百兩銀子、一把寶劍、一套弓箭，讓孟連山定期指導江洵武藝。

江洵回家就把銀子交給江意惜，可江意惜沒收，說這樣不合禮法，男女授受不親。後來老太太知道了這件事，把銀子收了過去，說幫江洵保管，以後給他娶媳婦用。

前世江洵也傳過同樣的話，但江意惜沒聽。她知道嫁給孟辭羽會招孟大夫人和孟辭羽的恨，但想到自己和孟三公子已經有了肌膚之親，拒了這門親不可能再找到好親事，又覺得只要自己溫柔小意些、賢慧懂事些，百鍊鋼終成繞指柔，總能感動他們，因此不僅不願拒親，還不讓江洵把孟辭墨傳話這事說給別人聽。

孟辭墨瞭解成國公夫婦的真實想法，怕她嫁進孟家受苦，才讓人傳話加以阻止，但自己聽不進去，還以為得了個大便宜。

江意惜心裡難過，前世的自己何曾不是被富貴迷了眼？

江洵見姊姊呆呆的不說話，又勸道：「姊，我也覺得孟三公子不是妳的良配，這樣嫁進去，姊不會幸福的。聽連山大哥說，孟大夫人特別重規矩。」

這孩子在關鍵時候還挺清醒的，也是真心關心她這個姊姊。

江意惜笑道：「放心，我知道分寸，不會高攀孟家。這事也不要說出去，對孟世子和我不好。」

江洵鬆了一口氣，他起先還怕姊姊稀罕那門親事，要嫁給孟三公子吃苦頭。

「弟弟不傻，當然不會說出去。姊還要說服祖母和大伯，不讓他們答應。」

江意惜道：「我會跟他們講明利害關係。」

江洵從懷裡掏出一個草編小魚。「下課時我去街口買的。」

江意惜接過。「很有些野趣。」

「姊喜歡，我下次再多買幾樣！」

江意惜阻止。「這東西有兩樣玩玩就行了。弟弟給我買套《即視醫林》和一套銀針回來吧，悄悄的，莫讓人看到。」

《即視醫林》是晉和朝最先進、最全面的眼科專著，共六卷。

前世，進了庵堂的江意惜非常自責，覺得若自己當初聽勸不嫁進孟家，那個人就不會用這種法子害她和孟辭墨。

她想治好孟辭墨的眼睛，哪怕覺得這是癡人作夢。在庵堂裡的前幾年她一直用心跟著書學，直至遇到沈老神醫才開始有脈絡地學習。因為有前幾年的基礎，學習起來事半功倍。

書裡對紅眼病、青風內障等多種眼疾都有講解及治療，可沈老神醫卻說，這些東西對孟辭墨的眼疾沒有什麼大作用，因為孟辭墨的病根不在眼睛，而是腦子。

但該裝的樣子還是要裝，以後她無事就得抱著醫書看，這樣才能營造出她天賦異稟，看了醫書就會治病的印象。

江洵聽出是醫書，雖不知道到底治什麼，但覺得姊姊看書打發無聊日子也不錯。

這套書很貴，要二十兩銀子，三兩銀子買銀針。江意惜拿了十兩銀子，又拿出一支金簪。「這支簪子能當十五兩銀子，給少了不要當。」

聽到她連一根簪子能當多少錢都知道，江洵納悶不已。「姊，妳怎麼知道這支金簪值十五兩銀子？」

江意惜含糊道：「吳嬤嬤說的。」

江洵點點頭，又把金簪和五兩銀子退給江意惜。「連山大哥給了我二十兩銀子，再加五兩就夠了。」

孟辭墨知道江洵的銀子被老太太收去後，孟連山偶爾再給江洵銀子用，都不會給多，只十兩、二十兩地給他零花。

江意惜接了，她用錢的地方還多。最後囑咐道：「弟弟一天大似一天，再收他的錢不太好，以後不要再收了。」

江洵點頭答應。

肥腸滷了兩小盆子，再加上江意惜和江洵廚房裡的飯菜，還挺豐富的。

江洵吃肥腸吃得眉開眼笑。「姊，這個大腸比我在酒樓裡吃的還香！」

江意惜暗樂，當然香了，這裡面加了幾味中藥。是沈老神醫吃了「食上」裡的滷味後，品嚐出了那幾種藥來。

見他一個人就吃了一小半，江意惜阻止道：「吃多了不消化。這些都給你留著，明天晌午再來吃。」

飯後，姊弟倆待在屋裡說悄悄話。

「姊，妳說成國公和孟大夫人真的會來家裡嗎？」

「孟世子說了會來，就肯定會來。」

「若祖母和大伯答應婚事怎麼辦？哼，他們答應也不成！我們這一房，我是唯一的男人，我會去推拒！」

看著一臉認真的少年，江意惜笑道：「有弟弟撐腰，姊什麼都不怕。」

小少年抿嘴樂起來，挺了挺胸脯，細細的腰杆挺得筆直。

江意惜循循善誘道：「弟弟要好生學習，有出息才會有話語權，姊姊的倚仗才更硬。」

江洵知道自己功課不好，說道：「我長大了要當將軍，連山大哥都說我學武有天賦。」

江意惜道：「當將軍也要有才智和韜略，否則只能像大伯那樣，尋門路當個閒官，沒有大出息。姊姊此番去莊子，不知長輩什麼時候才能接回來，若弟弟好好學習，過幾年考個武狀元或是武進士，不只你有前程，姊姊也有盼頭了。」

聽說自己考上武狀元，姊姊就有盼頭，江洵忙表態。「我會好好學習！考武進士要等好幾年，我努力用功不懈怠，爭取明年考上武秀才，有了跟祖母談判的本錢後，讓她早些把姊接回來，再給姊尋個好後生。」

江意惜笑得眉眼彎彎。「好，姊等著。」又道：「當將軍要有將軍樣，人們形容將軍都是沈著鎮定、穩如泰山、泰山壓頂而色不變，形容將軍走路都是步伐矯捷、健步如飛。你看哪個將軍走路是連蹦帶跳的？弟弟想當將軍，就得先把姿態拿足，不要被人瞧低了去。」

江洵也知道自己走路姿勢不好看，但他老是不願意慢悠悠地走路。他不好意思地摸了摸鼻子，說：「我改，姊要時時提醒我。」說著站起身走了幾步，由於走得太慢、太刻意，有些同手同腳。

江意惜誇獎道：「對，就是這樣。不著急，一步一步走……」

未時初，江洵去前院上課，又囑咐江意惜去跟老太太說清楚，不能答應親事。當然不能出賣孟世子，只說「猜測」。

江洵走後，江意惜坐去窗前看滿庭芬芳。

前世，得知成國公夫婦來求親，老太太忙不迭地答應。成國公夫婦一走，江府所有主子和有臉面的下人都湧入這個小院，眾人歡天喜地，恭賀江二姑娘即將成為成國公府的孟三奶奶。現在想起來，那時似乎只有江洵和吳嬤嬤心事重重。

當初有多風光，後來就有多淒慘。

未時末，一臉興奮的水露跑進院門，還在院子裡就衝窗邊的江意惜喊道：「二姑娘，來貴客了！成國公和孟大夫人來了！」

昨天晚上她去正院，聽到大夫人、大奶奶和三姑娘在說二姑娘作白日夢，沒想到成國公和孟大夫人今天就來了！若他們真的來說親，自己還是應該留在二姑娘身邊……

江意惜沈臉道：「成國公和孟大夫人來了，妳高興什麼？」

水露腳步一頓，不知該說什麼。

吳嬤嬤擔心道：「姑娘，他們不會是來興師問罪吧？」

江意惜道：「不管來幹什麼，總不會把我殺了，所以最壞的結局就是趕我去莊子。我也想去扈莊住些時候，嬤嬤不想吳大伯和有富哥、有貴哥嗎？」吳有富和吳有貴是吳嬤嬤的兒子。

吳嬤嬤當然想啊！但還是說道：「兩個糙小子，有什麼好想的？只不過扈莊簡陋，怕委屈了姑娘。」

江意惜笑道：「簡不簡陋無所謂，只要住得安心。」

兩刻多鐘後，如意堂的丫頭瓔珞來了。她走得很急，看江意惜的眼神比平時多了幾分恭敬和熱切。

成國公和孟大夫人為孟三公子前來求娶二姑娘，老太太和伯爺居然拒了！她覺得，自家主子一定是以退為進。

孟大夫人提出見見二姑娘，若二姑娘答應婚事，二姑娘就躍上枝頭當鳳凰了！孟三公子不止才貌雙全，還溫潤如玉。都說孟世子的眼睛治不好，等他徹底瞎了，孟三公子就會是成國公世子，將來的成國公！天哪！

瓔珞笑道：「二姑娘，成國公和孟大夫人來了，他們提出想見見您，老夫人請您過去呢！」

瓔珞話音一落，吳嬤嬤和水香、水露都齊齊看向江意惜。

特別是水露，興奮得雙眼冒光，吳嬤嬤輕咳一聲，她才強壓下笑意。

那一世老太太痛快地允了婚事，便沒有讓江意惜去如意堂這回事。而這次或許因為老太太和江伯爺沒同意，成國公怕回去不好跟老國公交差，所以要再跟江意惜確認一下。若江意惜也不答應，老國公就怪不到他們了。

江意惜對鏡補了個淡妝。再看看身上，淡紫羅繡花長衣，月白緞繡花馬面裙。清新、淡雅，符合她的氣質，也符合她才出孝期的穿著。

水露建議道：「二姑娘，國公爺和孟大夫人是貴客，是不是再打扮得豔麗些？」

江意惜當沒聽到，轉身向門外走去。

瓔珞隨後跟上。

水露還想跟去，被吳嬤嬤拉住。

水香緊走幾步上前，扶著江意惜。

江意惜表面平靜，心裡卻如針扎般難受，袖子裡的拳頭握得緊緊的。

就是這位外表和善的孟大夫人，讓那一世的她吃盡苦頭，最後又設計了那一齣戲把她休了。被休後，江家連門都沒讓她進，直接把她送去青石庵。

出事後，她一直懷疑幕後指使的是孟大夫人或是孟三公子。同時嫁禍她和孟辭墨，既能迫使孟辭墨的世子頭銜被摘，也趕走了身分低微的兒媳婦，可謂一舉雙得。

但她不完全確定，因為孟大夫人對孟辭墨非常好。

後來在得知孟辭墨手刃孟大夫人後自殺，江意惜才真正肯定那件事是孟大夫人所為。

江意惜始終認為，孟辭墨睿智堅強，哪怕瞎了，不到萬不得已，不會走那條以命抵命的路。再難，他都會留著命把尊嚴找回來，否則，也不會囑咐她要「活下去」。

不知孟辭墨當時遇到了什麼事？

江意惜腸子都要悔青了，若自己早一天把師父送走，早一天去找他，告訴他，自己能治好他的眼睛，是不是他就不會死了？

得知一直支撐她活下去的孟辭墨死了後，江意惜也死了。再次醒來，又回到了六年前。

這一世，不能再發展到那一步。那個女人的賤命，不值得搭進孟辭墨和自己的命。

想到往事，江意惜真想用尖指甲把那個女人的臉撓花，再把她踹倒在地，用鞋底子抽她的臉，最後讓人送去刑場砍頭。

江意惜走進如意堂上房。

江老太太和江伯爺坐在上座，兩人誠惶誠恐，只半個屁股挨著椅子。老太太打扮得非常光鮮，連過年和重大場合才戴的銜珠大鳳釵和鑲貓兒眼的抹額也拿出來戴了。

成國公夫婦坐在左右上首。成國公孟道明四十出頭，留著短鬚，濃眉鳳目，端的一副正人君子相。孟大夫人快四十，但長得柔柔弱弱，嬌媚可人，看著還不到三十歲，眼裡的冰冷和厭惡一閃而過。

江意惜給老太太和江伯爺屈膝施了禮，又給成國公和孟大夫人屈膝萬福。她沒有說話，低頭沈默不語。這個女人很精明，自己此時萬不能表現出對她的任何情緒。

老太太皺眉，不答應婚事，該有的禮貌還是要有啊！真是小家子氣，遇到大場面就沒用。她對孟大夫人訕笑道：「小孩子沒見過大場面，嚇得連人都不敢招呼了。」

孟大夫人笑起來。「倒是可人疼的小姑娘。」

聲音很柔、很好聽，充滿了善意。這個屋裡，只有江意惜知道她的心有多狠，又有多恨自己。孟大夫人的表象幾乎騙過了所有人，包括這位現任成國公。

在他眼裡，他媳婦是最賢慧、最溫柔、最體貼人的好女人。他媳婦說什麼他都信，還覺得看不慣他媳婦的大兒子不孝順、不感恩，不僅眼盲心也盲。

成國公對江意惜的印象非常不好，鄙夷地看了她一眼就把目光轉去別處，換了個坐姿。

江意惜暗哼，前世成國公看她也是這種目光。

老太太笑道：「我二兒在幾個兄弟裡長得最好，惜丫頭像她爹。」

江意惜忍著翻白眼的衝動，誰都說她長得最像她的親娘扈氏。

孟大夫人沒搭理老太太，看著江意惜說道：「宜昌大長公主的桃花宴上，江二姑娘拉著羽兒一起落入水中，唉，不管是什麼原因妳把羽兒拉下水，事情既然已經發生，只得想法子補救。江將軍為救墨兒戰死沙場，我和國公爺一直記著這個情，若江二姑娘願意，我們便作主，定下妳和羽兒的親事。」既表達了求娶之意，也暗示他們是迫不得已的。

成國公冷哼一聲。若不是老父拎著鞭子要抽他，他才不會把這不知廉恥的丫頭說給二兒子！唉，二兒可憐了！

前世孟大夫人也是這麼說的，成國公同樣擺了臭臉，但江老太太卻忽略掉他們的不樂意，痛快地答應了。江意惜知道後也沒覺得有任何不妥，她相信總有一天會把孟辭羽的心感動過來。

親事定下後，江意惜更努力學習詩和琴，希望能跟孟辭羽琴瑟和鳴。

那時的她真是著魔了。

做好心理建設後，江意惜才平靜地看向孟大夫人。

「國公爺、孟大夫人，先容我解釋一下，那天我把孟三公子拉下水，並不是存了高攀之心，而是瀕死之人想抓救命稻草的情急反應。我當時根本沒看清那人是孟三公子，甚至是人是樹都沒注意到。醒來後才聽說是孟三公子，真是抱歉了。」說完還帶歉意地屈了屈膝。

她的話讓成國公和孟大夫人氣惱不已，敢情她當自己兒子是草是樹？她這是既想嫁進孟家門，還想要個好名聲的意思？

江老太太和江伯爺嚇得要命，生怕江意惜拿捏過頭，反倒得罪人。

孟大夫人當即撂下臉子。「江二姑娘的意思是，我們上門提親，是自作多情了？」

江意惜扯著嘴角笑了一下。「孟大夫人誤會了，我只是在陳述我當下的真實反應。」又屈了屈膝說道：「謝謝國公爺、孟大夫人還記著我爹的情，哪怕有誤會還肯上門來提親，不過，這樁婚事恕我不能答應。我爹若在天有靈，也不會願意他的家人用他來謀好處，甚至謀婚姻。他救孟世子，不是想讓他的家人攜恩以報，而是同袍情義。孟三公子乃如玉君子，出身高貴，亦有子建之才，小女子萬不敢肖想。也祝願孟三公子餘生順遂，官場得意，他日覓得良緣。」聲音清脆，不急不緩。

江意惜說到一半的時候，成國公便鄭重地看向她，眼裡有了疑惑。難道這個小姑娘拉兒子下水，真的只是意外？

孟大夫人也有些吃驚，這丫頭口齒伶俐，說話有理有節，舉手投足間盡顯大氣，這是武襄伯府的姑娘？

江老太太和江伯爺面上不顯，心裡卻極不高興。江辰為救孟世子而死，命都搭進去了，自家怎麼就不能謀些好處了？但他們把牙咬碎了，也不敢把心裡的話說出來。

孟大夫人笑道：「倒是個拎得清又有志氣的小姑娘。再想想，這婚事妳真的不允？」

江意惜搖搖頭，擲地有聲地說：「小女子無意高攀孟三公子。」

成國公面露喜色，起身道：「既然我們誤會了，江老夫人、江伯爺及江二姑娘也無意這門親事，那犬子就不高攀了。」

孟大夫人看了江意惜一眼，也隨之起身。哼，若再想改口，可就沒機會了！

但他們二人走出門外，也沒看到江意惜追出來改口。

老太太和江伯爺送他們出門。

江意惜站在原地沒動，激動得身子都有些發抖。那門親事真的推掉了，她的人生之路終於改變了！

江伯爺扶著老太太回來後，兩人沈著臉看了江意惜一眼，坐去位子上。拒了婚事他們的心都在痛，偏惜丫頭還在胸口上插一刀！

江伯爺冷冷地說道：「惜丫頭，不要聰明反被聰明誤。有些話，不是晚輩能多嘴的。」

老太太也氣道：「我二兒是孝子，又友愛兄弟，肯定願意讓母親及家人過上好日子。他救孟家人丟了命，年紀輕輕就死了，孟家人想補償，妳爹怎麼會不願意？」

江意惜道：「成國公府想給的補償，老國公已經給過了。且，真正想給補償的只有老國公和孟世子，而他們如今都不管事。當家人成國公和孟大夫人若真要給補償，我攔得住嗎？我把我那句話說出去，不僅澄清了我想攀高枝的誤會，也會讓別人高看咱們家一眼。」

老太太和江伯爺對視一眼，這倒是。

江伯爺起身說道：「娘，我去前院安排安排。」惜丫頭說得對，把那句話放出去，自家的聲譽不僅不會降低，還會被人高看，說自家沒有利字當頭。

老太太臉色稍緩，又說：「惜丫頭，雖然事情解決了，且似乎比想像中圓滿，但妳同孟三公子的確一起落水了，又被那麼多人看到，名聲受損是真的，妳還是要去莊子裡避避。放心，用的、吃的不會虧待妳。今兒是三月二十八，妳們需要時間收拾一下，再讓人去莊子準備準備，就四月初三走吧。」

江意惜屈膝道了謝，又道：「祖母，我想去我娘留下的扈莊。」

老太太沈了臉，以為江意惜是在討要扈氏留下的嫁妝。「妳娘是小官之女，嫁妝總共也就一個扈莊、一百五十畝田地、五百兩壓箱銀子，還有幾樣擺件、幾件首飾，那些東西帳上都有記錄，我是想等妳出嫁時再分給妳和洵兒。」再如何自己也是伯府太夫人，出身侯府，怎麼會貪墨兒媳婦的嫁妝？何況扈氏那點子嫁妝根本少得可憐！

江意惜趕緊解釋道：「祖母誤會了！孫女意外落水，大伯意外摔跤，我爹又託了那個夢，我心裡總是不得安寧。去了莊子後，我會每天抄經，還想時常去拜佛，求佛祖保佑祖母長命百歲，保佑我們江家永遠繁盛。但我一個姑娘家，不好經常去太遠的寺廟，聽吳嬤嬤說扈莊離昭明庵不遠，腳程只需一刻鐘。」

老太太看江意惜的眼神立即柔和下來。她也去過昭明庵上香，那裡是晉和朝最大的庵堂，香火極盛。

她招手笑道：「好孩子，坐來祖母身邊。」又拉著江意惜的手說：「倒是個懂事的好孩子，難為妳小小年紀能為祖母和家裡想到這一步。」

江意惜道：「我也是這個家的一分子，祖母和家裡好了，我們的倚仗才會硬。」

老太太連連點頭。「極是、極是！妳放心去吧，等風頭一過，祖母就讓人把妳接回來。妳在府裡每月二兩月銀，在莊子吃食要自己負擔，我讓老大媳婦再加三兩，每月給妳送去。

祖母再另送五十兩銀子，妳到底是伯府姑娘，不能委屈了。」

江意惜起身屈膝道謝，心裡冷笑。因為江辰的死，成國公府送了老太太五千兩銀子，如今區區五十兩銀子就把她打發了。

不過，能如願去扈莊就是勝利。

不多時，江大夫人、江三夫人領著三位姑娘來了如意堂。看到江意惜跟老太太如此親熱，眾人都愣了愣。

她們已經聽說成國公夫婦來求親，江老太太、江伯爺及江意惜都拒了。

江伯爺給江大夫人講了拒婚對家族的好處，江大夫人又給這些人轉述了拒婚的好處。眾人都以為這是伯爺和老太太的英明決定，連江意惜本人拒絕都是得了他們的囑咐。

江辰託夢給江意惜的事，是只有幾個人知道的絕密。

這件事圓滿解決，眾人都挺高興的。

只有江意言心裡如貓抓般難受，覺得江意惜樣樣比不上自己，只因為抓扯了孟三公子下水，成國公府就來求親。還好祖母和父親拒了，若真讓江意惜嫁給孟三公子，那可真是沒天理了！

成國公府的福安堂裡，老國公和老太太夫妻倆正在拌嘴。

老太太神情甚是萎靡。「我還是覺得老公爺不應該逼大兒及大兒媳婦去江家求親。」

老成國公道：「我愧對江老將軍，他的後人就一個江辰能幹，我帶出去卻沒把人帶回來，且江辰還是因救我孫兒而死。江辰死了，死的不單單是一個江家兒郎，而是整個江家都完了！唉，辭墨退親以後，我曾有過把江辰的閨女說給辭墨的打算，可後來怕辭墨的眼睛徹底失明，委屈了江小姑娘。正好出了這件事，把江小姑娘娶進孟家，這樣照顧江辰後人的同時，也能幫幫江家。」

老太太不贊同地說：「辭墨那麼好，哪怕他失明了，也配得上任何好姑娘！而且什麼叫『正好』？老公爺這話萬不要說出去，讓大兒媳婦和辭羽聽到了要傷心。辭羽樣樣優秀，眼界又高，被人賴上已經夠心塞的了，還要讓他娶對方。兩人成了怨偶，日後不止辭羽痛苦，江小姑娘也不會好過。」

老國公擺了擺蒲扇似的大手。「辭羽是我孫子，我也希望他日子好過。江辰是個好孩子，他的閨女準不會錯。江小姑娘被人撞下湖，一定是情急之下才拉扯了辭羽，這是人的正常反應。」

老太太搖頭道：「龍生九子，九子各不同，話可不能說得太滿。當初的老老武襄伯是多能幹的人，兒子、孫子生了那麼多，可除了江辰，其他的都是廢物。何況江小姑娘兩歲就死了母親，姑娘家沒有母親教導，總歸不妥。」

「她歲數還小，進了門妳和老大媳婦多教教她。根在那兒，不會差了。日久生情，小倆口相處久了自然會生出感情。當初我們成親的時候連面都沒見過，還不是恩愛過了大半生——」

老太太忙截了他的話，嗔道：「那麼大歲數了，說些什麼啊，也不怕晚輩聽到笑話！」

兩人正說著，成國公和孟大夫人回來了。

老倆口聽說江家人和江二姑娘都不願意，不太相信。

老國公瞪著大眼睛吼成國公。「說！是不是你擺著臭臉，讓他們看出你不願意了？老子一直在說，江辰因為救辭墨而丟了性命，我們要善待他的後人！」

孟大夫人最不喜歡聽後半段話，憑什麼救了孟辭墨的人情債要讓她兒子還？誰也沒求著他去救啊！但這話她不敢說，瞥了丈夫一眼，為難地低下頭。

成國公忙說道：「爹，我沒有擺臭臉，我們是誠心求娶的。江老夫人和江霄不答應，我們又把江二姑娘請來，問她的態度。江二姑娘也不同意，羽兒娘又問了第二次，她依舊不同意……」他把江意惜的話給說了。

老國公聽後頻頻點頭。「我就說嘛，江辰的閨女不會那麼無品。是個好孩子，像江辰，有心胸氣度。可惜了，失了這麼好的媳婦，是辭羽沒福氣。」

這話又氣得孟大夫人想站起來回嘴，偏只能忍著。

老太太如釋重負，之前是自己想錯那孩子了。她笑道：「你有情、我有義，這個結果最好。不過，出了這種事，對江小姑娘的名聲總歸不好。大兒媳婦記著，在適當的場合，多幫那孩子說說話。還有啊，咱們承諾過要管那孩子的親事，妳也要幫著看個好後生。」

孟大夫人笑道：「是呢，我也心疼那孩子，長得好，拎得清。可憐見的，小小年紀就父母雙亡——」

正說著，孟辭羽突然衝了進來，一身酒氣，滿臉赤紅。

他跑至孟大夫人跟前，悲憤道：「那丫頭是你們求娶的，不是我！她爹救了大哥的命，該是讓大哥娶她，不應該是我！我把話擱這兒，即使你們把她娶進門，我也會視她為無物！」

成國公喝道：「混帳！書都讀進狗肚子去了，敢這樣跟長輩說話！」

孟大夫人忙道：「你這孩子說些什麼呀？江二姑娘沒答應親事。」

孟辭羽以為聽錯了，正愣神之際，老國公的大拳頭砸了一下旁邊的小几，怒吼道——「去，請家法！今天老子要教教這小兔崽子怎麼做人！」

孟大夫人嚇得魂飛魄散，立即拉著兒子一起跪下。「公爹消氣！羽兒喝多了酒，說了什麼他自己都不知道。」

孟辭羽也嚇得清醒過來，最先想到的不是老爺子要揍人，而是江意惜不同意婚事。他側過頭問道：「娘，那丫頭真沒答應婚事？」

孟大夫人道：「是。」

孟辭羽一下子恢復了平時的斯文儒雅，給老公爺磕頭道：「孫兒言語無狀，請祖父責罰。」

老國公震怒，老太太拉著他的袖子勸解，成國公也連忙跪下請罪。下人不敢不聽命，很快捧著一條鞭子過來了。

老國公執起鞭子指著孟辭羽喝道：「你大哥十五歲便隨我上戰場，殺敵無數，九死一生。他去打仗，不僅是為了報效朝廷，還想讓這個家繼續繁盛。若江辰不擋那一箭，死的就是他！你不記他的好，不替他分憂，居然還說那些混帳話！我打死你——」話未說完就一鞭子甩去，抽破了孟辭羽的衣裳，肩膀上也抽出了一道血痕。

孟大夫人哭道：「公爹息怒！羽兒說了混帳話，打死他也不為過，可不能把你老人家氣到啊！我們都知道墨兒的好，孝順懂禮、文武兼俱，兒媳疼他疼到了骨子裡，可老天不長眼，居然摔傷了眼睛，我兄長來信說又在南方請了一位好大夫……」

眾人一陣勸，孟辭羽還是挨了五鞭子。

福安堂裡的動靜太大，住在前院的孟辭墨也聽說了。

他面色冷然，像一尊雕塑般站在窗邊看向外面。

院子右邊有一片綠，他知道那是樟樹，春天正是它長新葉、落舊葉的時候，他卻看不清葉子。

再往上看向悠遠的天空，天空呈暗灰色。他知道，此時的天空應該是湛藍的，那個大圓球應該是耀眼的。

之前色彩斑斕的世界，已不會出現在他眼前了。漸漸地，眼前的一切將永遠變成黑色。左眼已經完全看不見，右眼也越來越模糊，不知什麼時候將徹底失明。

江意惜拒婚是孟辭墨樂於聽聞的，這個家只有他知道孟大夫人面慈心狠，若小姑娘嫁過來，就要大吃苦頭了。

孟辭墨的腦海又浮現出一個小姑娘來，十歲左右，穿著淡紅色襦裙，眉目如畫，淚光瑩瑩，整個人被淡淡的晨曦籠罩著，像霧氣中剛剛綻放的小花兒。她追出大門抱著江辰的馬蹬捨不得放手，哭著說：「爹爹，你要活著回來。我已經沒有娘了，不能再沒有爹。」

然而，她爹卻因為救自己死了。

每每想到江家門前那一幕，孟辭墨的心都如針扎般難受。江將軍陣亡，留下一雙小兒女可憐無依。就像自己，親爹還在，還有疼愛自己的祖父、祖母，成長中的滄桑也只有他自己知道。

時間過得真快，轉眼間小姑娘變成大姑娘，該說婆家了。他相信，江將軍的閨女不會做那沒品的事，拉扯旁邊人一起落水是意外。不管站在那裡的人是誰，她都會拉。

本想多幫幫那一對姊弟，可眼睛卻越來越不好……

他對候在一旁的孟連山說道：「明天你再去問問江洵，看江家怎麼處置江二姑娘？需要我幫什麼忙？另外再給江洵五百兩銀票，囑咐他莫讓江老太太收過去。」

等把一些事解決了，他就回莊子去。他不想看孟大夫人恨不得他去死卻還要假扮慈母，到處尋找名醫……

那個女人一日幾次、甚至十幾次地讓下人來問這問那，看似關心，實則是在時刻提醒，他就是個生活不能自理的瞎子，居然還在打他親事的主意，怎麼敢想？自己再是退親了、再是瞎了，也輪不到她來指手劃腳！

可父親還誇她賢慧，關心繼子……真是倒胃口。

雖然祖父一直在遍請名醫，希望能保住他的右眼，可他已經不抱太大的希望。但他就是要占著世子這個位置，不讓那個女人如願。不能讓她氣死自己的母親取而代之後，又讓她兒子來搶自己的東西。哪怕將來自己沒有兒子，也會想辦法過繼二叔的一個孫子。

只是，曾經許諾要幫助表哥和姨母的大事怕是不容易實現了……

這時，門外的丫頭來稟報。「世子爺，頂山管事求見。」

「進來。」

一個十八、九歲的青年走進來，低聲說了幾句話。

孟辭墨的臉色更加陰沈。「那人就不能消停點？你在半路把她找的那大夫截下……」

江府，如意堂裡。

眾人吃完晚飯後陪老太太說笑，氣氛難得的好。

江家幾個下人陸續從外面蒐羅消息回來——成國公夫婦替孟三公子求娶江三姑娘，但武襄伯府拒親的事，已經在京城傳開了。街頭巷尾議論紛紛，誇獎成國公府記情，這種情況還主動去求親；誇武襄伯府大義，沒有高攀之心，沒有攜恩以報硬把自家姑娘往成國公府塞。

老太太和江伯爺越聽越高興，沒想到失之東隅，收之桑榆，忍痛拒絕這門親事，自家名聲竟比之前還好了兩分。

晚輩們又狂拍著馬屁，誇老太太和江伯爺睿智、有遠見，看得清形勢，在他們的帶領下伯府定會越來越好等等。

老太太樂得滿臉菊花，江伯爺的大笑聲沒間斷過。此時，他們都覺得這個結果是他們的決策英明。

只江洵心裡有些不忿，想說什麼，但看到姊姊一副雲淡風清、什麼都不知道的樣子，覺得還是姊姊厲害。自己的確如姊姊所說，太毛躁、太表裡如一了，得改！

江意言問了句不中聽的。「祖母，這事解決了，就不用罰二姊姊去莊子了吧？」

老太太看了一眼江意惜，惋惜地說：「雖然結果是好的，但事情是真的發生了。唉，惜丫頭暫時還是得去莊子避一避，等風頭一過，祖母就讓人接妳回來。」

江伯爺也說：「惜丫頭莫委屈，這也是給妳一個教訓，不論什麼時候，都要注意周遭安全。想一想，當時那麼多人，為什麼那人偏偏撞向妳，而妳又沒躲過呢？」

江意惜忽略掉江意言格格的清脆笑聲，說道：「大伯提醒得對，我不覺得委屈。」

其實她也一直在想，是誰用那麼大的力撞她呢？她問過江家另幾個姑娘和跟著的丫頭，她們都沒看清撞她的姑娘，那人撞了就嚇跑了。

眾人離開如意堂後，江大夫人問江意惜，去莊子還有什麼要求？江意惜搖頭說沒有。

江大夫人又道：「水露那個丫頭歲數已經不小了，她娘給她看好了一門親事，她就不跟妳去莊子了。空出一個名額，我再挑個妥當的丫頭給妳。」

江意惜道：「那就把廚房裡的憨丫頭給我吧。她力氣大，在鄉下有個這樣的丫頭跟在身邊，總要安全些。」

江大夫人沒想到江意惜會要憨丫頭，嗔了一眼一旁笑出聲的江意言，當即點頭同意。

看到遠去的背影，江意言輕聲道：「娘，二姊是不是被水泡傻了？」

江大夫人嗔道：「瞧妳，都在說婆家了，還這般小孩子模樣。」

江意言忸怩地扭了扭帕子，悄聲問道：「娘，那件事能說成嗎？」

江大夫人道：「妳是伯爺的閨女，嫁侯爺的姪子，也算門當戶對……」

江意惜回到灼園。

水露已經收拾完自己的東西，拎著小包袱過來給主子磕頭拜別。

江意惜只說了句。「好自為之。」

等屋內沒人後，水香悄悄從懷裡掏出一個荷包交給江意惜，臉色微紅，心裡罵著那個小浪蹄子不要臉。「姑娘，是這個荷包嗎？」

江意惜接過，桃色緞面，上面繡著一對鴛鴦，荷包裡面不起眼的一角繡著一個「露」字。水露得了她娘夏嬤嬤的真傳，繡活在丫頭中屬於頂尖的，這對鴛鴦繡得活靈活現。她笑道：「就是這個。哼，親還沒定，就開始繡鴛鴦，想男人想瘋了。」這是收拾水露的物件，只不過要等一段時間才用得上。

儘管水香納悶姑娘要這骯髒東西有何用，卻也不敢多問。

這時江洵過來送《即視醫林》，他剛才看到水露拎著包袱離開，也替姊姊高興。「那丫頭只會對大房的人笑，走了好！」

江意惜笑道：「弟弟還是滿有眼力的嘛！」

「那是！我又不傻。什麼時候把秦嬤嬤調回我身邊就好了，在我心裡，秦嬤嬤的笑最溫柔。喔，姊姊現在的笑也溫柔！」怕姊姊生氣，還討好地嘿嘿笑了兩聲。

江意惜當然不會生氣，之前自己的確沒怎麼對弟弟笑過。

她眼前浮現出一個清俊小媳婦的面容，一笑，兩隻眼睛就彎彎的，那就是秦嬤嬤，江洵的乳娘，扈氏從前的貼身大丫頭。秦嬤嬤不僅對江洵好，對江意惜也非常好，服侍江洵的時候，也經常來看江意惜，還會繡漂亮帕子送她。在江洵四歲時，因秦嬤嬤的男人得了癆病，怕過病氣，大夫人把他們一家打發去定州那邊的莊子了。

江意惜問吳嬤嬤。「嬤嬤，妳知道秦嬤嬤的近況嗎？」

吳嬤嬤挺納悶的，之前她提過兩次秦嬤嬤，姑娘都沒吱聲，今天倒是主動問了。她嘆道：「春梅的日子一直不好過，前兩年她男人病死了，一個人拖著一兒一女，日子過得艱辛。唉，定州離京城幾百里路，想照應一下都難，我家有富只給她送過兩次錢去。」春梅是秦嬤嬤的閨名。

聞言，江洵的眼圈都紅了。

秦嬤嬤和吳嬤嬤一家都是扈氏的陪嫁，人屬於扈氏而不屬於武襄伯府，那麼他們的奴契現在應該在老太太手裡。因為秦嬤嬤嫁的男人是府裡的一個管事，所以他們一家也就隨江大夫人調派了。

江意惜想著，以後若有機會，得把他們幾人的奴契要過來。

她拉著江洵說：「莫擔心，我初三去扈莊，到時讓有富哥去一趟定州，想法子把秦嬤嬤一家接過來。」

當然，最好能讓秦嬤嬤回來繼續服侍江洵。吳嬤嬤曾經說過，春梅八歲就跟在扈氏身邊，兩人一起長大，一起跟先生學習，識文斷字，性情溫婉。有她照顧江洵，江意惜也放心。

江洵走後，江意惜看《即視醫林》看到半夜才歇息。

她睡了一個安穩覺。沒夢到「捉姦」的場面，也沒夢到孟辭墨。那個惡夢，終於不再伴隨她了。

清晨，晨風吹進小窗，鳥兒唧唧喳喳唱著歡快的歌。從小窗一角能看到一小片朝霞，映在湛藍的天幕上，嫣紅燦爛。

又是新的一天。

江意惜覺得今天的早上格外不一樣，風都比往日甜一些。

早飯恢復了慣例，小燒麥、小籠包、雞蛋羹，還有一碗羊奶。

匆匆吃完早飯，她帶著水香去如意堂給老太太請安。

一出門，便遇到了住隔壁的三姑娘江意柔。

江意柔緊走幾步拉著江意惜的手。「二姊姊，我正要去約妳呢！」聲音軟糯，小手滑膩，笑容甜美。

前世出嫁前，江意惜對江意柔不算親近，覺得她像她爹娘，屬於笑面虎那類。後來才知道，三房一家挺不錯的。

江意惜的心情更好了。只有經歷過苦難的人，才更容易體會到尋常事物中的美好。人生在世，體驗美好比體驗糟心讓人愉悅得多。兩人攜手去如意堂。

江意柔跟江意惜咬著耳朵。「若過年了祖母還沒接妳回來，我就讓我爹提醒祖母。」

江意惜笑著表示感謝。

江大夫人、江三夫人、江意言、江意珊已經在如意堂了，幾個男孩請完安去了前院學習。

之前，江府也有一位女先生教幾位姑娘認字、彈琴，一直到上年底，最小的五姑娘也滿了十一歲，老太太覺得姑娘該多學女紅和管家，才把女先生辭了。

解決了那件麻煩事，又想到二孫女將來或許還能為家族帶來不小的利，老太太如今看江意惜的眼神比往日慈祥多了。

「東西準備得如何了？缺什麼，找妳大伯娘要。」

江意惜道：「謝祖母，我曉得。」

陪老太太說笑一陣後，幾位姑娘要去花園裡撲蝶、盪秋千，江意惜沒去。

她剛回灼園坐定，就聽到院子裡一陣腳步聲響起，再是憨丫頭的聲音——

「二姑娘、二姑娘！華兒姊姊來告訴我，我要調來給二姑娘當丫頭了，是真的嗎？」

說話間，憨丫頭已經跑進屋裡，眼睛瞪得溜圓，看著江意惜幾人。她不敢相信這種好事會落到她頭上，怕是別人逗她玩的。

江意惜笑道：「是真的。若妳不願意，我再去跟大夫人說一聲。」

憨丫頭一下子跪在地上，欣喜道：「奴婢願意、奴婢願意！能服侍二姑娘，是奴婢的福氣！」

吳嬤嬤笑道：「看看憨丫頭的嘴，多甜！」

江意惜讓憨丫頭起來。「下個月初三我要去扈莊長住，妳回去把家裡安排好，初一來這裡當值。」

憨丫頭又問：「我來服侍姑娘，是不是會漲月銀？我原來是粗使丫頭，每月只拿三百文大錢。因為我幹了兩個人的活，總管給我加了五十文。」

吳嬤嬤笑道：「憨丫頭哪裡憨了？算錢算得賊溜呢！」

江意惜也笑道：「以後妳是我的二等丫頭，每月拿六百文。」

憨丫頭喜得跳了幾跳，大笑兩聲，又趕緊用手把嘴捂起。

水香笑道：「憨丫頭都高興瘋了！」

憨丫頭又激動地跪下磕了一個頭。「奴婢謝謝二姑娘！奴婢又有錢給大哥治病了！奴婢的祖父是老老伯爺的親兵，打仗時斷了一條胳膊；我爹是二老爺的親兵，跟二老爺一起死在戰場上沒回來。他們都是忠奴，奴婢也要當二姑娘的忠奴，用命保護二姑娘！」

江意惜一愣。「妳爹是江鐵叔？」她知道爹爹的親兵叫江鐵，小時候還見過兩次。

憨丫頭點頭。「嗯，我爹叫江鐵。」

吳嬤嬤仔細看了看憨丫頭，這才驚訝道：「別說，長得跟江鐵真有些像！我記得江鐵說過，他閨女叫……靈兒？」

憨丫頭笑道：「是，我的名字就叫江靈兒。我爹說，我在別人眼裡再傻，在爹的眼裡也是最機靈的。」

江意惜親自起身把憨丫頭扶起來，說道：「以後妳就叫水靈吧，不僅機靈，還水靈。」

憨丫頭的眼睛亮得發光。「我知道，水靈就是長得俊！」

江意惜笑道：「好好打扮打扮，我們的水靈就是個俊丫頭。」

她又聽了一下憨丫頭家裡的情況。

當初江鐵陣亡的消息傳回來後，憨丫頭的祖父差點氣死，哥哥又不幸摔斷了腿。朝廷發了十五兩銀子的撫恤金，伯府給了十兩銀子，給祖父和哥哥看病半年就花得所剩無幾了。哥哥的腿一直沒好俐落，痛得要命，丟了府裡趕車的差事。還好上年她進府做事，家中才又有了進項。

江意惜暗嘆，家裡的頂梁柱死了，竟給了十兩銀子就不再管，如此不善待功臣家眷，怪不得武襄伯府會越來越敗落。前世自己也糊塗，許多事都不曾留心過。

她去臥房把妝匣打開，裡面裝了兩個五兩的銀錠子、一些碎銀、十幾樣金銀首飾。她的月錢多用於買首飾和素綾、繡線或是話本子，存項不多。

這幾乎是江意惜的全部家底了，老太太口頭許諾的五十兩銀子還沒拿到手。

江意惜拿出十兩銀子。明天她得去街上賣幾樣首飾了，要買的東西還很多。

她把銀子交給憨丫頭，鄭重地道：「我和弟弟不知道鐵叔家裡這麼艱難，是我們忽略了。這些銀子拿去給妳祖父和哥哥看病，讓他們日子好過些。他們若有事，就去找江洵，江洵會幫忙的。」

憨丫頭喜極而泣，又給江意惜磕了幾個響頭。

晌午，江洵來灼園吃飯。

他悄悄說：「姊，今天連山大哥又來找我了。我說姊要去南郊的扈莊住，連山大哥說孟世子長住的莊子也在南郊的臨風鎮。若姊在莊子裡有事，可差人去找他。他還問我們有什麼需要幫忙的，我說目前沒有。」說著，掏出五張銀票給江意惜，每張一百兩銀子。

江意惜搖頭道：「都說了不能再要人家的錢，怎麼好收這麼大筆銀子。」

第一次收，是孟辭墨給救命恩人遺孤的感謝，收也就收了。後來送小筆銀錢，就當他給孩子的零用錢。但這次送這麼多錢……

江洵道：「我起先也不接，說我長大了，不能隨便收別人的錢。連山大哥硬塞給了我，說咱們無父無母，他們自當多看顧，讓我這次收下，他回去跟孟世子說清楚，以後無事不會再送。姊，這些銀子妳拿去莊子裡花，鄉下苦。」

江意惜想著要買的東西多，她拿了三張，另兩張還給江洵。「藏好，不要再讓于婆子看到了，否則又會被祖母收走。」

江洵也不喜歡于婆子。「那個老貨管得忒寬，管天管地還要管小爺！前兩年我就找過大伯娘，想把秦嬤嬤接回來，可大伯娘沒同意。」

江意惜道：「于婆子的大哥是大伯的長隨，大伯娘怎麼可能同意換她？無事，總能找到機會的。」

下晌，江意惜和吳嬤嬤繼續收拾東西。不知要在莊子住多久，一年四季的衣裳、鞋子、厚薄被褥及一些日用品都要帶著。幾個下人缺被褥，江意惜說明天帶人去買。買被褥當然是藉口，她要去買治眼睛的藥。

今天是三月二十九，江三老爺晚上要回來。

每次江三老爺要回家的那天晚上，晚飯都會延後，一家人齊聚如意堂等他，就如此刻一般，而老太太臉上的喜色會變濃。

江意惜跟老太太和大夫人說，明天想去街上買些東西。

老太太點頭道：「去吧，帶著洵兒，跟個後生小子總要好些。」

江洵喜極，剛咧嘴要摩拳擦掌歡呼，想起大將軍的儀態，又閉嘴站直，只朝姊姊動了一下眉毛。

江意惜對他鼓勵地一笑。

老太太怕江意惜沒什麼錢，把自己之前允諾的五十兩銀子給了她。

江意柔也想跟著去逛街，但想著多日未見的爹爹，又打消了這個心思。

不多時，終於把江三老爺盼了回來。

三老爺會做人，長輩、晚輩每人都招呼到，更是把老太太哄得開心極了。

第三章

次日上午，江意惜姊弟、水香坐著馬車出府。

到了西市街口，幾人下車。

這條街上有家京城最大的藥堂——懷濟大藥堂，江意惜直接走進去。

江洵納悶道：「姊，妳不去買綢子、繡線，怎麼買藥啊？」

「去鄉下，要備些常用藥才好。」

江意惜把一張紙交給小二，上面寫了密密麻麻的藥名。這裡既有常用藥，也有消包塊、治眼睛的藥，有內服的，也有外用的。

老藥工抓好藥，包了二十幾包，還在紙上寫下藥名。

算帳的打完算盤說：「小娘子，這裡有五味珍貴藥材，要九十九兩銀子，其餘藥材二兩三錢，共計一百零一兩三錢。」

江意惜拿出一張銀票給他，又補了一兩銀子及三串銅錢。

水香拿出一塊大布把藥包起來，打成一個包袱。

出了門，江洵才問：「什麼藥這麼貴？一根年分不久的人參也才幾十兩銀子。」

江意惜不想多解釋，便說：「女人吃的藥你也要問？」

江洵紅著臉，閉了嘴。

之後又買了一些吃食，蜀綿、布料、線等東西。

由於東西太多，水香去街口讓車夫把馬車趕過來。

江意惜之所以沒讓車夫一直跟著，就是不願意別人知道她買了這麼多藥。

買完東西已經午時末，給車夫買了一籠小籠包子，他在外面看車吃包子，江意惜姊弟帶著水香去和豐樓吃飯。

飯後，幾人坐馬車離開西市街，又拐彎去京城最好的點心鋪桂酥園買點心。

桂酥園比較大，右邊有三個小娘子擠在一起看點心，後面跟著幾個丫頭，江意惜就把江洵拉去左邊看。

正挑的時候，就聽到那幾個小娘子的議論聲傳來——

「江二姑娘真的拒了成國公府的提親？」

「都傳遍了，當然是真的。」

「奇怪，江二姑娘若沒有那個心思，為何要拉孟三公子一起落水？她不就是打了賴上孟三公子的主意嗎？」

「我早說了，江二姑娘拉孟三公子是無意的。」聲音又小下來。「我看到羅三姑娘推了一把蘇二姑娘，蘇二姑娘猛地撞向江二姑娘。撞完人後，她們幾個就跑了，像是故意的。」

「她們為什麼要撞江二姑娘？」

「還不是因為有幾位公子說江二姑娘長得俊，比京城『四美』也不遑多讓，就有人不高興了，說一個小官家的孤女，跑去那裡出風頭……」

她們邊說邊走出鋪子，後面的話就聽不到了。

江意惜氣得臉通紅，自己哪裡出風頭了？根本連話都沒說兩句！就為了這麼個不是理由的理由？她甚至連那幾個人是誰都不認識，就被人莫名其妙地害了！這些所謂的貴女，壞起來簡直像惡魔！

江洵也是怒火中燒。「姊，我記下了，她們說的是羅三姑娘、蘇二姑娘，以後我有出息了定幫妳報仇！」

江意惜剛剛回頭瞥了一眼，其中一個姑娘有些面善，那天曾對她笑來著，但不知道是誰。

出了鋪子，水香小聲說：「姑娘，說妳長得俊的那位小姐奴婢也記得，聽人叫她鄭大姑娘，奴婢還看到她叫公主府的鄭夫人嬸子。」

宜昌大長公主的駙馬姓鄭，但宜昌大長公主只有一個孫子，沒有孫女，或許是鄭老駙馬的姪孫女也不一定。

江意惜想著，以後回京該交際的還是要交際，不能誰害了她，自己都不知道。

四月初一下晌，江意惜正在看醫書，水香和水靈抱著彈好的被褥回來。

水香說：「二姑娘，奴婢看到于婆子拿了一個小包裹出府。奴婢曾經聽小禪說過，只要二少爺上課，于婆子多半時間都會回自己家。」

小禪是江洵的丫頭。

江意惜一直想去看看江洵的院子，于婆子不在更方便，便帶著水香、水靈去了外院。

江府的男孩年滿十歲就要住去外院，直到成親再住回內院。

江洵搬去外院後，江意惜還從來沒去過他那裡。

小院門沒關嚴，隙了一點縫。院子跟灼園差不多大，裡面擺著木棒、木製大刀、木製寶劍等仿製兵器，還有練習打拳的木樁，看著有些零亂。

丫頭小禪正斜倚在一把椅子上，半夢半醒地曬著太陽。

水香冷笑道：「小禪姑娘還真悠閒！」

小禪看到二姑娘突然站在跟前，嚇得一下子清醒過來，跪下請罪道：「奴婢有罪，下次不敢偷懶了！」

江意惜冷臉道：「于嬤嬤沒跟妳說，當值的時候不能睡覺嗎？還大大咧咧地睡在院子裡。」

小禪搖搖頭。于嬤嬤當值的時候經常回家，根本不知道自己睡沒睡覺，但她也不敢明說。

江意惜抬腳走進屋裡，看見桌子上、椅子上都堆了東西。

小禪趕緊收拾，嘴裡說著。「姑娘恕罪！」

江意惜冷笑道：「妳還知道屋裡搞成這樣，奴才有罪？」江意惜直接走進臥房打開衣櫃。外衣不少，也挺新的，但裡面穿的中衣、中褲只有四套，都洗到泛黃了，還有一套甚至短了一大截。幾雙襪子發黃，破的洞也沒補。江意惜沈臉道：「每季府裡都會給主子做兩身外衣、兩身中衣褲、兩雙鞋子、四雙襪子，怎麼中衣褲只有這幾套？而且這套應該是前年的吧？還有襪子，怎麼只有這幾雙？是針線房苛扣二爺了？」

小禪臉色蒼白，忙搖頭道：「沒，針線房沒苛扣！」

江意惜道：「那就是妳偷了？」

小禪嚇得跪了下去。「奴婢不敢！奴婢沒偷！」

「不是妳偷的，妳就說實話，到底是誰偷的？若還要幫著那個賊，以幫凶論處，打板子後直接賣出去！」

小禪哭著說：「是于嬤嬤！她說二爺衣裳多，穿不完可惜了，就拿回去給她小孫子穿。」

江意惜坐去炕上，冷然道：「于婆子還苛扣二爺什麼了？一筆一筆招出來。」又讓水香去把江洵的小廝旺福叫來。

隨著小禪的訴說，江意惜越聽越心驚，那個奴才膽子也太大了！之前她還在想要怎麼給于婆子挖個坑攆了，沒想到那婆子自己把坑挖好了！

原來江辰死之後，于婆子便開始小偷小摸，江洵去了外院後膽子更大了，從裡面的衣裳、襪子等穿的，到筆墨、茶碗等用的，以及一些碎銀和銅錢，只要是別人一眼看不出來的東西，她都敢往自家帶回。只一樣，江洵愛吃東西，于婆子絕對不能染指他的吃食。

江洵也知道于婆子會把他的東西拿一些回去給自家孫子用，並沒放在心上，覺得反正自己也用不完，不如物盡其用。

江意惜氣得肝痛。江洵大剌剌，生活瑣事一點兒都不放在心上。說好聽是不拘小節，說得不好聽是有些缺心眼。什麼叫物盡其用？這是在養小偷！養大了他們的胃口，養虎為患！

她更氣自己。她從來沒把這個一生下來就沒有娘、十歲就死了爹的弟弟放在心上，不管他的生活，也沒教育過他。自己對不起弟弟，更對不起死了的爹娘！

江意惜掏出帕子抹起眼淚。

旺福回來了，他比小禪還要小一歲，就是個孩子，江意惜一嚇唬，他就嚇得大哭，把知道的都說了，說得比小禪還仔細。

江意惜問完話，便讓水香去把如意堂裡的瓔珞請來。

瓔珞來了後，看到跪在地上的丫頭、小廝，有些莫名其妙，笑道：「是他們惹二姑娘生氣了嗎？二姑娘快別生氣，讓人把他們打二十板子，攆出去。」

小禪、旺福聞言，哭得更厲害了，嚷著。「二姑娘饒命！瓔珞姊姊饒命！」

江意惜把瓔珞拉到衣櫃前，指著裡面的衣裳，垂淚道：「誰讓我們姊弟倆無父無母，活該被人欺負。可是，被一個奴才欺負成這樣，我怎麼想得開……」

瓔珞忙扶著江意惜坐去炕上，問道：「怎麼回事？」

小禪、旺福又哭著把于婆子的事說了。

瓔珞聽完後罵道：「那個死婆子，膽子忒大了！」

她知道于婆子的大哥是伯爺的長隨，但這事已經鬧開了，恐不能善了，當即讓幾個丫頭把衣櫃裡的衣裳都包起來，一起去往如意堂向老太太稟報。

江大夫人和江三夫人、江大奶奶都在如意堂陪老太太說笑，突然見一群人走進來，奴才手裡大包小包的，江意惜的眼睛都哭紅了，全都納悶不已。

江大夫人問：「惜丫頭這是怎麼了？」

江意惜走去老太太跟前跪下，哭道：「求祖母為我和弟弟作主！弟弟被惡奴欺負成這樣，孫女哪裡敢一個人去莊子？」

老太太狐疑道：「怎麼回事？」

瓔珞便把事情經過說了，又打開包袱讓眾人看看裡面的衣裳。

老太太雖然自己不待見那個孫子，但絕對不允許奴才這樣欺負他，氣得拍了一下炕几，罵道：「刁奴！居然敢這樣作踐主子！」又看向江大夫人。「妳是當家夫人，還是洵兒的大伯娘，那個奴才偷了洵兒幾年的東西，不要說妳不知道！」

江大夫人嚇得趕緊站起身請罪。「是兒媳不察！兒媳真的、真的不知！那個老貨太可惡了，兒媳定當從重處置！」

江意惜暗誹，大夫人怎麼可能一點都不知情？只是沒想到于婆子會偷這麼多罷了。自己忍老太太那是沒有辦法，但不能讓大房如此騎在頭上。江辰用命為這個家換來了利益，這些人只知享受，卻不管他們孤兒的死活。

江意惜邊拭淚邊說道：「也不怪大伯娘不知情，聽說于婆子的兄長在府裡頗有些勢力，知道實情的人自是不敢在大伯娘跟前多嘴。」

這話嚴重刺激了老太太。

老太太頓時氣道：「我們江家雖然日漸落敗，可還是有爵位的伯府，一個奴才的勢力居然大過主子，哪兒找這樣的規矩？周氏，這個家妳是怎麼管的？我不信妳一點內情都不知！妳無視孤兒、孤女可憐，縱容奴大欺主，就不怕壞我大兒的名聲，讓這個家更加落敗？」

大夫人嚇得跪了下去。

老太太讓丫頭把江意惜扶起來。「可憐見的，讓你們姊弟受委屈了。唉，我年紀大了，以為有伯娘、孀子看護，也就沒多顧及你們，誰承想連一個下人婆子都敢騎到你們頭上！我對不起在那邊的二兒啊……」

這話把江三夫人也說了進去，嚇得她趕緊起身請罪。

老太太抹起了眼淚，又開始說江辰的好，他的死為大房、三房帶來多少利，還說周氏能力有限，又有私心，以後讓老三媳婦幫著分擔中饋。

江意惜不相信老太太的眼淚，老太太對江辰的感情沒有那麼好。她如此作為，一個是正好抓住這件事收拾兩個兒媳婦，讓她們把尾巴再夾緊一些；另一個則是為心愛的三兒子謀些利，名正言順地讓三兒媳婦參與管家。

但江意惜還是竊喜的，雖然這樣得罪了大房，可三房會因為得利而跟他們姊弟的關係更近一些。

如意堂裡鬧聲一片，幾個姑娘過來請安都被攔著不許進來。

直到外院的男孩子放學了，眾人才一起進了如意堂。

老太太又訓斥了江洵，說他不拿出主子的身分收拾奴才，再不濟，也該找長輩為他作主啊！

江洵給老太太作揖認了錯。他看了一眼哭得眼睛、鼻子通紅的姊姊，覺得很羞愧。明明是想自己有出息給姊姊作倚仗，卻反過來讓姊姊為自己鬧到如意堂來。

江伯爺下衙後，聽說這事也非常生氣。老太太夾槍帶棒的罵，借丫頭話裡話外，好像欺負二房孤兒的奴才是仗著長房的勢。

最後，打于婆子二十大板，她和她全家都被發賣；打小禪和旺福十板子，攆出府；于婆子的哥哥被扣三個月的月錢，調去別處當差；扣總管、門房管事三個月的月錢。

小禪和旺福哭著求江洵。

江洵覺得小禪和旺福都不錯，除了怕于婆子，其他表現尚可，特別是旺福，很聽自己的話，因此又幫他們求情。最後只打他們十板子，扣半年的月錢，旺福依然服侍江洵，小禪調去別處當差。

江大夫人又道：「洵兒還小，光小廝和丫頭服侍，不會那麼周到，還是要調個婆子過去服侍我才放心。」極為賢慧體貼的樣子。

江洵躬身道：「謝大伯娘關心。丫頭隨大伯娘調派，至於管事嬤嬤，我想要我的乳娘秦嬤嬤回來。」

江大夫人已經忘了有秦嬤嬤這個人，正尋思的時候，江洵又道——

「秦嬤嬤已經被打發到定州去了。」

江大夫人才想起來是誰，為難道：「幾百里的路程專門去接一個婆子……府裡那麼多人，洵兒就看不上一個？」

江洵的眼圈紅了。「秦嬤嬤是我娘的陪嫁丫頭，之前照顧我極是周到，聽說她男人已經病死了……」

江伯爺皺眉道：「洵兒喜歡，就讓人去把她接回來。」

老太太也道：「既然是扈氏留給洵兒的，屆時她照顧不好也怪不到其他人。」

江大夫人不想如那一對姊弟的願，但老太太和男人都發話了，也只得點頭同意。

飯後，江洵跟著江意惜去了灼園。江意惜先是教訓了他一頓，氣狠了還揪著他胳膊上的肉扭了一圈，之後又跟他講道理，強調必須注意細節，大事都是由無數不起眼的細節堆積而成。

看到姊姊如此放心不下他，江洵的眼眶有些紅。「姊，妳還沒走，我就開始想妳了。」

江意惜戳了一下他的腦袋。「少貧嘴！我的話記下了嗎？」

「記下了，回去我就寫在紙上，以後每天都默一遍！」

次日上午，給老太太請過安之後，兩位夫人陪老太太閒話，幾位姑娘出了如意堂。

江意惜和江意柔手拉手走在前面，江意言和江意珊走在後面。

離如意堂有一段距離後，江意言立即快步上前堵住江意惜，眼裡冒著怒火。「江意惜！是江洵自己笨，東西被奴才偷了，妳憑什麼怪到我娘身上？」

江意惜沈了臉。「我實話實說，是祖母責怪大伯娘管家不力，關我何事？當真是無父無母就該被欺負嗎？祖母還活著，咱們去她老人家那裡說清楚！」

江意言氣道：「妳說去我就去啊？憑什麼？哼，妳也知道妳是孤女，靠著我爹才被人說成伯府嫡女，妳不知道記情，還耍手段使壞，連長輩都要害！不過這的確是妳的作風，慣會兩面三刀，就像之前一樣，先拉孟三公子落水，後又假惺惺說不是故意的，不同意婚事，假清高！不過呢，任憑妳再會說，還不是要被攆去鄉下，有什麼好得意的？看著吧，有妳吃苦頭的時候！」一說完便氣哼哼地走了。

江意珊趕緊快步跟上。

江意惜對著江意言的背影冷哼道：「走著瞧，誰吃苦頭可不一定！」

江意柔拉拉江意惜勸道：「二姊莫生氣。」

江意惜說：「我才不會跟一個棒槌置氣。」那丫頭以後有機會肯定要收拾，不過不是現在。

下晌，江意惜去了三夫人的院子。

江意惜屈膝賠罪道：「因為我而讓三嬸被祖母責怪，對不起了。」

江三夫人分得了管針線房和園子花草的權力，心下正歡喜，怎麼可能怪江意惜？她說道：「你們姊弟受了那麼多委屈，早該說出來的。唉，也怪不得老太太罵人，我也沒想到那個奴才膽子那麼肥，大嫂也……唉！」

江意惜道：「我去了莊子後，要拜託三叔跟三嬸多多看顧江洵。我知道，有些事三嬸不便過多地插手，就麻煩三嬸私下提點一下洵兒，讓他少吃虧。」說完，她又給江三夫人屈了屈膝。

江三夫人看看江意惜，自從出了那件事後，這孩子彷彿一下子長大了。之前這孩子內向、孤傲，別說跟她這個嬸子了，連親兄弟都不會多說一句話。

家裡是老太太作主，中饋由大嫂主管，有些事她即便看在眼裡也不想多說。如今老太太發了話，又有這個丫頭的拜託，有些事倒是可以管一管。

再看看江意惜的小模樣，桃面粉腮、明眸皓齒，真是難得一見的美人兒，關鍵還聰明。若老成國公的那個許諾依然作數，將來興許真能嫁個好人家。

江三夫人的笑更真誠了，說道：「我家老爺也經常囑咐我，說二哥、二嫂不在了，要多多看顧你們。唉，家裡許多事三嬸都插不上手，也委屈了你們，特別是洵兒。有了妳這個姊姊的囑託，日後我會留心的。我不好說的，就讓我家老爺跟老太太說。」

江意惜又鄭重地福了福身。她猜得到三夫人的心思，人與人之間本來就是建立在互相利用或是互相欣賞上。既用不到妳，又不欣賞妳，人家憑什麼要幫妳？這世上，只有爹娘是無條件愛護子女的……也不一定，江老太太對江辰可不是無條件的好。

可笑前世心裡就是有個結，覺得老太太、大房、三房就知道沾江辰的光，非常清高地不願意跟他們接近。若是前世能想透，把對自己有利的人攏絡過來，處理好跟三房的關係，江洵多得他們照顧和教誨，就不會活得那麼辛苦，也不一定會生病早死。

跟三夫人告辭後，江意惜又去了江洵的院子。她明天就要走了，還是放心不下這個弟弟。

新來的丫頭小紅過來給她磕了頭。小紅十五歲，不算很機靈，但現在只能先這樣，等到秦嬤嬤來了以後再說。

江意惜賞了小紅一個裝銀錁子的荷包，又敲打了幾句。

四月初三一大早，江意惜還在睡覺，院門就被敲響了。

是江洵，老太太讓江洵送江意惜去莊子。

江意惜樂起來，有個貼心又纏人的弟弟，真好。

今天早飯吃得比平時早一些，姊弟二人剛吃完，江三夫人就帶著江意柔過來了。

江三夫人送了江意惜二十兩銀子，江意柔送了一塊緞子，還代江意珊送了兩塊羅帕。

江意惜沒想到江意珊會送自己東西，笑道：「謝謝三嬸、四妹，代我謝謝五妹。」

江三夫人道：「在鄉下要注意安全，出門多帶人。遇到事就報妳三叔的名號，妳三叔的軍營在那裡，總能唬住一些人……」

江意惜一一答應。

現在還早，老太太尚未起床，昨天說好了直接走。

江意惜主僕四人一輛馬車，江洵帶著小廝旺福一輛馬車，另兩輛騾車裝行李。

車跑了兩個多時辰，午時初到達扈莊。

前世今生，江意惜都是第一次來這裡。

下了車，面前是一座二進院，粉牆黛瓦，掩映在一片綠樹翠竹中。

不遠處是一片村落，周圍是大片田地，其間小路阡陌縱橫。東邊的田地過去，是連綿蒼翠的群山——青螺山。

站在這裡，就能隱約聽到村裡傳來的雞鳴狗吠及孩子們的笑鬧聲，還能隱隱望見青螺山下樹林中的飛簷翹角，那裡應該就是昭明庵。

吳大伯帶著兩個兒子吳有貴和吳有富，已經跪在江意惜和江洵面前。

「奴才見過二姑娘，見過二爺。」

江意惜見吳大伯和吳有富的次數不多，見吳有貴的次數要多一些。吳有貴只比江意惜大半歲多，小時候吳嬤嬤偶爾會留他在府裡住幾天。

看到吳大伯憨厚的笑容，江意惜心生親近。前世，吳大伯好像也在她出家後死了，不知怎麼死的，也不知何時死的，還是江洵去庵堂看她時說的。

前世自己倒楣，奴才們也跟著倒楣。

江意惜笑道：「吳大伯、有富哥、有貴哥，起來吧。」

江洵還各賞了他們一個裝銀錁子的荷包。「以後好好服侍我姊。」

吳大伯憨憨笑道：「該當的。」看了江意惜和江洵兩眼，又紅著眼圈說：「二姑娘越長越像二夫人，二爺也越長越像二老爺。」

江洵摸著自己的臉呵呵笑道：「是，他們都這麼說。還說我姊是最俊俏的小娘子，我是最俊俏的後生。」

江意惜笑說了一句「皮厚」，拉著他進了院子。

莊子挺大的，一進除了倒座，還有東西廂房，吳大伯一家住西廂，廚房、柴房、庫房在倒座；二進是主子住，主子沒來時都是鎖著的，有五間上房，東西廂房各三間。

屋子雖然簡陋，卻收拾得一塵不染。

收拾屋子和做飯菜是佃農媳婦賀大嬸母女來做的，她們是村裡最索利的農婦之一，賀大嬸的閨女賀二娘還是吳有富的未婚妻，明年成親。

江意惜住上房東屋。

水香和水靈趕緊把主子的被褥鋪上，紗帳掛好。

江洵院裡院外、屋裡屋外巡視了一圈後，點頭表示滿意。

吃完晌飯後，江洵準備要回京了，臨走前說：「姊，我初九晚上趕來這裡，要在莊子住一宿。」

「好，我再給弟弟準備滷大腸。」江意惜痛快的答應，又道：「我要先給爹娘抄經一個月，你把爹留下的那個掛件借我戴一陣子。」

江洵立即從脖子上取下一個掛件，紅繩上面掛著一個成人拇指大的暗黃色虎頭。

這個小掛件是江辰的太祖父直接跳過兒子、孫子、大重孫子傳給二重孫子江辰的，江辰一直戴在身上。江辰死之前，取下來請孟辭墨帶回京城交給江洵。聽說江伯爺得知這樣東西江辰臨死前傳給江洵，很不高興。但這東西經過了孟辭墨的手，江伯爺也不好再強要過來。

江洵說道：「孟世子把這掛件交給我時說，爹讓我保管好它，還要護好姊姊。可我無能，讓姊姊來了這裡。」

江意惜接過掛件，說道：「來莊子不是壞事，弟弟做得很好了。」

望著漸漸遠去的馬車，江意惜隔著衣裳摸著那個小虎頭。前世，弟弟死之前讓人把掛件帶給她，因為這個掛件，沈老神醫才真心教她。這一世，還要憑著這東西編一套說辭。

江洵的話讓吳大伯聽了一耳朵，眼圈不禁泛紅。二老爺真是個好人，死的時候居然最放心不下姑娘。

江意惜在院子裡信步走著。內院挺大的，但只有兩棵樹，顯得空曠單調。

吳大伯不好意思地笑道：「奴才沒想到姑娘會來這裡長住，太簡陋了。」

江意惜笑道：「去鎮上多買些花種，再買兩株海棠樹苗和芭蕉樹苗，我喜歡花團錦簇。喔，多買些月季花種，便宜，也容易打理。」又問：「我們離臨風鎮有多遠？」

吳大伯笑道：「不遠，只有六里路，腳程兩刻多鐘就能到。」

回屋後，江意惜淨完手，開始認真抄經。

她的心無比虔誠，抄得很慢，字寫得非常工整。

能夠重生，能夠修正自己的錯誤，實乃萬中無一，她卻好命地遇到了。多麼難得。

次日上午，江意惜帶著吳嬤嬤、水靈、吳有貴去昭明庵燒香。

江意惜和吳嬤嬤不只一次叮囑水靈，不許惹禍、不許多話、不許打架，若不聽，就不要她了，讓她繼續回大廚房燒火。

水靈嚇得發誓詛咒，一定聽話。

吳大伯讓江意惜坐騾車去，江意惜想自己走，看看周圍風景。

多活一世的她可不是深閨裡的小姐了。

她穿著半舊衣裳，斗笠壓得低，看得出她出身富裕，卻也想不到是伯府家的姑娘。

吳嬤嬤和水靈走在她兩邊，後面幾步遠跟著吳有貴。

小路崎嶇不平，兩旁麥穗飄香，農田裡的農人直起身看向他們。有認識吳有貴的，會大聲招呼一聲「吳小管事」，吳有貴也會大著嗓門回笑打招呼。

一刻多鐘便到了昭明庵。

昭明庵很大，前朝一位皇后被貶成庶人後在這裡出家，後來兒子當上皇帝，把這裡擴建成這樣。京城許多官宦家的女眷經常來這裡燒香，求子、求姻緣的尤其多，聽說二十幾年前太后娘娘還來祈過福。裡面香火極旺，景致清幽。

江意惜拜了佛祖菩薩，為江辰和扈氏點了長明燈，還非常大方地捐了一百兩銀子，就去庵後遊玩，這裡種滿了佳木瓊花。

江意惜想著，有人說雍王爺等人在昭明庵陪珍寶郡主，不知他們走了沒？

晌午吃了齋飯，幾人才回扈莊。

歇晌過後，江意惜又開始抄經。

上午去昭明庵燒香，侍弄小半個時辰花草，下晌抄半個時辰的經，其餘時間看醫書「自學」針灸，一連數日，天天如此。

這幾天，江意惜別說偶遇珍寶郡主及其家人，連她的一點傳說都沒聽到過。不過，這裡還是與其他寺廟有所不同，庵堂周圍總有一些不像百姓的男人徘徊，應該是保護珍寶郡主的人。

江意惜有些納悶，這麼多明衛、暗衛，不知前世珍寶郡主是怎麼逃出庵堂的？會不會這一世有變故？

期間，江三老爺專程帶著一隊軍士來扈莊看望江意惜。

江意惜還打發吳有貴去臨風鎮孟家莊打聽孟老國公和孟世子在不在？去過三次，都說還沒回來。

初九這天早飯後，吳嬤嬤帶著水香去鎮上買食材。下晌江洵要來，若是秦嬤嬤回京了，她肯定也會來。

江意惜依然帶著水靈、吳有貴去了昭明庵。

今天陽光足，燒完香後江意惜帶著水靈坐去大殿旁邊的樹下歇息，吳有貴在一丈開外站著。

突然，一道貓叫聲傳來，接著從草叢中跳出一隻狸花貓，跑到江意惜面前蹲著看她。狸花貓非常漂亮，毛髮黑白相間，圓圓的杏眼，嘴巴以下到肚皮是白色的。牠「喵喵」叫著，似在乞求吃食。

江意惜前世在庵堂裡養過一隻貓，她笑著伸手摸了摸小貓的頭，卻沒有吃食能餵牠。

小貓任她擼了幾下，沒得到想要的，轉身跑了。

隨著一串腳步聲響起，兩個小尼姑從這裡經過——

「愚和大師佛法真是精深，算到節食小師叔能清明，果真清明起來了。」

「可清醒的時候卻吵著要吃肉，這裡是庵堂啊！但蒼寂住持再是氣惱，看在王爺的面上也不好責怪節食小師叔。」

「不只吵著要吃肉，對王爺和王妃還很不客氣呢！那天我去送齋飯，聽到她在發脾氣，王爺小心翼翼地哄她，好像小師叔還揪了王爺的鬍子。唉，我在俗世的爹娘若有王爺的一半那麼好，我也不會當姑子。」

「咱們拿什麼跟節食小師叔比？人家那是命好，在俗世享福，出了家還享福。她惦記的是吃肉，咱們惦記的是吃飽……」

聲音漸漸飄遠。

水靈終於忍到能說話了，納悶地問道：「姑娘，那些小尼姑說話怎麼跟我一樣呢？張口閉口都是『吃肉』、『吃飽』的。」
江意惜笑道：「小尼姑也是人，但凡是人，想的第一件事都是吃飯。只有吃飽飯，才能活下來。」
「可她們還說了吃肉……」
江意惜拉了她一下。「走啦，回家了。」她知道，節食小尼姑越清醒越能折騰人。
傍晚，半個夕陽落入青螺山，院外終於傳來車軲轆聲。
吳有貴跑去開門，江洵帶著一個婦人、一個姑娘、一個男孩走了進來。
婦人三十歲左右，雖然蒼老多了，江意惜還是一眼認出她是秦嬤嬤。小姑娘十二、三歲，男孩七、八歲。
秦嬤嬤看到江意惜就跪了下去，哭道：「沒想到奴婢還能看到二姑娘啊！定州偏遠，奴婢上年才聽說二老爺陣亡。想著二爺和二姑娘可憐，小小年紀爹娘就都不在了，奴婢的心都碎了……」
江意惜也心酸不已，親自把秦嬤嬤扶起來。「秦嬤嬤受苦了。我還好，有吳嬤嬤的照顧。以後洵兒有秦嬤嬤在身邊，我就放心了。」
小姑娘和小男孩跪下見禮。
「奴婢巧兒見過二姑娘。」

「奴才秦林見過二姑娘。」

江意惜讓他們起來，分別賞了秦嬤嬤五兩銀子，巧兒和秦林各二兩。

江洵說：「秦嬤嬤已經住去我那裡。我不想讓巧兒被大伯娘分去別處，就沒讓她進府。秦林暫時住在水靈家，巧兒暫時住在小紅家。」

秦嬤嬤一家之前在京城住的是武襄伯府的下人房，房子已經被人占了，現在幾口人回來沒地方住。

江意惜很喜歡巧兒和秦林，一看就教得很好，便說道：「以後巧兒就跟著我，月銀我單給。秦林就住在莊子裡，大些再進府幫洵兒。」

府裡有定例，若自己想多要奴才服侍也行，就要自己發月錢及交伙食錢。秦巧兒已經十二歲，若她想進府做事，得統一由江大夫人和管家分配。秦林剛剛七歲，府裡不會要。

秦嬤嬤笑道：「那敢情好。」

江洵笑道：「我也是這麼想的。」

秦巧兒聽說自己要給姑娘當丫頭，高興地過去給江意惜磕頭。

江意惜笑道：「我丫頭的名字都帶水，妳以後就叫水清吧。跟水靈一樣，是二等丫頭。」

晚上，江意惜姊弟纏著秦嬤嬤說了許多扈氏的事。

吳嬤嬤雖然是扈氏的陪房，但她是在嫁給吳大伯後才認識扈氏。吳大伯是扈氏乳娘的兒子，但他是男人。秦嬤嬤是陪伴扈氏長大的大丫頭，他們想多知道扈氏的事還是得問她。

秦嬤嬤眼裡盛著溫柔的光。「姑奶奶長得漂亮，說話輕聲細語，手也巧……喔，二姑娘長得特別像姑奶奶，尤其是嘴，像花瓣一般。姑奶奶喜歡穿淡青色衣裳，喜歡吹笛子……」

透過她的描述，那個美麗模糊的身影漸漸清晰起來。

之前江意惜也問過江辰，但江辰不會講得這樣詳細，只會說「美麗、溫柔、賢慧」之類的話。

江洵聽得眼睛都不眨，遺憾極了。「姊姊肯定還有娘的印象，我是一點都沒有。」

江意惜搖頭道：「娘仙逝的時候我剛兩歲，也沒有印象。爹的音容、笑貌我一直記著，到死都不會忘。」

江洵也道：「爹的樣子我也一直記著。」

秦嬤嬤看江意惜的眼神驀地暗了暗，無聲地輕嘆一聲。

次日上午。

秦嬤嬤終於看見吳大伯一個人在外院劈柴，她快步走過去，看看周圍沒人，才低聲問道：「吳大哥，那件事二老爺臨終前，或是上戰場前，有沒有什麼特別交代？」

吳大伯停下手中的活，警覺地看看四周，才低聲說：「二老爺是好人，是真正的君子，他誰都沒說。我們就把那件事永遠埋在心底吧，任何人都不要吐露，這樣對姑娘最好。」

秦嬤嬤的眼圈又紅了。「好，我知道了。之前我的心一直提著，總怕那事傳出去後二姑娘會吃虧受苦，現在知道了，二老爺果真是天底下最好、最有胸襟的男人，姑奶奶當初沒嫁錯他。」又遲疑道：「不過……我怎麼覺得二姑娘越大越像那個人呢？」

吳大伯道：「姑娘長得還是像姑奶奶多些，像那人少些。就是像得多也不怕，天下相像的人多了去。只要咱們不說，別人不知道姑娘的確切生辰，任誰也不會往那方面想的。況且，那人目前不在京城，即使回京來跟姑娘也沒有見面的機會。」

秦嬤嬤想想也是，長鬆了口氣。

「娘——」秦林從內院跑了過來。

秦嬤嬤的聲音大了起來。「我不在這裡，秦林就要拜託吳大哥了。那小子皮實，若不聽話，打就是了。」

吳大伯爽朗地笑道：「秦林像秦老弟，斯斯文文，比我家那兩個糙小子強多了！」

秦林跑過來笑道：「吳大哥和吳二哥會武，我要跟他們學武！」

秦嬤嬤笑著摸摸他的頭。

江洵玩了大半天，江意惜又跟秦嬤嬤講了許久江洵存在哪方面的缺點，讓秦嬤嬤把他看緊。

下晌未時，江洵和秦嬤嬤坐馬車走了。

村裡有個私塾，江意惜讓吳有富拎了一條肉，領著秦林去拜見先生。以後秦林要跟著江洵，江意惜還是希望他讀兩年書，將來得用。

從這天開始，江意惜便不再去昭明庵了。她記得，珍寶郡主是在四月中旬那幾天到扈莊的，實際是哪天她記不清了。

每天上午，江意惜都雷打不動地在園子裡侍弄花草或看書，實則豎起耳朵聽外面的動靜。

珍寶郡主就是一個神奇的存在，是京城第一大樂子，她病好後和雍王爺的某些相處模式經常被人們議論、取笑。

江意惜出家後跟珍寶郡主接觸過兩次，覺得她除了會說些莫名其妙的話，行事有些怪異外，人還不錯，也仗義，沒覺得她不正常，相反地還有些真本事，江意惜很期待這輩子跟珍寶郡主的初次見面。

十四這天午時初，吳家父子巡視完農田後回到莊子，坐在樹下看書的江意惜跟他們打了招呼，吳嬤嬤舀水讓他們洗手。

突然，院子外傳來女子低低的呻吟聲和哭泣聲，不多時，院門響了起來。

「誰呀？」吳大伯大聲問道。

「我，開門！」

是一個姑娘的聲音，聲音清脆，一聽歲數就不大。

吳大伯打開門，看到一個留著頭髮卻穿著尼姑素衣的小尼姑站在門口，小尼姑淚流滿面，一隻手扶著門柱，一隻腳抬起來，非常痛苦的樣子。

「小師父，有什麼事？」

小尼姑從懷裡取出一錠銀子遞過去。「大叔，讓我進去坐坐，我腳崴了，痛死了！」

吳大伯上下打量她一眼，直覺這個小尼姑不像尼姑，不僅留著頭髮，且叫他「大叔」而不是叫「施主」。他沒敢接銀子，正想拒絕時，站在後面的江意惜說話了——

「小師父崴到腳了？進來坐坐。」

江意惜出門想扶小尼姑進來，可門檻高不好進，就讓水靈出來，直接把小尼姑打橫抱起來進門。

小尼姑被刺激得尖叫一聲，又趕緊用手捂住嘴。

江意惜把門關好，示意水靈把小尼姑抱去正房廳屋的羅漢床上斜躺著。

小尼姑指著左腳踝說：「痛，崴著了。」

江意惜挽起小尼姑的左腿褲腳，脫下鞋子和襪子，看到腳踝又紅又腫。

江意惜輕輕捏了捏，安慰道：「骨頭無事，只是扭傷了。」

小尼姑痛得五官變了形，嚷道：「痛！好痛的！」

小尼姑十一、二歲，盤子臉、大嘴、小眼睛，皮膚不算白。大大的僧帽攏著頭髮，顯得腦袋更大，黑眼仁更小。長得這麼有個性，是珍寶郡主無疑了。

江意惜輕聲安慰。「腳不要亂動，先用帕子冷敷，好些後再用藥酒揉揉，幾天就會好。」

水靈提醒道：「姑娘，這樣不對。奴婢崴了腳時，奴婢的爺爺都是馬上拿藥酒使勁搓、使勁搓！」

江意惜道：「那多疼？妳以為小師父跟妳一樣經搓？」

小尼姑忙指著江意惜道：「我怕疼，聽妳的！」

江意惜讓水香用井水浸條帕子來，扭到半乾後蓋在小尼姑的腳踝上。

水清剛倒上茶，吳大伯就跑進來稟報。

「姑娘，奴才聽到外面有許多人走過，好像是在找人……」吳大伯說著，看了小尼姑一眼，意思是主子帶了一個大麻煩進來，那些人可不好惹。

小尼姑忙道：「定是找我的！不要說我在這兒，不要把我交出去！敢出賣我，我就說是你們把我抓進來的！」一生氣，兩隻小黑眼珠離鼻子更近了。

還訛上人了？水靈怒視著小尼姑。

小尼姑見傻大個兒丫頭直勾勾盯著她的眼睛看，更不高興了，頗有氣勢地說：「不許看！再看就把妳賣了！」

水靈氣道：「妳一個出家的小尼姑，還賣我——」

江意惜拉了一下水靈，輕聲說道：「不許對小師父無禮。」

水靈只得憤憤地閉嘴，移開目光。

江意惜又對小尼姑說道：「小師父，妳去哪兒、要找誰，我們可以幫妳通風報信，可若那些人硬往我家闖，我們想攔也攔不住呀！」

小尼姑嘰了嘰嘴，哽咽道：「我不想回去，不想當禿瓢……廟裡的日子我過夠了……」

正說著，院門被拍得「砰砰」作響。

吳有富剛把門打開，就湧進一群人。

「聽人說，有位小尼姑進了你們家？」

吳有富不敢說「有」，也不敢說「沒有」，正猶豫著，那人又道——

「怎麼也不問問那個小師父是誰就敢藏匿不報？真是找打！」

那人推了吳有富一把，一群人便湧進內院。

小尼姑怕那些人再闖進屋裡，尖聲叫道：「讓我哥進來，其餘人不見！這家人對我有恩，不許打他們！」

吳大伯跑出去說：「小師父崴到腳了，我家姑娘正幫她敷呢！她說，她只想見兄長，且不許你們打人。」

眾人已經聽到節食小師父的聲音，便都停了下來。

一個一身華服的公子馬上站出來說道：「我去見小妹，你們去外院等著。」

跟吳大伯進屋的男人二十出頭，長身玉立，矜貴中透著儒雅，穿著湖藍色長衫，腰繫玉帶，頭戴束髮金冠，手裡拿著一把沒打開的摺扇。由於著急，臉紅得如打了胭脂，鼻頭上也冒出密密的汗珠。

江意惜前世曾經遠遠見過這人一面，是雍王世子李凱，李珍寶的胞兄。前世今生都沒有交集的人，今天居然來了她家莊子。

李凱看到鼻頭都哭紅了的妹妹，心疼壞了，幾步走上前說道：「珍寶，腳崴疼了？看看、看看，誰讓妳亂跑？腳腫成這樣……」

李珍寶哭道：「還不是被你們逼的！我不想當禿瓢，不想待在廟子裡，我真的不想活了！想著跑出去看看晉和朝長什麼樣、再吃點肉，然後等死！」

李凱坐去李珍寶旁邊，苦著臉說道：「愚和大師說，人有輪迴因果，妹妹上輩子吃完了兩輩子的肉，這輩子便不能再吃肉了。」

「可我想吃肉……」

「為了活命，妹妹就忍忍吧！這世上，除了肉還有許多美味。父王說再尋幾個會做素食的廚子過來，定會讓妹妹滿意的。父王若看到妳的腳摔成這樣，該多難過。」

李珍寶抽泣道：「他才不會難過！他帶著媳婦跑了，把我一個人丟下！還說心疼我，他的心好狠……」

「妳是父王的掌上明珠，任誰都知道，妳怎麼──」

李珍寶停止哭泣，瞪著李凱尖聲叫道：「我才不是明珠！明珠又美又亮，可我卻長得這樣醜！我為什麼長得這樣醜？你們七個兄弟，不管嫡的、庶的，個個長得好，都是白皮膚、雙眼皮、高鼻梁，唯獨我，大嘴巴、塌鼻子、小眼睛，而且還是鬥雞眼！嗚嗚嗚，他若真心疼我，怎麼會把我生成這樣？他就是重男輕女，故意的！我要崩潰了，不想活了……」

李珍寶越說越傷心，仰著頭、閉著眼大哭，眼淚大顆大顆滾下，嘴張得老大，嘴裡的舌頭看得清清楚楚。

李凱急得抓耳撓腮，妹妹病大好突然變聰明是好事，可又經常說些莫名其妙、蠻不講理的話，噎得人難受。他溫聲哄道：「誰說我家妹妹醜了？哥哥揍他！乖，珍寶長得可俊了！」

李珍寶哽咽道：「長得醜就是長得醜，你們偏還要說瞎話蒙我，真當我是傻子啊？不待這麼欺負人的……」

「沒有沒有，哥哥哪捨得欺負妹妹？那個，都說女大十八變，妹妹才十二歲……」

「坯子在那兒，你當醜小鴨真能變成白天鵝啊？哄鬼！嗚嗚嗚……醜就醜些吧，偏把我一個人送進庵堂，不能吃肉，不能多吃，起個法號還要叫『節食』！精神與物質的雙重打擊，這不是想整死我是什麼？別人穿是白富美、吊炸天，我怎麼就這麼悲催呢？我不想活了，想在死前看看古代，再吃個饞了許久的大肘子，然後就自殺……」

李凱已經習慣了妹妹的詞不達意，勸道：「帶髮修行不會一輩子，妹妹的病徹底好了就能還俗了。至於吃肉這事吧，妹妹就聽聽勸，實在是愚和大師說了，妹妹這輩子不能吃肉，吃肉就會……」就會什麼他忍住沒說。

勸了等於沒勸，說了等於沒說。李珍寶的聲音又嚎大了幾分，反覆說著「崩潰了」。

李凱一臉愁容，邊用帕子給妹妹擦眼淚、擦鼻涕，邊低聲說著勸解的話。

但那些話蒼白無力，李珍寶根本聽不進去。

李珍寶越說越生氣，不時蹬著右腿，一不注意動了一下左腿，刺痛讓她把哭聲噎進了嗓子眼，尖叫出來。「痛！好痛，腳好痛！」

李凱這才發現屋裡只剩他們兄妹二人，其他人都出去了，他忙壓住李珍寶的左腿。「妹妹不要亂動。」又提高聲音喊道：「來人！」

江意惜從門外走了進來。那些話他們不便聽，又忍笑忍得難受，只得出去。但因不敢走遠，一直站在門外，所以他們的對話還是聽到了。

江意惜走過去說道：「小師父不要亂動。」又對李凱說：「不要再刺激她。」她把李珍寶腳腕上的帕子取下，在銅盆裡重新打濕擰乾，再搭上。

李珍寶的聲音平靜下來，噙著眼淚說：「哥，我真的不想回庵堂，不想當禿瓢。我天天都作同一個夢，夢見滅絕師太把我的頭髮都剃了，我的腦袋成了一個大禿瓢，更醜了……」

李凱保證道：「放心，她們不會給妳落髮，這是早就說好的。我們王府每年給昭明庵好些供奉銀子，她們不敢不聽父王的話，何況愚和大師也交代過。」

李珍寶搖搖頭，無限憂傷地道：「可留著頭髮有什麼用？不能結婚，不能找男人……」

李凱嗆得猛咳了幾聲，忙手握成拳抵住嘴唇，看了眼江意惜，然後放低聲音說：「妹妹，這事……妳還小，咱們以後單獨說。」

「我就要現在說！」

「妹妹莫著急，等妳病好後還俗，就能嫁人了。」

李珍寶流淚道：「還俗有什麼用？我長得不漂亮，沒有男人會喜歡醜女人的！別以為我不知道，你們男人就是愛看臉，父王找的狐狸精一個又一個，你一看到漂亮姑娘就挪不開眼睛，還有皇伯父也是，你們找的女人哪個不漂亮？我這麼醜，是男人都不想多看一眼！嗚嗚嗚……」

李凱用力「唰」地打開扇子，頗有氣勢地說：「怎麼可能！咱們家是誰？哪個不長眼的敢嫌棄妳？打不死他！」

李珍寶喃喃道：「強扭的瓜不甜，我不想霸王硬上弓，我想要兩情相悅……」

李凱理屈辭窮，瞠目結舌，腦袋跟不上，想站起身踱步。

這時，江意惜溫柔的聲音響了起來。「小師父，恕我多句嘴。」

李珍寶和李凱都看向江意惜。

「妳說。」

「請說。」

江意惜看著李珍寶說道：「妳說男人不想看醜女人一眼，可我卻看到妳哥哥一直在看妳。他會如此，有兩個可能，一個是妳本就不醜，一個是人若愛妳，看妳就美。」

李凱高興起來，搧了幾下扇子說：「極是！哥哥就是喜歡看妹妹，看得都挪不開眼睛！」

江意惜沒理李凱，繼續說：「妳哥哥如此，應該是兩個原因兼而有之。第一個，妳本就不醜。小師父，我也不認為妳醜，只是妳的美比較與眾不同，屬於那種耐看型，越看越美。」

李珍寶眼裡有了笑意。「妳說我是高級臉？」

高級臉？江意惜木然地點點頭，有些反應不過來。又想著反正高級比低級好，她要這麼認為就這麼認為吧。

不過，江意惜真的不認為李珍寶長得醜，只不過跟俊男、美女有一定的距離，且她長大長開以後也的確比現在好看一些。「對眼」倒是真的，但不算特別嚴重，自己有辦法幫她矯正好。

江意惜繼續說道：「第二個，凡是喜歡妳的人，就會覺得妳美，百看不厭。妳哥哥喜歡妳，所以怎麼看妳都美，妳不應該讓喜歡、心疼妳的人難過。」

李凱看了江意惜一眼，又巴巴地看向李珍寶，有一種想哭的衝動。外人都懂我的心，妳卻不懂……

李珍寶嘟嘴道：「我父王把我生得這麼醜，又把我一個人扔下，他不喜歡我……」

江意惜怕她的腦筋再往老路上轉，忙道：「可妳現在面對的是妳哥。」

前世江意惜遇到李珍寶的時候是在五年以後，那時的李珍寶滿了十七歲，性情雖然直爽任性，但絕對不像現在這樣任性得不可理喻。或許因為她此時還小，也或許她面對的是關心、愛護她的親人，才敢這樣放肆吧？從這點來說，江意惜是羨慕她的。

李凱連連點頭，推鍋道：「妹妹，妳長得如何，真的跟哥哥沒關係啊！妳要怪，等父王來了再怪他。再說了，哥哥真的覺得妳不醜。這不光是哥哥說的，這位姑娘也這麼認為！妳的確長得比較有個性，屬於越看越好看那種！」

李珍寶翻了個白眼，開始講起條件。「大哥，我不想回昭明庵，庵裡無趣得緊，那種生活我過不下去。若回不了王府，我想住這裡，讓蒼寂住持來這裡給我治病，或者在附近給我買個莊子住也成。」說完，還拉著李凱的袖子晃一晃。

見妹妹跟自己撒嬌，李凱樂壞了，但有些事卻不能妥協，他為難道：「哥哥也願意妳開開心心在外面玩，可妳的身體受不住，妳的病也不能在俗世中治。等妳身體恢復再好一些，就能多出來玩了，到時再讓這位姑娘多陪妳玩。」

折騰一圈後，李珍寶又不想死了。她仔細看看面前這位古裝美男，除了有一點點輕浮、喜歡看漂亮小姑娘……包括清秀小尼姑，好像沒有其他毛病，有這樣一位寵妹狂魔當哥哥也不錯。

但好不容易看到自由自在的天，聞著自由清新的風，她可不想馬上被送回去，遂央求道：「我只住今天一天還不行嗎？今天不需要泡藥浴，藥也吃過了。哥哥，求你了！」

李凱搖頭道：「目前，一天也不行。」

李珍寶的眼淚又流了出來。

江意惜笑道：「這裡離昭明庵近，以後我常去看望小師父。」

李珍寶糾正道：「不要叫我小師父，我又沒有真的出家，叫我珍寶。還是我來妳家好了，自在的多。」

李凱起身對江意惜抱拳笑道：「讓姑娘見笑了。實不相瞞，我是雍王世子李凱，這是舍妹李珍寶，法號節食。不知姑娘貴姓？今年芳齡？這裡是？」想請人家去陪自己的妹妹，他必須自報家門，還要打聽清楚人家的底細才行。

江意惜屈膝萬福道：「見過世子爺，見過珍寶郡主。我姓江，家中行二，大伯父乃武襄伯江霄。這裡是我娘的莊子，扈莊。」

伯府姑娘，那肯定不會常住莊子裡了，李凱頗有些失望。

自從上個月李珍寶病重，李凱來到昭明庵後就還沒回過京城，因此不知道江二姑娘和孟三公子落水那件事。

「原來是武襄伯府的江二姑娘，叨擾了。不知妳什麼時候回京？」

江意惜笑說：「世子爺客氣了。我是因為一些誤會來了莊子，或許會多住一段時間。」

李凱知道，大宅門裡的姑娘被送來莊子久住，大多基於兩個原因，一個是得了隱疾，一個是犯了大錯。

他看這位姑娘，不像有大病的人。再看她言談舉止得體，也不像會有什麼大錯。只要不是這兩樣，其他的都不是事。

李凱又抱拳相求道：「舍妹天天困在庵堂，無聊寂寞，可憐得緊。她雖有些小任性，但秉性純良，不通事務，能有江二姑娘這樣蘭心蕙質的手帕交，實屬幸事。若江二姑娘有時間，最好在逢四這日去庵裡看她……」

李珍寶翻了一下白眼，嘀咕道：「剛見面就誇人家蘭心蕙質，還問人家芳齡，可見得長相對女人有多重要了！不要江姊姊來看我，我來這裡看江姊姊，正好可以解解饞，再看看自由的天。」

她這一句話，讓李凱和江意惜都紅了臉。

問貴庚是李凱問溜了嘴，他也後知後覺不應該問。

李凱道：「妳能不能出來，還是要問過蒼寂住持再說。若蒼寂住持同意，妹妹逢四就來這裡玩；若她不同意，就請江二姑娘移步去昭明庵陪妳。」

江意惜笑道：「珍寶郡主活潑、靈動、可愛，我很喜歡和欣賞。有妳這樣的手帕交，也是我之幸事。」

李珍寶笑道：「江姊姊，我也喜歡妳，想跟妳交朋友。不知為何，我第一次見妳就覺得咱們像認識很久一樣，這就是有緣吧！都是朋友了，叫我珍寶，不要叫郡主。」

李凱糾正道：「在庵外可以叫名字，在庵裡還是要叫『節食』。」

李珍寶嘟嘴道：「還減肥呢！」肚子適時地叫了幾聲，又捂著肚子說：「我餓了。」

這麼一鬧，已經午時末。

江意惜客氣地道：「我讓人去準備些素齋，你們在這裡將就將就？」

李珍寶和李凱異口同聲——

「我想吃韭菜炒雞蛋！」

「不用，我們回庵裡吃。」

李珍寶又堅持說道：「我想吃韭菜炒雞蛋！多做些，我好久沒吃這東東了。」

李凱只得紅著臉補充道：「我妹子在寺廟外不能吃肉，但可以吃蛋類等物。不好意思，叨擾了。」

江意惜笑笑，出去跟吳嬤嬤低語幾句。時間緊，就做雞蛋韭菜打滷麵。

吳嬤嬤讓水靈繼續守著，她帶著水香、水清去外院做飯。還有這麼多下人，得做幾大鍋。

李凱去了外院，江意惜進屋陪李珍寶。

李珍寶是個自來熟，拉著她的手訴說著煩惱。「天天都要喝苦藥湯、泡苦藥湯、扎針、熏紙條，隔九天才能停一天，那一天只吃藥……」

熏紙條？江意惜想了想才反應過來，她指的或許是熏「艾條」。怪不得讓自己逢四這天和李珍寶見面，只有這一天她只吃藥不做別的。

珍寶，給她起這個名字的人一定把她視若珍寶。說她享福吧，她三歲就住進了庵堂；說她不享福，似乎得到的寵愛比公主還多。

在一旁服侍的水靈插了一句話。「郡主遇事要往好處想。看看奴婢，又高又壯又沒心眼，經常被人罵傻子，還給奴婢起了個綽號叫『憨丫頭』，但奴婢一點都不生氣，還過得很開心。因為有對奴婢好的祖父和哥哥，還有對奴婢好的姑娘，如今又有了好差事，幹麼讓那些人壞心情？在奴婢看來，郡主的福氣大過天，多少人羨慕都羨慕不來，實在沒必要因為那些事生氣。」

水靈說這番話踰矩了，還是大白話，卻是說到了點子上。江意惜沒有喝止她，覺得吳嬤嬤對她的評價很中肯，說她不傻吧，什麼話都敢說，沒個「怕」字；說她傻吧，有些話卻能說到人心裡。

李珍寶一點都沒有怪罪她，還若有所思地點點頭。

第四章

兩刻多鐘後，水香和一個帶髮小尼姑各端一個托盤走進屋裡，把主子的麵擺在炕几上。

她們一進來，李珍寶就吸著鼻子，兩隻小黑眼珠牢牢盯著碗，「對」得更厲害了。

「好香好香，好想好想……」

她拿起筷子快速拌了拌，大口吃起來。

江意惜不時囑咐她「慢些」。這小妮子雖然長得不好看，但性格很可愛，也很真實。

兩人吃完後，水香把碗收出去。

小尼姑素味低聲道：「主子，世子爺說您吃完就該回了。」

李珍寶哈了幾口氣後說道：「妳去跟我哥哥說，我現在滿嘴的葷腥味，回去對佛祖不敬，等到下晌沒味道了再回。我睏了，要睡覺。」

素味只得躬身出去。

對於這個小祖宗，江意惜也無法。她讓水香進來，把床上的被褥換成新的，又讓水靈把李珍寶抱去床上，自己則斜倚在窗邊的美人榻上閉目養神。

江意惜想起前世李珍寶開的店「食上」，食上賣素食，也賣葷菜。沈老神醫特別喜歡吃那裡的菜餚和點心，讓她去買過幾次。因為她是尼姑，只能買素食。

老頭不光吃，還研究裡面放了什麼，讓江意惜學著做。別說，有些真的讓江意惜做出來了，但有些試驗多次也做不出來。老頭原本計劃待三個月就離開，結果為了那一口吃食推遲了一年才離開。

他的確多教了江意惜不少治病的法子，卻也耽誤了給孟辭墨治病的時機。有時江意惜挺埋怨老頭嘴饞的，但有時又覺得好在他嘴饞。自己重生回來，既能救治孟辭墨，也能想辦法避免弟弟病死。

「食上」明年就會開業，李珍寶的病也大好了。但一年中只有兩個月能住回京城王府，其他十個月的時間必須繼續住在昭明庵治病。隨著病情漸緩，住在俗世的時間也會逐漸加長。

前世那件震驚朝野的大事就發生在「食上」，孟老國公也是在那個事件中受了傷，半年後就病逝了。若他健在，失明的孟辭墨有他護著，或許就不會手刃孟大夫人，最後走上絕路……

李珍寶打斷了江意惜的思緒。「江二姊姊，妳是不是覺得我特別刁蠻任性？」

江意惜遲疑片刻，才說道：「我覺得妳是個好人。脾氣嘛，每個人都有所不同。」

「呵呵，江二姊姊會說話。」

「我說的是真話。今天上午，妳特地叮囑那些人不要打我家裡人。對待不認識的人都是如此，可見妳是個好人。」

「咦？的確是這樣。」李珍寶低笑兩聲，沈默許久，又低聲道：「我不是好人，把爸爸氣哭，他給我下跪，我才到這裡受苦……」話在嗓子眼裡嘀咕著，接著是低鼾聲響起。

後面的話江意惜有些聽不清楚，也不知道「罷罷」是誰？不過，咋咋呼呼的小姑娘似乎也有不願與人言的傷心事，但絕對不是長得醜、不能吃肉之類的事。

李珍寶睡熟後，江意惜才輕輕走出臥房。

水香說，李世子坐在前院屋裡喝茶，其他人也都安排好了。

下晌申時初，李珍寶起床，老尼姑柴嬤嬤帶著小尼姑素點和素味服侍李珍寶起來。壯實的馮嬤嬤把她揹去門口的轎子裡。

李珍寶拉著江意惜的手說：「江二姊姊，若我能來妳家，妳要準備庵裡沒有的美食。若我不能來妳家，妳去庵裡我請妳吃美味素齋。喔，再把那個傻大個兒丫頭帶上，她對我的胃口，不裝！」

「好。」江意惜答應得很痛快。

李凱笑容燦爛地跟江意惜抱了抱拳，才跟著轎子走了。走了幾步，又回頭衝江意惜笑了笑。

李珍寶掀開車簾小聲道：「哥，不許打江二姊姊的壞主意！」

李凱用扇子輕敲了一下她的頭。「胡說！我是感謝人家姑娘幫了妳。」心裡暗道，原來京城還有這麼俊秀靈動的小娘子，之前居然沒聽說過。

李珍寶又道：「你的花花腸子瞞不過我的眼睛，江二姊姊是好人家的閨女。」

李凱十分不高興。「妳哥哥我就不是好人家的後生嗎？」

聽著馬車轆轆的聲音遠去，水靈才長長地吁了一口氣。

「姑娘，我覺得那個小尼姑比我還憨，臉皮也厚。那些話我都不好意思說出口，她就敢說。」

吳嬤嬤和水香、水清都捂嘴笑起來。

吳嬤嬤嗔道：「噓，小聲些！若被那些人聽到，妳倒楣，還要連累主子。」

水靈道：「我又不傻，他們走遠了才敢說的。」

江意惜笑道：「那位珍寶郡主才不憨，反倒聰明得緊。她敢那麼說，是因為她知道自己再胡鬧，親人也會寵著她。」

水清道：「是啊，人家是郡主，身分高貴。」

水靈又道：「我還發現一個問題，服侍郡主的那幾個尼姑都長得又黑又醜。我特地照了鏡子，她們比我還醜呢！是不是故意的？」

她的話又把江意惜幾人逗笑了。她們沒言語，但都知道肯定是故意的。李珍寶長得不好看，又特別介意這一點，所以肯定不敢找漂亮的下人擺身邊刺激她。

半個時辰後，李凱的一個長隨返回扈莊送謝禮。送了江意惜二百兩銀子的銀票，送了吳大伯一個五兩的銀元寶，其他下人各一個一兩的銀元寶。

江意惜暗道，沒想到那位雍王世子還是個玲瓏心思的場面人。她是姑娘家，他一個男人不好送物件，這種黃白物就是最好的禮了。

既然是謝禮，江意惜也就痛快地收下了，她正缺錢用。

透過這次接觸，江意惜更喜歡那個心直口快的珍寶郡主了。

她下一步要做的事，就是等到孟家祖孫回孟家莊後，去給孟辭墨治病。至於她為什麼突然會治眼疾，理由也已經想好了。

她把吳嬤嬤一個人叫進屋。「嬤嬤，我想去給孟世子治眼疾。」

吳嬤嬤驚道：「姑娘，妳才看了多久的醫書，怎麼可能就會治病？孟世子的眼疾，聽說連太醫院的御醫都看不好，老成國公如今在花大錢遍請天下名醫呢！」

江意惜道：「嬤嬤，我的性子妳還不知道嗎？怎麼可能亂來，而且還是這件事。跟嬤嬤說實話，我在廣和寺為我爹燒香茹素的那段時間，在那裡有一段奇遇……每天晚上趁水露睡著後，我就去隔壁跟人學醫術，之前怕嬤嬤擔心，一直沒敢說。」

「那個小蹄子死懶，就知道睡！主子出門了都不知道，若出了事可怎麼辦？」吳嬤嬤先罵了一陣水露，又不可思議道：「那麼短的時間，姑娘就學會治病了？」

江意惜說：「嗯，我也不知為什麼，那段時間我的頭腦特別清明，什麼東西都是一學就會。」

吳嬤嬤想了想，喜道：「老奴知道了，一定是二老爺跟二夫人在天之靈保佑二姑娘，讓二姑娘越變越聰明！老奴原先還納悶，之前二姑娘對許多事都不上心，怎麼現在卻開竅了？而且之前二姑娘跟別的小娘子一樣，特別崇拜、愛慕孟三公子，後來竟能毫不猶豫地拒了孟家的親事……」

江意惜暗樂，果真吳嬤嬤是最容易相信自己的。她假裝眼睛一亮，說道：「是啊，我一直想不通我怎麼突然變聰明了，原來是這樣！」

這下子吳嬤嬤更覺自己想的有道理，頓時嚴肅起來，雙手合十道：「阿彌陀佛，菩薩保佑，各路神仙星君保佑，老爺及夫人在天之靈保佑……」

江意惜又道：「不過，我半夜學醫的事只限我們幾人知道，萬不能說出去。」只要這些話不傳到水露耳裡，謊言就不會被揭穿。

吳嬤嬤答應得痛快。「當然了，傳出去對姑娘的名聲有礙！」

江意惜心裡異常安穩，總算跟李珍寶結識了，且相處得還不錯。且自己會治病也找到了藉口，吳嬤嬤還這麼容易相信了。

之後的幾天，江意惜依然去了昭明庵燒香，燒完香就走，沒去找李珍寶。

十八這天遇到了素味。她穿著素衣，一頭秀髮攏在僧帽裡。她長得不算很醜，比較黑，鼻子偏大，卻是那幾個下人中最清秀的一個了。

素味上前兩步笑道：「江二姑娘，節食小師父讓我告訴您，蒼寂住持已經同意節食小師父二十四那日去您家。」聲音又放小，說：「節食小師父還說，讓江二姑娘準備兩樣加牛乳和雞蛋的點心，蒸一碗點了香油的雞蛋羹，再炒一道韭菜雞蛋、蒜苗豆干。若是江二姑娘家的廚娘會做幾樣她沒吃過的、用雞蛋和蒜苗等物做的吃食，就更好了。」說完，素味不自覺地紅了臉，挺為主子的不客氣感到不好意思。

江意惜遲疑著說：「做那些東西，我倒是無所謂，只不知世子爺知道嗎？」萬一李珍寶瞞著她家大人和庵堂裡的人怎麼辦？

素味明白江意惜的顧慮，笑道：「我家世子爺已經回京了，但他過幾天就會回來，那天會跟節食小師父一起去貴莊。」

江意惜點頭答應。她有些納悶，李凱已經說了雍王爺會再派廚子來服侍李珍寶，自家人的手藝還能好得過王府裡的廚子嗎？幹麼巴巴地來自家吃這些東西？

她倒是會幾樣加了牛奶和雞蛋的點心，都是前世從「食上」的點心學的，做出來她沒敢吃，都是沈老神醫吃，但她不太敢在李珍寶面前亮出來。

回莊子後，她畫了幾樣模具讓吳大伯做出來，想著改個造型、換個名字，再把做法稍微改改，李珍寶應該看不出來。

十九下晌，江洵又帶著秦嬤嬤來了。他們在這裡住了一夜，又玩了大半天才走。

二十二上午，江意惜同吳嬤嬤、水靈攜四禮盒點心，坐騾車去臨風鎮孟家。昨天下晌，她聽說孟家祖孫回莊子了。

吳有貴趕車，沿著小路往南走。鄉下小路又窄、又顛簸，騾子走得並不比人快多少，兩刻鐘便到了。

孟家莊比扈莊氣派多了，長長粉牆環繞著數不清的屋舍和綠樹、紅花，不遠處有一條小河蜿蜒流過。莊子外面的路又寬又平，直通官道。

騾車越過朱色大門，在角門前停下。幾人下車，吳有貴把門敲開，呈上一張帖子。門房伸出頭看看江意惜幾人，說了句。「請稍候。」

小半刻鐘後，那個門房跑回來。

「老公爺請江姑娘進去。」態度熱情多了。

江意惜主僕被帶到一個院子裡，更確切地說，是花園。

花園裡種著各色花卉及綠色植物，有些種在地上，有些種在花盆裡。一位年近六旬的老者正在忙碌，身上、手上都沾著泥土。

老者直起腰，拍拍手笑道：「江小姑娘來了！」嗓聲洪亮。

孟老國公身材高大，灰白鬍子遮住半張臉，麥色皮膚，濃眉斜飛入鬢，眼睛如銅鈴一樣，不怒自威。但在威武的表皮下，有一顆良善寬厚的心。

看到他，江意惜的眼圈都紅了，不自覺地心生親近。前世只見過他兩次，只要有他老人家在，別人就不敢惡言惡語地欺負她。在她心裡，他是除了爹娘之外，對她最好的長輩。

江意惜屈膝萬福，笑道：「晚輩意惜見過孟老國公。」又四周望了一圈。「花團錦簇，鳥語花香，青山遠黛，溪水環繞，真如仙境一般。」

孟老國公眼睛都笑彎了，上下打量了江意惜一眼，問道：「喜歡這裡？」

「非常喜歡。」江意惜由衷地說。

老爺子更高興了。「以後經常來玩，也能陪老頭子多說說話。日後叫我孟祖父，方不生疏。」

「孟祖父。」

「欸！」孟老國公高興地答應一聲，帶著江意惜參觀起園子。

這裡以君子蘭和蘭花居多，也有牡丹、菊花、芍藥、月季等花卉，絕大部分是名品，還有不少珍品。牡丹等花卉開得正豔，滿園子萬紫千紅，芬芳馥郁。

還有一種江意惜沒見過的花，藤蔓爬了半丈高，紫紅色，開得層層疊疊，極是漂亮。

江意惜走去近前說道：「呀，好美！這是什麼花？」

「三角花，是我的老部下鄭吉從番人手中買來送我的。我精心侍弄了一年多，才開得如此繁茂。小丫頭喜歡，我就分株給妳。不過此花怕冷喜光，秋末要移到暖房，還要陽光充足。」

江意惜喜歡花，還最喜歡開得絢麗繁茂的花，當即笑道：「謝謝孟祖父！」

老爺子朗聲大笑。「小姑娘爽快，我讓人給妳分株，再去妳家莊子教妳侍弄。」他又指著一盆君子蘭說：「這是珍珠王，開的花朵大豔麗，劉老匹夫出五千兩銀子想買，我都沒捨得賣。妳若喜歡，等開花的時候再過來欣賞。」

江意惜愉快地接受邀請。「等它開花了，孟祖父可別忘了通知我。」

兩人說說花，再互相吹捧幾句。江意惜誇老爺子老當益壯、文武兼備、愛好風雅；老爺子則誇江意惜是英雄之後，不做作又大方懂禮。

園子裡轉了一圈後，兩人已經非常熟悉熱絡了。

前世江意惜連話都不敢跟老爺子多說，今生才知道老爺子原來這麼平易近人。

現在已是春末，一圈走下來，江意惜的前額、鼻尖已經冒出了汗珠，不時拿帕子擦拭。

老爺子不好再讓她坐在園子裡，太熱了，便帶她去了外院書房。

外書房是個四合院，廊下掛了幾十個鳥籠，鳥兒唧唧喳喳歡快地叫著，聲音特別大，像進了山林。

老爺子不僅愛花，還愛鳥兒。

一個清秀小廝上前笑道：「老公爺，那隻野貓又來要吃的了。」

老爺子問道：「給牠留的小魚兒餵牠了？」

小廝笑道：「瞧，牠正吃著呢！」

牆角處，一隻狸花貓正吃魚吃得香，抬頭看看他們，又低頭繼續吃魚。
江意惜笑起來，這隻貓非常像那天她在昭明庵碰到的那隻狸花貓。
進屋落坐，下人上了茶。
江意惜喝了一口，看看兩旁下人，欲言又止。
老爺子問：「小姑娘有事？」
江意惜點點頭。
老爺子揮揮手，孟家下人都退下。
吳嬤嬤看了江意惜一眼後，也拉著水靈退下。
江意惜這才問道：「請問孟祖父，孟世子的眼睛治得怎麼樣了？」
老爺子一想到這事就心煩。「唉，自從回京後，一年多了，遍請名醫都沒治好。可憐辭墨，一身本事卻要被眼睛耽誤了。」
江意惜又問：「那些大夫都是按眼疾來治的？」
老爺子道：「辭墨的病症本來就是眼睛，當然是按眼疾來治。不過，也有人提出或許是因為傷到頭部引起的，但絕大多數御醫和大夫並不認可這種說法，而提出的人也沒有好的治療辦法。」
「孟世子的眼睛是被硬物傷到的嗎？」江意惜當然知道沒有，是故意這麼問的。
老爺子搖頭道：「貌似沒傷到眼睛，只摔破了頭。可頭部沒什麼大礙，就是眼睛看不見。」
江意惜點點頭道：「那就是了，病根在腦子裡。一定是當初摔跤時腦子裡摔出了血，血塊壓住連接眼睛的經脈，致使眼睛看不到。」
老爺子一臉愕然。「妳怎麼知道？」
江意惜道：「是我師父說的。我把孟世子的症狀跟他說了，他是如此說的。」
老爺子忙道：「那馬上請妳師父來給辭墨診治！」
「他走了。當時我也求過他，可他不願意給孟世子治。」
老爺子又是失望、又是納悶。「我們孟家得罪過他嗎？」
江意惜搖頭道：「沒有，他不治另有原因。」
老爺子又問：「妳師父大名叫什麼？他為何不肯為辭墨治病？」
「他說，他曾經發過毒誓，不給晉和朝的官員及家眷治病。還不讓我說他姓什麼，也不能說跟他學過醫。」
孟老國公的眼睛登時鼓得如銅鈴大，臉都激動得紅了。「那人是不是姓沈？只有沈老傢伙立過這個誓！我到處派人打探他的消息，不承想他來了京城我們竟然不知道！」
江意惜笑道：「姓沈是孟祖父猜的，我可沒說。雖然我師父走了，但他教我治病的法子了。」
老爺子有些狐疑。「妳會治辭墨的眼睛？」

江意惜不敢把話說滿。「我是學會了，可沒給人治過，也不知治不治得好。」

孟老國公又問：「妳學了多久？」

江意惜脆聲答道：「二十一天。」

老爺子頓時失望至極。他覺得小姑娘別的都挺好的，唯獨說話欠技巧，能讓人瞬間從充滿希望跌落到希望完全破滅，聽得人心慌。

他搖頭道：「我知道妳是好心，可治病不是兒戲。有些大夫學了一輩子醫術也不見得高明，而妳只學了區區二十一天，皮毛可能都沒學到。況且，那人也不一定是沈老神醫……」

江意惜笑笑，突然自顧自說起來。「今年二月初，我爹去世滿三周年後，我去香山廣和寺抄經茹素一個月。某一天，我抄完經書後去寺後散步，走得有些遠，看到溪邊有個男人抱著一個孩子在哭，他說孩子掉水裡淹死了。我看那孩子臉色蒼白，已沒了氣息，也認為他肯定是死了。這時來了一個老丈，他看過後說孩子只是閉了氣，他能救活。他把孩子仰面放在地上，嘴對嘴給孩子吹氣。當時孩子的父親氣壞了，喝斥那個老頭，還對他又打又拉，但老頭不為所動，堅持趴在孩子身上吹氣。大半刻鐘後，那個孩子真的動了一下，老頭又按壓了一陣胸脯、肚子，那個孩子就活過來了。

「我覺得那個老丈特別厲害，就請他去為孟世子治眼睛，還說成國公府有錢，會給他高價。可他一聽說是給成國公世子治病，就不願意了，說他發過毒誓，不給晉和朝的官員及家眷治病。我見他要走，就去攔他，結果他不高興了，說小娘子硬攔一個男人，有失莊重。我正為難之時，他看到了我脖子上的掛件，問我江浩是誰，我說是我的老祖宗，他沈思片刻後說可以教我治病，條件是用這個掛件交換。這個掛件是我高祖臨終前傳給我爹，再由孟世子從邊關帶回來交給我弟弟的，是我們家的傳家寶。我因為要給我爹抄經，弟弟那時正好生病不能去寺裡，我才要過來掛在脖子上，我捨不得給，問他除了這個掛件，還有什麼可以換，可他說他只要掛件，還說他祖上跟我老祖宗有一段淵源。

「雖然我捨不得，但想到我爹救下孟世子，一定是覺得孟世子值得他用生命去保護，也希望孟世子替他殺敵，完成他未完成的宏願，若用這個掛件換孟世子的眼睛，我爹定會願意的，所以我就同意了。他租下我隔壁的房子，我每天晚上趁丫頭睡著之際去他那裡學醫，一共學了二十一天，我就該回府了。師父說我天賦異稟，別人學一年不一定學得會、記得住的東西，我學二十一天就學會記住了。他離開的時候，又把掛件還給我，說他母親送出去的東西，他不能收回，還讓我不要跟別人說跟他學過醫，對我不好。因此，不管我能否治好孟世子的病，這件事都要請老公爺和孟世子替我保密。」

這些話，一小半的確是這輩子發生的事，就是二月初去廣和寺抄經，正好江洵生病，把掛件交給江意惜。至於沈老神醫想要掛件及救落水孩子則是上輩子發生的事，老神醫也說過她學一年頂別人學十年的話。

老國公越聽眼裡越熱切，說道：「江小姑娘放心，我定會保密。」又問：「那個掛件是不是虎頭？我朝開國之初，沈家的確同江家有一段淵源。」

江意惜把掛件取下來托在掌心。「為了讓孟祖父相信，我把掛件帶來了。」

老國公接過掛件看了看，了然說道：「是這個了。當初前朝戰敗，沈老將軍及十幾個兒孫自殺，與朝廷共存亡，前朝將領的所有家眷也都悉數死在刀下。但妳家老祖宗卻私自放走了沈老將軍一個懷了身孕的孫媳婦，之後去見太祖帝請罪，說沈家曾經對他有恩，要殺要剮他領罰。太祖帝雖生氣卻愛才，又敬江老前輩記恩，所以沒殺他，不過，把原先要給他的封賞從國公降成了伯。聽說，沈家那孫媳婦走的時候送了江老前輩一樣信物，說凡是沈家後人，只要見此信物必須報恩。」說完，老國公把小虎頭還給了江意惜。

原來是這麼一段緣故，江意惜也是第一次聽說。

孟老國公徹底相信了江意惜的話。一定是沈老神醫來到京城，因為這個掛件而教江小姑娘治眼睛的醫術，這孩子玲瓏心思，在那麼短的時間學會了。不管小姑娘是否真的學會了，都得讓辭墨試一試。

「好孩子，謝謝妳願意用江家的傳家寶換取治眼睛的醫術……」他的話還沒說完，就聽到側屋裡有動靜，側頭問道：「誰？」

江意惜也回頭看去。

不多時，從側屋裡走出一個青年男人。

男人穿著闊袖石青色直裰，長身玉立，丰姿奇秀，稜角分明的薄唇如上了釉的淡粉色瓷片，只是那雙眼睛空洞無神，眉頭因驚詫而緊鎖。

這正是江意惜前世曾見過三面，前世今生無數次夢見過的孟辭墨。
他依然是那麼冷然和那麼令人心痛。
江意惜一下子站起身，呆呆地看著他。
孟辭墨看到眼前站著一位姑娘，看不清姑娘長得什麼樣，只覺得很瘦，穿著類似紅色的衣裙。
他有些羞赧，剛才他不是有意偷聽祖父和姑娘家的談話。是因為他實在待得無聊，便跑來外書房側屋聽鳥叫，誰知聽著聽著就睡著了，等到祖父和江姑娘的對話把他吵醒時，他已經不好意思出去了。再後來聽到他們說起他的眼睛，說到江姑娘遇見沈老神醫，居然用江家的傳家寶換取治療眼疾的法子，他又意外、又感動，沒注意就弄出了動靜。
既然被人發現了，他只得出來。
孟辭墨問道：「江二姑娘真能治好我的眼睛？」
聲音清朗，比前世帶了點激動和溫度。
江意惜一下子清醒過來。自己這是此生第一次看見孟辭墨，他和自己還沒有被人「捉姦」，自己這般行為會讓人生疑。還好孟辭墨眼睛看不清，還好孟老公爺沒看到她的表情。
她強壓下心中的波濤，緩下緊繃的面部表情，朝孟辭墨屈了屈膝，笑道：「孟世子，我的確得了我師父的真傳，但管不管用，我要試過才知道。」由於激動，聲音都有些發抖。江意惜又回頭看向老公爺，不好意思地說：「第一次看到孟世子，有些緊張。」

老公爺嗔了孟辭墨一眼。「看看你，老是冷著一張臉，把人家小姑娘都嚇著了！」他對江意惜笑得更加和藹，聲音儘量放得溫和再溫和。「那小子一直那樣，覺得誰都欠了他，莫怕。江小姑娘，看看他的眼睛，能治嗎？」

孟辭墨抱拳躬了躬身。「江姑娘為了學習治療眼疾，寧可用傳家寶換取，孟某感激不盡。」

孟辭墨走到江意惜對面的椅子上坐下，看向江意惜。被老爺子批評態度不好嚇著小姑娘了，他只得強迫自己笑，但實在笑不出來，就儘量緩和面部表情，鬆開眉頭。

老國公的身子側向孟辭墨。

江意惜也起身來到孟辭墨面前，心裡默唸著：放鬆，穩住，萬不能讓人看出端倪。

她彎腰看向孟辭墨的眼睛，先用手捂住他的右眼，手距眼睛有一寸距離，問左眼能看到什麼；再用手捂住左眼，問右眼能看到什麼；又請他到窗前陽光直射的地方看，如此這般。

近距離與那雙眸子對視，只有江意惜知道自己用了多大毅力才壓下心中的激動，儘管如此，她的情緒依舊不算平靜。好在孟辭墨的眼睛看不清，她又調整了站立的角度，不讓老國公看到她的臉。

第一次跟姑娘如此近距離接觸，能聞到她身上的馨香，也能模糊看到她雪白的肌膚和深幽的黑眸，讓孟辭墨心跳極快。他注意到那雙杏眼漆黑潮濕，終於明白為何人們喜歡用水潤或水靈來形容姑娘美麗的眼眸了……孟辭墨的臉更加潮紅，眼神也不由自主柔和下來。

等到那張臉終於離遠了，孟辭墨才暗鬆一口氣。

江意惜檢查了孟辭墨的目力，看了舌苔後，又問頭部狀況，比如怎樣摔下去的？頭暈不暈、痛不痛等等。最後坐下給他切脈，切了左手又切右手，一刻多鐘後才鬆開。

老國公問道：「小丫頭，如何？」

孟辭墨的眼睛也望向江意惜，雖然沒有發問，緊抿的雙唇還是洩漏出他的緊張。

江意惜說道：「孟世子的眼睛沒有任何毛病，的確傷在腦子裡。若我師父教的法子沒錯，我有八成把握。不過，醜話先說在前面，我是第一次治病，而且也不是每個大夫都能保證把病治好。」

孟辭墨說道：「到昨天為止，已經有上百個御醫、大夫為我治病，都沒能治好。江姑娘放心治療，治不好不是妳手藝不行，而是我的眼病藥石罔效。」

老國公也擺著蒲扇似的大手。「小姑娘莫怕，治不好不怪妳！妳說說，若能治好，大概需要多長時間？」

江意惜斟酌著說：「若是我師父治療，或許會快得多。我嘛……」她不好意思地抿抿唇。「讓目力有起色，快則兩個月，慢則半年；徹底治好，至少需要一年以上的時間。而且，不一定能恢復到失明前的目力。治療方法包括吃藥、施針、施灸、藥浴……」

孟辭墨緊張的臉部放鬆下來，唇邊終於掛上喜色，說道：「這已是大大超過預期的好了。什麼時候開始治療？」

江意惜道：「今天就可以，我帶來了銀針、灸條和藥。剛開始三天一次針灸和換藥，喝藥每天四次，藥浴每天一次。若情況好轉，可再調整時間。另外……」她遲疑著請孟家祖孫一定不要把她為孟世子治眼疾的事情說出去，一個是她不一定能治好，二個是她不願意別人知道她拜「前朝餘孽」為師，三個則因她是姑娘家，半夜跟男人學醫怕名聲有損。

孟家祖孫滿口答應，人家姑娘好心，自家感激都來不及了，怎麼可能害她？

而且，孟辭墨也不願意他眼病或許能治好的事馬上傳出去。畢竟，在他人不知情的情況下，某些事會更好辦。

幾人商量後，決定需要治病的那天上午，孟辭墨就喬裝改扮坐牛車去扈莊。若是扈莊有客不好接待孟辭墨，就江意惜過來孟家莊。

江意惜讓人把吳嬷嬷叫進來，銀針、艾條和藥都在她那裡。

孟辭墨又把孟連山、孟高山、孟青山叫進來，這三人是他的親兵加長隨，以後負責接送他看病和服侍藥浴。

江意惜給孟辭墨施針、施灸，又把她已經買好的內服藥和外用藥給他們，講解了怎樣服用和藥浴。

江意惜先把配好的藥拿出來換了幾樣，讓人去煎煮。又讓孟辭墨去榻上趴著，開始給他的頭部、頸部、腳部做針灸。

看不到孟辭墨的臉，江意惜便沒有那麼緊張了。

不知為何，她不怕人人皆懼的孟老國公，就是害怕看那雙在夢裡出現過無數次的眼睛。那雙眼睛空洞無神，還盛著無奈和堅韌，讓她憐惜、想流淚。

近距離看那雙眼睛，她的心總是難以平靜。

治療完已經午時末，江意惜謝絕孟家祖孫留飯，起身告辭。其實，她非常願意跟他們祖孫多多相處、多說說話，但就是不敢，怕心事被老爺子發現。

走的時候，老國公說下晌讓人分一株三角花，會專門派一個婆子去扈莊種上，還說：「老頭子在這裡寂寞，無事也想跟著孫子去妳家串門子，或是江小姑娘來我家串門子。」

江意惜笑著允諾。

孟辭墨起身朝江意惜抱拳謝過。

江意惜一走，孟老國公就沈臉罵孟辭墨道：「人家嬌滴滴的小姑娘特地來給你治病，幹麼惡狠狠地板著臉？你態度好些，人家也不會嚇得這麼晚了連飯都不敢留下來吃！」

孟辭墨表示自己很冤枉。「祖父，我沒有惡狠狠。」

老爺子吼道：「你不惡狠狠的，人家會怕你？你這樣，眼睛好了也找不到好媳婦！」

坐上騾車後，江意惜閉上眼睛，此刻她後背心都是汗。

思緒漸漸回到那個讓她羞愧和充滿了恨的場面，哪怕隔了兩世，她還是記得清清楚楚。

她剛剛嫁進孟家兩個多月，那是四月中的一天。

碧空萬里，陽光明媚，成國公府舉辦牡丹花宴，廣邀京城皇親國戚、世家名門參加。

凡是這種場合，孟大夫人都不願意讓丟人現眼的江意惜參加，會藉口她生病，不許她出院子。

前世江意惜活得卑微，覺得自己以那種形式嫁進孟家，的確讓丈夫和婆家丟臉了，她想著只要自己小意奉承，公婆及相公總有一天會回心轉意憐惜她的，因此不讓她在外人面前露面，她沒有一點不開心。

晌飯後，她在自己屋裡歇息，睡得特別沈，直到被幾聲尖叫吵醒，睜開眼才發現她居然不是躺在自己床上，而是躺在陌生的假山石洞中，她和大伯子孟辭墨衣不蔽體，洞外一群人驚恐地看著他們，有孟家人，還有不認識的人……

江意惜嚇壞了，胡亂抓起旁邊的衣裳遮住身體，尖聲叫道：「這是哪裡？怎麼會這樣？怎麼會這樣……」

孟辭墨倒是冷靜得多，他摸索著把衣裳穿好，對外面目瞪口呆的人說：「三弟妹被人灌了蒙汗藥後抬來這裡，這才醒來，她什麼都不知道。我知道是怎麼回事，以後定會給家人一個交代。」又側頭對江意惜說：「對不起，妳是受我所累。無論前路多艱難，活下去，我會證明我們的清白。」說完，起身摸索著出了石洞。

江意惜這才反應過來自己被設計跟大伯子通姦，還有這麼多人來捉姦，嚇得昏了過去。

等她醒來時已是晚上，吳嬤嬤和水香已被打死了，只水露在一旁服侍。

孟大夫人和孟辭羽一起來見了她。

孟大夫人沒說話，高傲地坐在椅子上，由她的管事婆子青嬤嬤代她發話——

「江氏，妳不知禮義廉恥，與大伯子勾搭通姦。妳本逃不過一死，但我們成國公府是積善之家，便留妳一條命，以後好自為之！」

孟辭羽也沒說話，只鄙視和嫌棄地看了她一眼就把目光移開。等到青嬤嬤把話說完，他把一張休書扔在她臉上，便扶著孟大夫人走了。

或許是怕江意惜上吊，水露和孟家兩個婆子守了她一宿。

長夜漫漫，江意惜沒有合眼，思緒也由混沌變得清明起來。

她想明白了，同時除掉她和孟辭墨，那母子二人便能得盡好處。她不是受孟辭墨所累，因為那母子二人不會留下她與孟辭墨中的任何一個。孟辭墨那麼說，是盡可能在為她開脫。

她沒有做那不知廉恥之事，她要活下來，等著孟辭墨還她清白。

第二日一早，她隨著十幾車嫁妝被趕出成國公府，送回娘家，然而武襄伯府只接收了嫁妝，讓幾個婆子出來把她送到青石庵出家。

她在庵堂裡待了五年多，最後沒能等到孟辭墨證明兩人的清白，他卻以那樣一種形式死了……這一世，她一定要把孟辭墨的眼睛治好！

「姑娘，您怎麼了？」吳嬤嬤見江意惜臉色青白，眼睛發直，摸摸她的手心，冰涼、汗津津的。吳嬤嬤嚇著了，又輕聲喚著。「姑娘、姑娘……」

吳嬤嬤叫了幾聲，江意惜才從痛苦的回憶中剝離出來。

「喔，我剛剛有些緊張，怕治不好孟世子的病……無事。」

水靈沒注意主子臉色不好，還處於極度興奮中，自顧自傻笑著。她最崇拜孟老國公，今天終於見著了！「奴婢的爺爺、爹、哥哥都最崇拜孟老將軍，說他是戰神，是常勝將軍，所有韃子都怕他！我好想去他跟前磕個頭，表達一下我的崇敬之心，可我又不敢，看著他就害怕，嘿嘿……」

江意惜說道：「孟老國公豪爽豁達，水靈去磕個頭、說說心裡話，他不會怪罪的。」

水靈點頭說：「那奴婢下次見到老國公就去磕頭！」

吳嬤嬤笑道：「我們水靈最機靈了，還特別會說話！」

一番談話，讓江意惜放鬆了下來。

孟老國公還活著，孟辭墨的右眼還能模糊視物，自己也沒有嫁給孟辭羽，還是江家姑娘，生活軌道已經偏離了前世的方向。

而且，只要把孟辭墨的眼睛治好，把老國公的命保住，孟大夫人在成國公府就作不了妖。之後自己再想辦法讓孟辭墨發現孟大夫人覬覦世子之位，想害他……或許孟辭墨自己已經發現孟大夫人的不妥了，自會收拾她。

想到孟辭墨空洞無神的眼睛會在自己的治療下重新煥發神彩，江意惜眼裡不禁湧上笑意。

回到扈莊後，江意惜把所有下人都叫至上房，講了她會治病及要給孟辭墨治病的事，讓他們必須守口如瓶，否則別怪她不講情面。雖然這幾人都是心腹，但醜話還是要說在前面。

幾人都跪下作了保證。

下晌，把二進院西廂北屋收拾出來，作為替孟辭墨看病的診室。內院有個後門，若前院有外人，可以從後門直接進二進院。

忙完這件事，又開始忙碌李珍寶的吃食。

江意惜把她曾經在「食上」學的吃食做了改動，沒有那麼驚豔，又能吊起李珍寶的胃口。李珍寶雖然聰明，但單純，不會想那麼多。

不多時，孟家莊負責種花的王大娘和一個男下人過來，他們搬來了一盆開得正豔的三角花，把三角花的藤蔓纏在廊柱上，一串紫紅色的花攀爬上去，極是絢麗。

他們還拿來了幾盆姹紫嫣紅的名品牡丹和玫瑰，又給吳大伯等幾個下人講了如何待弄它們。

吳大伯很忐忑。「這麼名貴的花，我養死了怎麼辦？」

王大嬸笑道：「無妨，老公爺讓我定期來待弄。」

有了這些花的點綴，庭院一下子明麗起來。

重生以來，江意惜特別喜歡繁花似錦，燦爛明麗的景致不僅能讓她眼前明亮，更能流進心裡，驅走陰鬱的回憶。

她坐在廊下看著，久久不願意回屋。

四月二十四，吳嬤嬤等下人早早起來，賀大嬸和賀二娘也被請了來，按照江意惜教的方法做點心。

加牛奶和雞蛋的雞蛋糕，有些像「食上」的蛋糕，卻沒有那麼精緻；加了玫瑰花瓣做的玫瑰水晶糕，改變自「食上」的櫻花凍，同樣漂亮，但味道有差別。另三樣糕點都是平時常見的點心。

點心做好後，江意惜裝了一食盒讓吳有貴和水靈送去孟家莊。水靈一直想給老國公磕頭表達崇敬之情，給她一個機會。

對於素宴，江意惜不準備做上品素菜，因為吳嬤嬤比不上王府的廚子，莊子也沒有那麼多高貴食材。就做幾樣不含肉、庵堂裡又不能吃的蒜苗及韭菜等素菜即可，反正不容易吃到的東西就是好東西。

吳有貴和水靈回來時，還拿回了孟家莊的回禮——一隻漂亮的錦雞。

吳有貴笑道：「沒看出來，水靈很會來事呢！給老公爺磕頭磕得實誠，話也說得中聽，老公爺和孟世子都很喜歡。」

水靈笑得眉眼彎彎，拿出孟家祖孫賞她的銀錠子。「老公爺和世子爺都認識我爹，還說我是個好妮子，讓我好好服侍姑娘，跟我爹一樣當忠奴。連山大哥和頂山大哥、青山大哥也認識我爹，讓我有事了去找他們。等二爺來了莊子，再請他幫奴婢把這些銀子帶給祖父。」說著，又跪下給江意惜磕了個頭。「奴婢給姑娘當了丫頭後才有這等好事，之前都不敢想。」

吳嬤嬤笑道：「嘖嘖，這些話任誰都愛聽！我早說了水靈不憨，比精明丫頭還精明！」

水香也笑說：「哎喲，水靈的倚仗這麼多，以後我們可不敢惹她了！」

水清湊趣道：「不僅不敢惹，還要巴結她呢！」

水靈笑得見牙不見眼，渾身力氣沒處使，便跑去前院劈柴火了。

午時初，李珍寶坐著馬車來了，帶來了十幾個護衛和幾個帶髮尼姑。

李凱沒來，卻多了一個漂亮小男孩。

李珍寶已經能走路了，她牽著孩子走進來。

「江二姊姊，這是我姪子李奇。我大哥跟人上山踏青去了，把這個小麻煩甩給我。」

李奇三歲，是李凱的獨子。

他朝江意惜作了個揖，喊道：「姨姨。」

江意惜笑道：「好俊俏的小哥兒。」

李珍寶聞言，眉頭又皺了起來。「欸，當著矮人別說矮話，當著我的面不要說俊俏、漂亮、好看之類的詞，我受刺激。」

江意惜哭笑不得。

李奇皺著眉毛瞥了一眼李珍寶，很無奈地說：「又來鳥。」

李珍寶拍了一下他的頭。「我痛苦，還不許我說？小屁孩，話還說不清楚就嫌我話多！」

李奇摸摸腦袋，眉毛皺得更緊了。「姑娘家家的，屁啊屁啊，多難青。」

李珍寶鼓著眼睛道：「我爹和你爹那麼大年紀了都不正經，偏偏你小小年紀假正經！『聽』都說不清，還『青』咧！少管我，你爹都不敢管！」

李奇嘟嘴道：「偶才不敢管姑姑，姑姑不高興，妳爹爹、偶爹爹要打。哼，慈父多敗鵝！」

李珍寶看到那紅嘟嘟的小嘴，話都說不清還偏要裝老成，真是可愛死了，忍不住把他抱起來使勁親了幾口。「小正太，姑姑愛死你了！來親一親！」

李奇梗著脖子想躲開她的嘴，沒躲開，被強親了幾下。

江意惜被他們姑姪倆逗得大樂。

李珍寶剛放下李奇，就被三角花吸引過去了，大聲說道：「呀，這不是三角梅嗎？這裡也有這種花？」

江意惜道：「這是孟老國公送我的，他說是番外過來的，叫三角花。」

李珍寶跑過去欣賞了許久的三角梅，又看了看另幾盆花，說道：「最美不過四月天，咱們在院子裡說話。唉，來了這裡這麼久，只有今天有這種閒情逸致。」

江意惜讓人搬了椅子和桌子出來，又拿出自家做的點心和在縣城買的糖果招待他們。

李奇一下子就被玫瑰水晶糕吸引，拿著小勺吃起來。「姨姨，偶喜歡七這種糕糕！」

江意惜非常喜歡這個孩子，笑道：「姨姨做的多，你喜歡就帶些回去吃。」

李珍寶看到玫瑰水晶糕也是驚訝得不行。「這像果凍欸！這裡還有這東東？怎麼做的？」

江意惜大概講了一下。

李珍寶的小眼珠子轉了轉，跟她想做的果凍還是有區別。

李奇吃了兩塊水晶糕後，又被繫在牆角的錦雞吸引過去。

李珍寶悄聲道：「我姪子是不是很漂亮？」小妮子霸道，她能說「漂亮」，卻不許別人說。

江意惜點頭道：「是，很……可愛。」

李珍寶又道：「唉，卻是個可憐娃兒，小小年紀就沒了娘，跟我這具……喔，跟我一樣，我娘也是因為生我去世的。」

江意惜嘆道：「女人生孩子是過鬼門關，我娘也是因為生我弟弟去世的……」還有孟世子的母親，好像也是因為生他去世的。
李珍寶道：「我發現古代有個特點，年輕女人死得比年輕男人多，喔，我是指意外和生病，不算戰爭死的壯男。等到女人過了那個坎兒，年紀稍大些之後，老年女人就比老年男人活得久了。」
江意惜知道李珍寶經常會說些莫名其妙的話，沒去糾結「古代」二字，只覺得她的話很有些道理，恍然道：「好像真是這樣呢，許多年輕女人因為生孩子或生病早早死了，而大多老年婦人又比老年男人命長。」
「這是因為，年輕女人不僅要生孩子，還要受丈夫和婆婆、家族的氣，被幾重大山壓著，身體不好的、心性不堅韌的女人就活不久。而男人呢，富裕人家大多是因為好色，老了也不自愛，掏空了身子，自然死得早；窮人家則是因為幹多了體力活，當然活不久。」
「身子掏空」的話把江意惜說紅了臉。
李珍寶看江意惜這樣，格格笑起來，說道：「還害羞了！江姊姊訂親了嗎？」見江意惜搖頭，又道：「妳有沒有喜歡的男人？或者說，有沒有男人喜歡妳？妳長得很漂亮，屬於無死角美人，追求者應該眾多。窈窕淑女，君子好逑，古人追求愛情也是很大膽奔放的。」
江意惜的眼前一下子浮現出那張俊朗冷然的臉龐和那雙無神的眸子。常常夢到他，是因為自己喜歡他嗎？不對，是因為他曾經對她的善意。他再好，那個家她也不想再進去。何況，他的眼睛若治好了，肯定會是京城小娘子都想嫁的男子……

李珍寶的眼睛死死盯住江意惜的眼睛，小黑眼珠離鼻子更近了。「呵呵，看江二姊姊的表情，一定有心儀的男子！是誰？」

江意惜忙壓下心事，故意皺了皺鼻子，否認道：「沒有。我哪裡有妳說的那麼好？之前因為沒注意，拉著一個男人掉進湖裡，還被人罵想高攀呢……」便把她落水、坊間謠傳、拒婚、點心鋪子裡無意間聽見的話都說了。

李珍寶聽得興味盎然，末了說道：「這裡的人還這麼八卦啊？妳拒得好，若這樣嫁給孟三，在婆家肯定活不下來。唉，若是我，寧可被人嫉妒得推進湖裡，也不願意長得這麼醜。」

江意惜說道：「妳還小，大了長開就會變漂亮了。對了，給妳治病的愚和大師和蒼寂住持能治疑難雜症，就不會治對眼嗎？」

李珍寶道：「實話跟妳說，我的病不是身體本身生病，皆因一個『玄』字。他們不止是給我治病，還有作法，所以必須在廟裡治病。而鬥雞眼是身體生的病，他們不會治，或者說是不屑治吧。」

原來如此。江意惜不知道她指的「玄」到底是什麼，想著或許跟丟魂或者被什麼迷住有關。許多人家的孩子因為某些事「丟」了魂，都會找和尚或是道士、神婆來作法「收魂」。

江意惜道：「若妳相信我，我能治妳的對眼。」

李珍寶興奮地拉住江意惜。「江二姊姊會治鬥雞眼？」

江意惜說道：「嗯，我喜歡看醫書，還機緣巧合遇到一個會些醫術的婆婆，學會了治對眼。只是我之前沒治過，也不知行不行？」

「對眼」雖然是疑難雜症，但算不上是嚴重的疾病，會些旁門左道的人能治也不一定，所以江意惜說自己會治這個病還挺光明正大的。

李珍寶像是絕處逢生，興奮極了。

「不管行不行，死馬當作活馬醫，幫我治！治不好我不怪妳，若治好了，我給妳兩成『食上』的股份當診費！我跟妳說，我開的食鋪絕對能賺錢，到時讓妳數錢數到手抽筋！」

這是她目前能拿出的最大誠意了，為了美，她不惜一切代價。

這個意外的驚喜也讓江意惜猝不及防，她知道「食上」有多賺錢，也知道會在那裡發生什麼事。「說話算數？」

「食言讓我再死一次！快，現在就開始治病吧！咦？要怎麼治？」

江意惜仔細看看她的眼睛。「妳的對眼不算特別嚴重，若年紀小些很容易治癒，但妳現在年紀稍大，要治一段時間。不用吃藥，主要是針灸和按摩。按摩我教妳，回去後可以自己做。快吃飯了，吃完再做。」

在一旁服侍的水靈氣得嘴都噘了起來，很想提醒主子又不敢。

水香見狀，趕緊找藉口把她支了出去。

水靈跑去廚房跟吳嬤嬤說道：「節食小師父很小氣，姑娘給她看病，她捨不得給診費，說要給什麼鋪子的股份，那鋪子根本連影子都沒有，這跟在驢頭前面掛白菜有什麼區別？」
吳嬤嬤看了一眼窗外後，低聲喝道：「傻丫頭莫亂說！讓那些人聽見了會給主子招禍。姑娘該做什麼、不該做什麼，還輪不到我們當奴才的多嘴。」
水靈一聽也是。爺爺和哥哥不止一次教她，做忠奴要全心全意聽主子的話。「我知道錯了。」她低頭承認錯誤。

第五章

扈莊準備了一桌子菜，但李珍寶對此已經提不上興趣，匆匆吃完就打發李奇去午歇，拉著江意惜給她治「鬥雞眼」。

聽說李珍寶要接受江意惜治眼病，柴嬤嬤等幾個下人都跪下苦求。

「不行啊，小師父尊貴，怎麼能隨便讓人治病？萬一被人害了可怎麼辦？」

李珍寶不耐煩地道：「江二姊姊又不是傻子，她害我做甚？妳們攔著不許她治，難不成妳們有本事給我治？沒本事就不要再說了，再說就滾！」

江意惜也笑道：「嬤嬤放心，我膽子再大也不敢害珍寶郡主。不吃藥，只施針和做按摩。」江意惜先教李珍寶在眼睛周圍做按摩，讓她以後每天做兩遍以上。

李珍寶笑道：「有些像眼睛保健操。」

學會後，李珍寶躺去榻上，讓江意惜給她施針。

施針要五天一次。兩人商量好，隔五天李珍寶來扈莊一次，再隔五天江意惜去昭明庵一次。李珍寶泡藥浴的時間比較久，江意惜只能下晌申時後去。

李珍寶似看到了曙光，話更多了。「江二姊姊，我的『食上』一定會成為晉和朝最另類和賺錢的食鋪，裝修和食譜我已經想好了大概，等完全策劃好，就交給王府的下人做。待我病好出去後，也有事做，我不想當金絲雀……其實，我很想找個愛我的男人，幸福相伴到老，可我不太相信古……喔，不太相信男人。沒本事、沒錢、想吃軟飯的，我瞧不上，可有本事、有錢的男人，又喜歡三妻四妾、左擁右抱。就像我父王，色得要命，有好些女人了還嫌不夠。還有我那些哥哥和男親戚們，也都是這樣……」

李珍寶的話讓在場的所有人都想把耳朵捂上。她們知道這位小祖宗說的是真話，卻是別人不敢說的，甚至不敢聽的。

江意惜說道：「妳說的太絕對了，也有專情好男人，比如我爹。我爹很能幹，也很俊俏，他一心一意愛著我娘，我娘死後，他並沒有再找女人。看到他思念我娘不能自拔，我倒寧可他再找一個心疼他的女人，生活開心一點……我想找我爹那樣的男人，找不到，就立女戶，誰都不嫁。」

李珍寶拉著江意惜的手笑道：「妳爹那麼好啊？好羨慕妳喔！」

江意惜嘆道：「有什麼好羨慕的，我爹年紀輕輕就戰死了。」

李珍寶道：「人有生死輪迴，死不可怕，他或許去找妳娘了，他們在另一個世界相親相愛生活著。我跟妳一樣，也要找個一心一意待我的男人！若暫時找不到，咱們就做伴當鄰居。不過，我不會氣餒，會繼續找、一直找，我相信我肯定能找一個俊俏小後生，多生幾個孩子！」

江意惜笑道：「好。若妳沒找到，到時我們做鄰居；若妳找到了，就祝妳幸福美滿，闔家歡樂。」

李珍寶頭上、手上、腳上都扎了銀針，不能亂動，嘴卻不閒著，講著「女人不結婚，不體驗愛情的滋味，不生孩子、養孩子，人生是不完整的」之類的話，逗得江意惜格格直笑，幾個下人都羞紅了臉。

針灸完已經申時，李珍寶要帶著李奇走了。

別說李珍寶捨不得，李奇也捨不得。

「姨姨，我還要來玩。」

江意惜送了李奇一食盒點心，答應道：「好，隨時歡迎你來玩。」見李奇一直回頭看錦雞，又把錦雞送給他。

「終於把兩個小祖宗送走了。」吳嬤嬤長鬆了一大口氣。那位節食小師父嘴上沒把門，盡說些羞人的話，把自家姑娘教壞可怎麼辦？她悄聲跟江意惜唸叨了幾句。

江意惜笑道：「她性子直爽，什麼都敢說。但話糙理不糙，很有幾分道理。」

之前她一心想跟李珍寶結好關係，是基於李珍寶的身分和「食上」。而現在，她是真心喜歡那個小妮子。

重活一世，想法有了改變，許多事也看開了。

江意惜也注意到了水靈在李珍寶面前的表情變化，斥責了她，還說再犯就趕她走，並罰她去廊下跪一個時辰。這丫頭是忠心，但膽子太大，又沒規矩，必須教訓。

水靈知道自己做錯了，老老實實跪去廊下。

吳嬤嬤又跟了過去，好好教育了一番。

水靈哭道：「嬤嬤，我知錯了，下次再也不敢了！求嬤嬤幫我說說情，別讓姑娘趕我走！」

夜裡下起雨來，淅淅瀝瀝下了一宿。今兒早上停了，湛藍的天空如洗過一般。

江意惜對進來服侍她穿衣的水香說：「夜裡我好像聽到了貓叫。」

水香笑道：「是隻狸花貓，在簷下躲雨，雨停後就跑了。之前白天也來過幾次。」

江意惜想起那隻在昭明庵向她討要吃食和在孟家莊吃魚的狸花貓，說道：「牠若來了就多餵牠些吃食。」

辰時末，吳有貴站在院門前等。巳初一刻，看到一輛牛車緩緩向自家駛來。趕車的人斗笠壓得很低，走近了才看出是孟連山。

牛車駛入扈莊大門，在外院停下。

孟連山下車後把孟辭墨扶下牛車，再扶進垂花門。

孟辭墨看到一個模糊的身影款款而來，臉不由自主有些紅。腳步停下向她拱拱手，嘴角噙著笑意，溫聲說道：「江姑娘，有勞了。」他的這個表現，總不會嚇著姑娘吧？

江意惜屈膝笑道：「孟世子客氣，這邊請。」

幾人進了西廂北屋。

江意惜先給孟辭墨按摩了頭部，再請他趴在榻上。

孟連山把他的鞋子和襪子脫下，江意惜在他頭上、後頸上、腳上針灸。

孟辭墨靜靜趴著。

孟連山對江意惜躬身笑道：「我家老公爺很喜歡吃江姑娘差人送的點心，特別是玫瑰水晶糕，又俊又好吃。老公爺想再要一些，他老人家能解解饞，還能拿些回京給安哥兒和馨姐兒吃。」

孟照安是孟二爺的兒子，也是孟家目前唯一一個第四代的孩子，三歲。黃馨是孟府大姑娘孟月的閨女，五歲。孟月也是孟辭墨唯一的胞姊。

江意惜笑道：「好，下晌讓人多做些送過去。」

許久，趴著的孟辭墨才說道：「江姑娘，對不起。」

江意惜微愣。「孟世子此話怎講？」

孟辭墨道：「江將軍因我而死，讓妳和江洵受苦了。」

昨天夜裡，他居然夢到江意惜出家，江洵病死，他殺了孟大夫人然後自殺。他嚇醒了，久久不能入眠，他怕這是某種預示。

他不能死，還有那麼多事要做。他更不願意看到他們姊弟落入那種悲慘境地，那樣他怎對得起江將軍？江將軍死前雖然沒有出口相託，但他知道江將軍有多麼捨不下這一對兒女。

江意惜道：「我爹那麼做，一定是孟世子值得他用生命保護。我相信，若孟世子看到我爹有危險，也會奮不顧身去救他。我也要謝謝孟世子，讓連山大哥照顧弟弟和我。」

這個溫柔的聲音讓孟辭墨心安。

孟辭墨偏過頭望著江意惜，模糊的身影籠罩在射進來的陽光裡，光暈給她的墨髮鍍上了一層光圈。這麼美好的姑娘若青絲落盡，簡直沒天理了。

孟辭墨的心堵得難受，輕聲道：「江將軍很疼愛江姑娘，說江姑娘的時候比說江洵的時候要多。」

江意惜眼裡有了濕意，喃喃道：「是，我爹疼我比疼弟弟更甚。他常說，當天女兒當天官，女兒在娘家就要好好疼。男孩子長大後頂天立地，可以自己保護自己。而女孩子，若遇人不淑，再沒有父親和兄弟做倚仗，就可憐了。」

孟辭墨的心一動，夢裡是不是預示著江意惜遇人不淑，又失去了父親和兄弟的倚仗，所以才出家？

若她真嫁給孟辭羽，衝著付氏的不慈，還有孟辭羽的糊塗和沒擔當，可不就是遇人不淑？還好她沒有走那一步，以後自己也要把她看緊了。還有姊姊和外甥女也是。

孟辭墨說道：「之前我一直沈浸在自己的傷情裡不能自拔，沒有照顧好你們，我對不起江將軍。今後不管我的眼睛能否治好，都會把江姑娘和江洵當親妹妹、親弟弟一樣照顧，不讓你們受苦。」

江意惜很想說「即使你的眼睛沒好，也是照顧我的」，嘴裡卻說道：「哪裡，我還要感謝孟世子的提醒，那個人，我嫁不得。」她還想說「孟大夫人對你不善，你要注意她」，但又強忍下了。現在還不是時候，如此說太冒昧了。

孟辭墨的眼神暗了暗，輕聲道：「妳做的對，有些事，或者有些人，並不像表面那樣。」

江意惜暗鬆一口氣。聽他的意思，或許已經看出孟大夫人或是孟辭羽的不妥……這樣再好不過。

孟辭墨又道：「江姑娘叫我孟世子太客氣了，跟江洵一樣，叫我孟大哥吧。」

「孟大哥。」江意惜輕叫一聲。這三個字，她早就想叫了。

這聲稱呼，如溫柔的春風，把孟辭墨吹得整個身心都溫暖起來，他笑著答應。「欸。」笑容燦爛，一如窗外的春陽。

這抹笑讓江意惜的心情明媚起來，明媚得如庭院裡的花兒。沒想到，冷峻的孟辭墨能笑得如此燦爛，還笑得這麼好看。

江意惜臉發燙，忙把話題扯去別處。「我把老公爺送我的錦雞送給李奇了，喔，就是雍王世子李凱的兒子，小奇哥兒。昨天珍寶郡主帶著他來我家串門子。」

孟辭墨說道：「妳跟珍寶郡主熟識？雍王爺去昭明庵時，偶爾會來孟家莊找我祖父下棋，我祖父也去昭明庵見過雍王爺。祖父說珍寶郡主很有意思，雍王爺怕她比怕太后娘娘還甚。」

江意惜講了她給李珍寶矯正眼睛的事，也講了幾句李珍寶的趣事。

「珍寶郡主身體不好，卻是幸運的。除了身體的禁錮，一切都能隨心所欲，雍王爺和雍王世子寵她得緊。」

說到那個活寶，屋裡的氣氛也輕鬆起來。

孟辭墨說道：「不止他們，皇上和太后娘娘也寵珍寶郡主得緊。這是有緣故的……」

當年，李珍寶的母親先雍王妃懷她七個月的時候，同太后娘娘在御花園散步。在路過一座假山時，假山突然崩塌倒下，先雍王妃一把將太后推到前面，她則被一塊大石壓在底下，最後剩下一口氣把李珍寶生下，人就死了。

李珍寶早產，身體一直不好，幾次生命垂危，御醫和大夫都治不了，還是請來報國寺的高僧愚和大師才把她救下。愚和大師還說，她三歲後必須出家才能活下來。

太后娘娘感激先雍王妃捨身救了自己，又憐惜李珍寶早產身體不好，剛出生就沒了娘，非常寵愛她。皇上也是如此，他們對李珍寶的愛甚至超過了公主。

雍王爺有七個兒子，只有這一個閨女，閨女的娘又救了他親娘，對李珍寶自是寵愛無邊。

聽了孟辭墨的話，江意惜才知道李珍寶有這麼多倚仗，怪不得進京後的李珍寶想怎樣放肆就怎樣放肆。

江意惜也才知道，原來孟辭墨也可以這麼多話，聲音又這麼好聽。而且，他今天一點都不冷情，跟她之前對他的認知完全不一樣。

當看到他眼裡盛著笑意，而不是之前的無奈和冷峻時，江意惜的心情好極了。

做完針灸，已是午時二刻。

江意惜很想留孟辭墨吃晌飯，又覺得太冒昧。等等吧，以後熟悉了，再把老公爺也請來。

她把孟辭墨二人送至垂花門口，看著牛車消失在院門外。

孟辭墨坐上車後，嘴角又不自禁地勾起。跟江姑娘相處，是一件愉悅的事。

他們走後，吳嬤嬤笑道：「孟家莊送了四隻野兔、半隻鹿來，說是老公爺帶人進山打的。」

江意惜道：「醃一半鹿肉，等洵兒過來吃。」

二十八上午，孟辭墨又過來治病，孟連山扶著他。

孟青山手裡則抱著一盆牡丹，淡粉色花瓣，黃蕊，朵大，開了十幾朵，清香撲面。

江意惜知道，這盆牡丹叫「童子面」，十分珍貴，那天孟老爺子特地指著這盆花介紹過。

孟辭墨笑道：「這是我祖父送江姑娘的。」

江意惜有些受寵若驚。「孟祖父那麼稀罕卻送予了我，怎麼好意思？」

水靈接過花盆，放去正房窗外。

江意惜和孟辭墨經過前一次的交談後，感覺彼此熟悉多了。兩人偶爾會說兩句話，哪怕沈默也沒有了之前的尷尬。

孟辭墨還邀請江洵和江意惜明天去孟家莊玩，說也請了江三老爺。

二十九江洵休沐，他今天下晌就會來扈莊，明天下晌再回京。請江三老爺，應該是為了讓江三老爺看到孟家對江意惜姊弟的看重，讓他多照拂一下他們。

江意惜愉快地接受了邀請，還說：「改天請老國公和孟大哥來扈莊吃飯。」

「好。」孟辭墨也非常痛快地接受了邀請。

江洵天黑後才帶著秦嬤嬤趕來莊子，他的臉色非常不好看。

「怎麼了？有人欺負你？」江意惜問。

江洵氣道：「江意言的那門親事沒說成，她居然編排姊姊的不是，說就是因為妳拉著男人跳湖，敗壞了江家名聲，人家才瞧不上江家姑娘。她今天在家裡又哭又鬧又罵妳，我氣不過，跑過去跟她爭辯了幾句。」

秦嬤嬤也說道：「三姑娘的作派也忒讓人瞧不上，親事沒說成就該自個兒悶著，還好意思鬧出來？老太太派人訓斥了三姑娘。」

江意惜冷笑兩聲，沒言語。

前世，江意言高不成、低不就，直到十九歲才嫁出去。江洵來庵堂看望江意惜時說過這事，還說那個男人的確出身高門，卻是個男女通吃的渾不吝。心疼姑娘的人家都不願意讓閨女嫁過去，但江意言卻拚死要嫁，因為她看中的就是侯府少奶奶的名頭，而江伯爺夫婦也希望能通過這個親家來重振家業。

那也是江洵最後一次來看望江意惜時說的事……

想到前塵往事，江意惜心疼地摟了摟江洵，又用帕子擦了他臉上的汗珠，讓江洵羞紅了臉。

江意惜囑咐道：「她愛說什麼說什麼，弟弟無須跟蠢人一般見識。你一個人在府裡少說多看，遇事多聽秦嬤嬤的勸，莫讓人用陰招整你。」

江洵道：「我是男子漢，吃點虧就吃點虧。姊姊是小娘子，以後不要著別人的道。」

次日一早，江三老爺直接從軍營趕來了扈莊。因為要去孟家莊做客，他昨天沒回京城。

他聽說了江意言的作派，也皺緊了眉頭，不好說江伯爺，便責怪起了江大夫人。

「大嫂把言丫頭慣壞了，縱得她不識好歹、不知羞恥。我回家得提醒柔丫頭，以後少跟她來往。也要跟我娘說說，多教教言丫頭。」

聽說院子裡的名品花卉和罕見的三角花是孟家莊送的，江三老爺對江意惜更加刮目相看。孟老國公愛花，別的都大方，唯獨對花小氣，如今卻一下子送扈莊這麼多花，可見老爺子有多記江辰的情了。他心裡美滋滋的，希望能跟孟家把關係搞好，自己的仕途再進一步。昨天得到老公爺的帖子時，他的幾個上峰可是羨慕得緊呢！

辰時末，江意惜幾人帶著新做好的點心去了孟家莊。

江洵是第一次見孟老爺子，給他磕了頭。

孟辭墨眼睛不好後就不願意與人交往，因此跟江三老爺見過面後，就帶著江洵去他的院子考校武藝。當然，他還有別人不知道的小心思，就是想透過小江洵多知道些江意惜的事。

江洵果然不負期望，被孟辭墨似是無意地引著說了許多江意惜的事，諸如美麗，被嫉妒她的羅三姑娘、蘇二姑娘在桃花宴上推下湖……喜歡花，喜歡看醫書，彈琴彈得好，還喜歡盪秋千……想爹爹想得緊，前兩年經常哭，這一年多才好些……

孟辭墨這才知道是因為有人嫉妒江意惜的美貌，故意推她下湖的，心裡也記下了羅三姑娘和蘇二姑娘那筆帳。

老爺子則帶著江意惜和江三老爺去園子裡拾掇花卉。一老一少言笑晏晏，江三老爺在一旁連話都插不上。

聽著江意惜跟老爺子親近又隨意的交談，老爺子爽朗的笑聲，江三老爺極是羨慕。之前以為這丫頭不愛說話，現在才知道她不僅愛說，還會說。

晌飯後，江三老爺帶著江洵直接回京城，江意惜則回扈莊。

下晌申時，江意惜去昭明庵給李珍寶針灸。

此時李珍寶的精神狀態非常不好，渾身藥味，她剛泡完藥浴不久。

江意惜建議道：「要不，等妳身體好些後再治眼睛吧？」

李珍寶虛弱地說：「美貌比身體更重要，不能推後。」

針灸完已經天黑，李珍寶留江意惜吃了素齋。

李珍寶的飯由三個廚子專門負責，做了一桌。

江意惜吃得噴香，覺得李珍寶喜歡來自家吃飯，純粹是小孩子的隔鍋香。

飯後，李珍寶的幾個護衛把江意惜送回扈莊。

隨著跟李珍寶熟悉，江意惜也知道了她為何不能經常出庵堂？為何說她的病「玄」？為何她大部分時間是昏迷或是睡著的狀態，必須泡在藥湯中才能活命？為何正常大夫診斷不出她得的是什麼病，只有愚和大師能治，還必須出家？

她當然不能在愚和大師所在的報國寺出家，因而去了昭明庵帶髮修行。昭明庵的住持是蒼寂師太，愚和大師教了蒼寂住持如何給她治病，還必須定期請愚和大師親自看診和換藥。

原來，李珍寶的病是因為魂魄不穩，隨時有魂飛魄散的危險。李珍寶現在的情況已經比之前好多了，之前幾乎每天有十個時辰是昏迷的，而現在清醒的時間在逐漸拉長，並由每十天有一天不發病，延長至了兩天。

江意惜跟孟家祖孫說了自己給李珍寶治「對眼」的事，卻沒對李珍寶說自己在幫孟辭墨治眼睛的事。不是因為跟李珍寶的關係不好，而是李珍寶沒心沒肺，怕她不小心說出去。

江意惜會間錯著給兩位病人治病，偶爾有幾日孟辭墨和李珍寶的治療時間正好碰上，就一個安排在上午，一個安排在下晌，還是錯開了。

也有他們治病時正好趕上江洵來莊子玩，若是孟辭墨看病的日子，不需要避開，江洵也知道姊姊在給孟大哥看病的事，而且跟孟家祖孫極為熟悉；若是趕上李珍寶來家裡看病，因為李珍寶不願意讓別人看到她的對眼，就會把江洵打發去孟家莊。

忙忙碌碌，晃眼到了六月初。

孟辭墨的目力沒有起色，而李珍寶的「對眼」則好多了。

雖然孟家祖孫著急，但聽說李珍寶的眼睛有所好轉，更是充滿了希望。

扈莊也有了翻天覆地的變化，庭院裡擺滿了各色花卉，包括許多罕見名品、珍品。廊下掛了十幾個鳥籠，鳥兒們唱著歡快的歌，真是花團錦簇、鳥語花香，彷彿連風都是甜的。

還專門弄了個燜爐，烤點心用的。

花和鳥當然都是孟辭墨以老爺子的名義送的。

老爺子和孟辭墨偶爾會在扈莊吃飯，老爺子最喜歡吃扈莊的玫瑰水晶糕和滷豬肝。孟家莊若有好花開了，也會邀請江意惜過去賞花兼吃飯。

江意惜也更忙了，除了看病、看醫書、抄經，就是侍弄花草。扈莊的繁茂景象比孟家莊的花園遜色不多，只是小些、珍品少些而已。

六月初三這天，是孟辭墨來扈莊做治療的日子，江意惜給他針灸完已是午時初。送走孟辭墨，江意惜吃了一點東西，就帶著吳嬤嬤和水香、水靈回京城江府。

今天是江老太太的五十八歲壽辰，江意惜要回京給她祝壽。

老太太不稀罕江意惜回家給她祝壽，江意惜當然也不願意大日頭底下坐車回京，更不願意熱臉硬貼冷屁股，但今天江府會發生一件大事，她必須回去，因此就提前託江三老爺給老太太帶了一盆名品蘭花回去，說她想給老太太磕頭祝壽。

江老太太也有喜蘭的雅好，再加上江三老爺的美言，便同意了，但讓江意惜下晌申時後再回去，這時祝壽的客人已經走了。她還是嫌江意惜丟臉，不願意讓她在人前出現。

江意惜對老太太已經沒有了奢望，也不生氣，非常痛快地答應了。

坐上騾車後，江意惜的思緒又飛回了前世。

老太太五十八壽辰的那天夜裡，江晉跟江大奶奶的一個丫頭在花園裡私會，江大奶奶不知怎麼知道了，帶著人去捉姦，結果江晉掩護那個丫頭逃跑了，兩口子還動了手，江大奶奶氣得差點滑胎。次日，江大奶奶的乳娘還是查出了那個丫頭是誰，丫頭又羞又怕，跳井自殺了。

然而，傳開的消息卻是江洵小小年紀不學好，大晚上偷偷躲在花園裡調戲丫頭，強行摟著丫頭親嘴，丫頭羞憤難當，因而跳井自殺。

那天晚上江洵的確在後花園牆角給爹娘燒過紙，但燒完後就回了外院，這事卻賴到了他的身上。他大哭著否認，可百口莫辯，因為有丫頭看到他大晚上從花園方向跑出來，又有婆子看到關二門時他才慌慌張張地跑出內院。

老太太和江伯爺都氣得教訓了他。

當時江意惜也生氣，覺得弟弟不學好，不爭氣，不說去安慰他，還不搭理他，致使江洵更加破罐子破摔，後來真的去調戲丫頭，名聲也越來越不好。

還是後來江意惜嫁進孟家後，水露為了巴結她，說了幾件大房秘事，其中就包括這件事，她才知道原來是江晉跟丫頭私會，丫頭害怕地跳了井，為了不影響江晉的名聲，江大夫人想出拿江洵頂缸的壞主意。

想到那些往事，江意惜氣得胸口痛，孤兒就是這麼被欺負的！

江大夫人壞，江晉夫婦助紂為虐，老太太和江伯爺知道真相卻陪著他們演。三房或許也知道真相，卻不好說出來，選擇了袖手旁觀。

自己就更糊塗了，在江洵最孤立無援的時候，卻沒有幫助他、信任他。江洵是誰？那是自己的親弟弟啊！才剛剛十三歲，自己正該維護他的，卻讓他受了那麼多委屈。

如今是秦嬤嬤服侍江洵，不一定會讓他大晚上去花園裡燒紙，但江意惜還是不放心。不讓江洵挨邊的同時，還得再把另一件事做了。

她強忍著沒流出眼淚，壓抑得難受，深呼吸了幾口粗氣。

「姑娘怎麼了？」吳嬤嬤問道。

江意惜搖搖頭。「我無事，就是有些熱。」

車廂兩邊的車簾已經全部打開，還是悶熱難耐。

吳嬤嬤聞言，手中的大蒲扇搧得更快了幾分。她有些納悶，姑娘對老太太已經冷了心腸，為何還不顧炎熱，要跑回京城祝壽？

他們到達江府時已是申正三刻，所有客人都走了。

江伯爺和江三老爺都請了假，在如意堂裡陪老太太說笑。

江意惜進去給老太太磕了三個頭，說道：「祝祖母福如東海，壽比南山。」

老太太笑問：「聽三兒說，那盆蘭花是孟老國公送妳的？」

江意惜笑道：「是。老國公疼惜我和弟弟沒有父親，偶爾會送扈莊一些花草。」

江大夫人笑問：「聽說孟世子也在孟家莊養病，惜丫頭跟他很熟吧？」

這話可不好聽。

江意惜本就對大夫人有氣，因此說話也不客氣，冷笑回道：「看大伯娘說的，我除了去昭明庵上香，就是在莊子抄經、看書，即使想去結識不相干的人，也沒時間和機會啊！」

老太太也不滿意大兒媳婦的話。再怎麼樣，惜丫頭也是江家姑娘，名聲不好，影響的是江家所有的姑娘。何況，她還希望江意惜真的能跟孟老國公把關係維繫好，這樣對兩個兒子的前程大有好處。她瞪了大兒媳一眼，想罵人又覺得要給大兒及大孫子留顏面，不能當眾罵，只得說道：「惜丫頭懂事明理，知道什麼能做、什麼不能做，怎麼會跟外男相熟？孟老國公是長輩，又幫了大兒和三兒良多，偶爾去盡盡孝心也是應該的。」

江大夫人紅了臉，忙笑道：「兒媳也是關心惜丫頭，關心則亂，問急了。」

江意惜沒搭理大夫人，跟老太太笑道：「老公爺嗜甜，有時莊子裡做點心了，便會遣人送一些給他老人家，他很喜歡呢！弟弟來了莊子，他還會讓我們去孟家莊玩，指導弟弟練武。」

江洵也笑道：「不僅指導我練武，還給我講兵書策略，讓我受益匪淺。」

三老爺說道：「洵兒一定要珍惜這個機會。多少軍中將領想請教老公爺如何打仗都沒機會，當然了，也包括我。」說完，還捋著鬍子哈哈笑兩聲。

江洵鄭重說道：「是，姪兒謹記三叔教誨。」

江意惜看看小少年，比之前沈穩多了。

老太太高興地點點頭，看江洵的目光也柔和了些許。

眾人說笑一陣後，就去廂房吃飯。

老太太破天荒地讓人舀了一碗龍井竹蓀羹給江意惜喝，這個待遇二房還是第一次擁有。

飯後，各回各院。江意惜和江意柔手拉手往回走，她們附耳說著悄悄話，不時傳來幾聲輕笑。

在莊子的日子裡，江意惜讓江洵給江意柔帶過幾次東西，包括兩把如意團扇和一個茉莉花芯竹枕。這三樣都是李珍寶送的，內務府製造。東西好是其次，關鍵送禮的人是珍寶郡主。

看三老爺和三夫人對他們姊弟的態度，就知道他們領了這個情，也更願意跟江意惜搞好關係。

江洵跟在她們身後，他有事要跟姊姊說。

到了灼園門前，江意柔還想跟進去玩，但看到江洵跟來，知道他們姊弟想說悄悄話，也只得回了自己院子。

江洵講了一下府中的事情，又道：「姊，明天是母親三十二歲冥壽，等天色晚些了，咱們去花園裡給娘燒紙。我還給娘寫了一封信，一起燒給她。」

扈氏不得老太太待見，給她燒紙都要偷偷燒。

江意惜問：「秦嬤嬤同意你大晚上的去後花園燒紙？」

江洵搖頭道：「秦嬤嬤不同意，說我是半大後生小子，天晚了去後花園不好，讓我在我的院子裡燒就好。可我不願意，後花園空曠人少，紙錢更容易被母親收到。正好姊姊回來了，我們一起去。」

江意惜很滿意秦嬤嬤想得周到，說道：「我前兩天已經去昭明庵給娘燒了香，還抄了經燒給她。」

「姊姊燒是姊姊的孝心，我想盡自己的孝心。」江洵很固執。

江意惜便拉著他起身。「那咱們現在就去，幹麼要等天晚了？」

「祖母知道了會不高興。」

「她不高興咱也沒轍，沒道理咱們給母親盡孝心，還要看別人臉色。」

江洵便讓水靈去外院找秦嬤嬤拿紙錢，他和江意惜向花園走去。

此時天色還沒黑透，西邊晚霞已呈暗紅色，融融橘光流敞在天地之間，暮色中的後花園更加美麗祥靜。

花園邊有一棵大榕樹，樹冠像一把巨大的傘，遮住了暮光，樹下黑黢黢的。

這裡，正是江晉和那個丫頭幽會的地方。

江意惜拉著江洵從樹下走過，垂下的手把一個荷包丟在樹根的草叢中。

江洵沒注意到，但跟在他們身後的水香看到了。

水香不曉得姑娘為何要丟個荷包在這裡，但知道姑娘是故意的，就有姑娘的道理，便也裝作沒看到。

走過花園，過了一片竹林，便到了後院牆。

遇到巡視的婆子，水香講了姑娘和二爺是來給二夫人燒紙的。

婆子沒敢說不許燒，只囑咐走之前要把燭火滅了。

水香笑道：「嬤嬤放心，我們知道的。」

幾人剛剛站定，水靈就拎著一個籃子走過來，籃子裡裝著紙錢、香燭。

姊弟二人燒紙磕頭，江洵從懷裡掏出一封信燒了。

做完這些事，天已經黑透。

漫天星辰，給大地籠上了一層清輝。樹影婆娑，暗香浮動，園子裡只有幾個人的腳步聲。

江意惜帶著兩個丫頭，把江洵送到二門處，看著他走遠，又看了看守二門的婆子。如今有了三個證人，今晚有事也賴不到江洵身上。

前世，江晉攔住江大奶奶和捉姦的人，把跟他私會的丫頭放跑，說明他在乎那個丫頭。只要能護住他喜歡的丫頭，有個頂缸的人出現，江晉會樂見其成的。若捉姦的人能發現那個荷包，禍水就能成功引到水露身上。

那個背主的賤婢，如果沒有她幫忙，前世江意惜不可能那麼容易被迷暈，又被弄去前院的石山下……如今便也讓她嚐嚐被人設計偷人的滋味！

只不知江大夫人會怎麼處置她？若處置得不夠，將來再繼續收拾。

夜裡，江意惜睡得不好，心裡一直惦記著那件事。好不容易睡著了，迷迷糊糊聽到外面傳來敲院門的聲音。

住在廂房的吳嬤嬤趕緊起身，隔著門問：「誰？」

外面傳來內院管事嬤嬤的聲音。「開門，是我。」

吳嬤嬤嚇了一跳，趕緊把門打開。

外面站了四、五個婆子，林管事低聲道：「不要吵醒姑娘，只說妳認不認識這東西是誰繡的？」

吳嬤嬤接過林管事手裡的荷包，一個婆子把燈提過來照。

吳嬤嬤裡外看了幾遍後，說道：「這針腳我倒是熟悉，像是水露繡的。喲，小小年紀就思春了，繡這東西。」又指著荷包裡層一個小小的「露」字說：「看看這裡，肯定是她了。」

林管事冷笑道：「果真是她，不要臉的小賤蹄子！」

吳嬤嬤問：「林管事，出了什麼事？」

林管事道：「沒什麼，這事不要跟姑娘說，免得污了姑娘的耳朵。」說完，就領著人走了。

吳嬤嬤剛把院門插上，就傳來江意惜的聲音——

「嬤嬤，什麼事？」

「沒什麼，姑娘睡吧。」

「到底什麼事？嬤嬤不說，我睡不著。」

值夜的水香已經點上燈，打開門。

吳嬤嬤只得進了臥房，悄聲說了經過，又罵道：「搞這麼大陣仗，定是水露犯了什麼大事！那個不要臉的小浪蹄子，老奴早看出她要出事，只不知道是勾……出了什麼事？」她沒敢說不知水露是勾搭了三老爺還是大爺？水露不敢勾搭伯爺，而其他爺兒們年紀還小。

水香垂目壓下驚詫。荷包？會不會是昨天晚上姑娘丟下的那個？若是，真是天大的巧合……活該！誰讓水露本來就不要臉。

二老爺去世之後，成國公府承諾要管二姑娘的親事，水露她娘夏婆子就急吼吼地把水珠姊姊弄去嫁人，硬把水露塞過來。所有人都知道，她來給二姑娘當丫頭，就是想跟著嫁去高門，給未來的二姑爺當通房！

江意惜眼裡微不可察地閃過一絲笑意，淡漠道：「喔。管她犯了什麼事，反正已經不是咱們的人了，睡吧。」

吳嬤嬤和水香出了門，窗紙已經染上微弱的晨曦，天快亮了。

清晨，從外面拎飯回來的水香說：「聽說昨天夜裡大奶奶動了胎氣，遣人連夜去請大夫。大奶奶這樣，會不會跟水露的那個荷包有關？」

吳嬤嬤冷哼道：「肯定有關了！八成是大爺跟水露幹了不要臉的事，不慎落下荷包，大奶奶知道後氣得動了胎氣……」話沒說完就紅了老臉，趕緊道：「呸呸！當著姑娘的面，老奴瞎叨叨什麼呀！」

江意惜暗樂，吳嬤嬤聰明！

飯後，江意惜去給老太太請安，請完安就要回莊子了。

老太太沈著臉，江伯爺和大夫人的臉色都不好看，江晉也在，臉上有一塊青紫。

江三老爺居然也在，昨天夜裡出了那件大事，他也就沒趕著去軍營。

晚輩們見了禮後，老太太就把江伯爺夫婦和江三老爺夫婦、江晉留下，其他人打發走。

江意惜道：「祖母，我要回莊子了。」

老太太點點頭，只說了句。「去吧。」

小輩們一走，老太太就罵了起來。「房裡又不是沒丫頭，大半夜的跑去後花園幹那種醜事，也不嫌丟人！」

江晉跪下，紅著臉說：「孫兒慚愧，讓祖母操心了。」心裡卻冷哼，閔氏那個醋缸，給他的丫頭醜得要命，漂亮的只能看不能「吃」，可不就只有偷著吃了？

老太太又說：「那個丫頭真的是水露？平時看著伶伶俐俐的，怎地那麼不知羞。」

江大夫人道：「連夜審問了水露，先不承認那個荷包是她的，後來又認了，但一直不承認做了那件事。」又偏過頭問江晉。「死小子！快說，昨天的人是不是水露？」

江晉低頭道：「我沒看清楚……」

江伯爺氣得一巴掌打過去。「混帳東西！做都做了，還敢說沒看清楚？」

江晉抱著腦袋道：「我說了那麼多遍，爹娘怎麼就不信呢？真的是我昨天半夜睡不著，跑去後花園裡散步消食，突然看到一個姑娘摔倒，我過去扶她，誰知閔氏那個悍婦就帶人追了過來，隨後那個姑娘也跑了。我真的沒看清楚她長什麼樣，也不知道她是不是水露。」

他聽說有婆子找到一個荷包，又查出荷包是水露的，就想好了這套說辭。正好將錯就錯，把芝兒保下。

但水露的娘是夏嬤嬤，夏嬤嬤又是大夫人最得力的管事婆子，他不好直接冤枉水露，就編了一套誰都不信的「鬼話」。他沒說是水露，可別人硬要認為是水露，他也沒辦法啊！這就叫欲蓋彌彰。

江三老爺心裡冷哼，倒真是長房長孫，撒謊都敢撒得這樣無所顧忌！他諷道：「晉兒莫不是見到鬼了？」

江晉苦著臉說：「真有可能。」

「還在胡說八道！」江伯爺氣得又要打人。

「好了！」老太太喝道。這個孫子擺明了在袒護那丫頭，為了她居然連長輩都騙！她氣得瞪了長孫一眼，但他再不爭氣，也是伯府的接班人，該給的臉面還是要給。老太太看向大夫人說道：「那個不要臉的丫頭是水露無疑了，小小年紀繡那些東西，就不是個穩重的。好好的爺兒們，都是被這不要臉的賤人勾搭壞了！這個府不能留她，打五十板子，賣了！」

爺兒們收通房很正當，卻是要過明路，而不是被勾引在後花園裡偷偷摸摸「行事」。

江晉忙道：「祖母，就給水露一個機會吧？不要賣她。」

他這麼一求情，在場的人就更加認定昨天夜裡的人是水露了。

老太太和江伯爺罵，江大夫人數落，最後決定將水露打二十板子後賣出府。

之所以沒打那麼多，還是江大夫人看在夏嬤嬤的面子上手下留情了。

但罪名卻不能是勾引江晉，而是偷東西。

江大夫人氣惱不已，想找個頂缸的都沒有。聽說江洵昨天晚上曾去過後花園，卻是跟惜丫頭一起的，還有多個證人看到。

老太太又問：「閔氏的情況好些了嗎？」

江大夫人回稟道：「胎兒算是保住了，大夫說她要臥床靜養一個月，不能再受驚嚇。」

老太太氣道：「閔氏的氣性也忒大了些，哪個爺兒們年少不偷野食兒？大半夜的跑去捉人，差點害了我大重孫子！妳也要好生教教她，如何做一個賢妻……」

江大夫人允諾。她氣得要命，那閔氏也要收拾才行。

江意惜給了水靈幾天假，讓她回家陪爺爺和哥哥。她這麼做還有另一層意思——讓水靈把這裡善後的消息帶回莊子。

江意惜又跟秦嬤嬤耳語了幾句話，給了她五兩銀子，讓她轉交水靈的大哥江大。若水露被賣，讓江大把江晉和水露大半夜在花園裡通姦的事傳出去，從江家外傳到江家內。再來，打聽水露被賣去哪裡？被何人所買？

孤兒可不是讓那些人白欺負的！

聽江洵和秦嬤嬤說，江大現在的腿已經好多了，只是稍微有些跛。還說別看他長得粗狂，但膽大心細，十分機靈。水靈也說過，她哥哥武功好，受傷以前交了很多朋友，有些朋友不是奴才，而是出身市井。江意惜想看看江大的能力，若是不錯，以後專門給她跑腿，月銀她出。

她辦完這些事後，就帶著吳嬤嬤和水香坐騾車往莊子趕。

江意惜似是無意地跟吳嬤嬤解釋著。「我現在才品過味來，水露就是大房的細作，我幾件倒楣事都是她通風報信的，這樣的賤婢肯定不能輕饒。她娘為了把她弄來我身邊，整水珠整得慘，嫁給那樣一個男人。妳們以後有時間，就給水珠送些銀錢過去。」

水珠的男人是個四十幾歲的老鰥夫，兒子比水珠還大。

吳嬤嬤也恨水露，更同情水珠，嘆道：「水珠命苦，聽說她男人喝醉了就打她，懷了幾個月的孩子也被打掉了。我一直想去看看她，只是沒找到時間。」

水珠的男人在北郊的一個莊子當莊頭，離扈莊比較遠。

江意惜暗嘆，自己之前糊塗，一心一意跟著自己的忠奴沒一個有好結果。

「再忙也要抽出時間，就明兒……」想到明天李珍寶要來，後天孟辭墨要來，江意惜又道：「大後天去吧，私下送水珠五兩銀子，再問問她有什麼需要幫忙的？」

吳嬤嬤允諾。

回到扈莊已是未時初，吳嬤嬤讓人去把賀大嬸母女叫來，準備明天李珍寶過來的吃食。

次日巳時初，李珍寶還在外院，清脆的嗓門聲就傳了進來——

「江二姊姊！我的眼睛徹底好了，不是鬥雞眼了，人也好看了不少！哈哈哈……」

江意惜迎出去。

李珍寶跑進來，一把將江意惜抱住。「江二姊姊，我愛死妳了！」

江意惜已經習慣了這位姑娘的不同尋常，捧著她的臉仔細看她的眼睛。

李珍寶的小眼珠向左轉又向右轉，然後不眨眼地看著江意惜。

黑眼珠依然那麼小，卻真的一點都不「對」了。

江意惜激動地說道：「真的好了，也的確漂亮多了！」

李珍寶眨眨眼睛，再晃晃小腦袋，笑道：「不敢說漂亮，但總算五官端正了。以後化化妝，好好打扮打扮，或許也能當個另類美人……嗨，美人就不肖想了，勉強算個五官端正的中人之姿吧！」接著她從懷裡掏出一張書契。「江二姊姊，我已經讓人去衙門辦了『食上』的書契，這是妳的，占兩成股。我也讓人在京城看鋪子，再裝修，之後我多寫些菜譜。等明年我回京，食上就能正式開張了！」

江意惜看著蓋了大紅印的書契，笑得眉眼彎彎。她還沒開始做生意，就飛來兩成股，還是未來晉和朝最大酒樓的股！

不說錢，就是跟珍寶郡主合夥開酒樓，已經羨煞了多少人。

李珍寶又眉開眼笑道：「江二姊姊，恭喜我吧！前天我大哥帶我去報國寺拜見愚和大師，大師說我身體好多了，明年開始能出庵堂兩個月。若繼續好下去，過些年我就不用當姑子了，這真是雙喜臨門啊！」

江意惜真心為她高興。「太好了，恭喜珍寶妹妹！」

李珍寶眼裡噙著激動的淚水，她天天都盼著快點出庵堂，回王府。儘管還要等到明年，但總算是看到了希望。回王府就意味著要見人、要結交，雖然相貌普通，但總算不是鬥雞眼了。

想到之前愚和大師斷言她會弄丟一個好寶貝，那又有什麼要緊呢？這一世的父親給了她太多寶貝，太后娘娘和皇上也賞賜了不少。

聽哥哥說，她的寶貝在雍王府裝了幾大屋子，別說弄丟一樣，就是弄丟再多樣她也窮不了。況且自己還要開個「食上」，別的不敢說，她對吃絕對有研究，到時銀子還不是如流水般嘩啦啦地來？

不過，誰也不想丟錢、丟寶貝，所以她還是問了愚和大師，那樣好寶貝為何物？她看緊些。

愚和大師說：「阿彌陀佛，命裡有時終須有，命裡無時莫強求，那樣寶貝與節食無緣。至於何物，節食既得不到，就無須知道它為何物。」

李珍寶頗有些失望，嘟嘴說道：「大師還是高僧呢，說話怎麼前後矛盾？既然與我無緣，我又得不到，那就不是我的寶貝了，何來弄丟一說？」

愚和大師笑道：「節食說得在理，是老衲著相了。」

回去的路上，李凱還勸解她。「妹妹不怕，妳丟一樣，哥哥就送妳十樣。」

李珍寶搶白道：「哥哥還沒聽懂啊，那寶貝根本還沒到我手裡，怎麼就說是我的？那老禿瓢，說話模稜兩可，盡整些玄的！」

李凱趕緊制止她。「噓，莫亂說，愚和大師是高僧！」

李珍寶想著，還是應該防患於未然，便囑咐道：「哥回王府幫我看好了，裝寶貝的那些屋子要再加幾把鎖……」

正想著，搧著大扇子的李凱走進了垂花門。

李凱收了扇子，對江意惜笑道：「人不可貌相，江姑娘居然有這個本事，爺謝謝妳了！我父王看到珍寶的眼睛好了，也極是開懷。」

江意惜謙虛道：「世子爺過譽了。」
這時，幾個下人抬了三個箱子進來，一個男人呈上一張禮單給江意惜。
李凱笑道：「這是我們雍王府的謝禮，不成敬意。」
江意惜笑道：「世子爺客氣了。」
李珍寶又送給江意惜一串沉木念珠。「這是愚和大師送我的，送妳了。那老和尚佛法精深，江二姊姊也沾沾他的仙氣。」
愚和大師是晉和朝最著名的得道高僧，大半時間在外雲遊，在寺裡也多是閉關修練，許多人想見都見不著。別說江意惜前世今生沒見過，就是前世她出家的青石庵的住持，也無緣一睹老和尚的真顏。能得到他的念珠，比得到那三大箱子禮物還讓江意惜高興。
念珠幽香油潤，一看就非凡品。江意惜雙手合十，唸了幾聲佛，才把左手腕上的玉鐲取下套上右手碗，再把念珠戴在左手腕上。
幾人進屋，江意惜還是給李珍寶做了針灸。這是最後一次，以後江意惜不需要再為她治對眼了。
剛吃完晌飯，水香來報，水靈回來了。
江意惜去了外院，納悶道：「讓妳在家多玩兩天，怎麼今天就回來了？」
水靈雇驢車回來的，汗流滿面，笑道：「我爺讓我快些回來服侍姑娘，說要當忠奴，就不能總想著在家玩。」又小聲道：「大夫人讓人打了水露二十板子，昨天下晌就賣去了牙行。肯定是那個不要臉的小蹄子勾引大爺，但對外卻說她是偷東西。夏婆子哭嚎著求情，大夫人讓人把她拖走了。我哥哥找到了買人的那家牙行，還認識牙人的兒子，會注意水露之後被賣去哪裡。昨天晚上我哥哥請了幾個混混喝酒，他喝醉了，不小心把江大爺跟水露在花園裡夜會的事說了出去……」

江意惜笑起來，劇情走向符合她的思路。江晉惹出來的「騷」得自己扛著，至於那個賤婢是如何下場還要再看。

第六章

下晌，李珍寶依然如往日一樣，不顧炎熱，拉著江意惜坐在房簷下看三角梅。看到這種在前世隨處都能看到、在爸爸的別墅裡種植最多，而這一世只能在這裡看到的花，她覺得倍感親切，彷彿有一種回到現代的感覺。

若從前有現在這種心態，她就不會活得那麼痛苦，更不會那麼糟踐自己了。

江意惜不知道她的心事，但知道她特別喜歡三角花，遂笑道：「我已經分了一株出來，明年暮春就能開花了，等到妳回雍王府時送給妳。」

李珍寶說道：「我回王府後，要多多栽種這種花，讓它爬滿整個院牆！」

李凱指著三角花問：「我在孟家莊看過此花，江姑娘跟孟老國公和孟世子很熟嗎？」

江意惜笑道：「還行。老公爺和孟世子認識我爹，憐我和弟弟無父無母，偶爾會送我們一些獵物和花草。」

李凱不好意思坐在小娘子堆裡，就搖著紙扇在簷下來回踱步，聽著兩個小姑娘嬌言軟語地說著話，用扇子遮住的目光看江意惜比看妹妹的時候還多。

江姑娘不僅貌美聰慧，聲音也好聽，說的話忒中聽了……

江意惜問了李珍寶一個她很早就想問的問題。「鋪子為何叫『食上』？很奇怪的名字。」

李珍寶望著天回答。「就是民以食為天的意思。感到奇怪就對了，才容易記住。這個齋、那個閣、那個樓的，都爛大街了……」

江意惜笑著點點頭。這位珍寶郡主看似肚裡沒多少墨水，可許多話極是有道理，想的主意和名字也都很標新立異。

突然，李珍寶望著天的小眼睛瞪圓了，尖聲叫道：「天哪，我又看到白雲變成貓頭了！不是幻覺，是真的，它還衝著我笑！喔，現在又開始眨眼睛了！」

江意惜、李凱和幾個在場服侍的下人都齊齊望向天空，陽光異常燦爛，他們只能手搭涼棚，半瞇著眼睛看——

藍天上飄浮著幾抹白雲，白雲很薄很淡，像隨筆輕輕一抹。哪裡像貓？四不像好不？

李凱疑惑道：「沒有啊！」

江意惜也說道：「哪裡像貓了？像幾塊白紗飄在天上。」

李珍寶急道：「你們那什麼眼神啊？就是那裡啊！看到沒？真的像貓！我在前……喔，我之前也看到過兩次！」她著急地用手指著天空的一個方向。

在眾人的眼裡，那幾抹白雲依舊是四不像。

突然，李珍寶的神色更加驚恐。「喔，它落下來了！天哪，往我們這裡來了——」

隨著她的尖叫聲，在場的人真的看到一個小光圈從天而降，速度極快。在他們還沒反應過來時，小光圈已經落到小院的上空，並拐彎衝向坐在廊下的李珍寶！

在光圈快砸到李珍寶臉上時，她猛地伸出手把光圈打出去。

江意惜正不可思議地半張著嘴看她，結果那個光圈好巧不巧，一下子落進了她的嘴裡！她頓覺嘴裡和嗓子一陣灼熱，緊接著肚子也灼熱了起來。她嚇壞了，趕緊跑去牆角嘔吐，試圖把那東西吐出來。

李珍寶和在一旁服侍的水清連忙跑了過去。

「姑娘，怎麼樣了？」

「江二姊姊，對不起呀，我不是故意的！妳快吐，伸長舌頭，用手指壓住舌頭！妳家有沒有常山、膽礬、皂莢、瓜蒂之類的？這些都能催吐……」

江意惜什麼也沒吐出來，又感覺肚子不熱了，身體也沒有其他不適。她站起身，掏出帕子擦擦嘴角。「無事了。剛才那東西是什麼？好像專門衝著妳去的。」

李珍寶茫然地搖搖頭。「我也不知道是什麼。對不起啊，我不是有意打向江二姊姊的！妳還是吃些催吐藥，看能不能吐出什麼東西吧？」她十分內疚，小臉皺成一堆。

李凱走過來說道：「或許是日頭太大，一道光暈照下來而已，其實什麼也沒有。」

江意惜想想也是。就一道光，一閃而過，又不是毒藥，實在沒有擔心的必要，遂笑道：「世子爺說得對，一道光暈而已。」

但李珍寶還是嚇著了，就說那隻形似貓的東西詭異吧！她也沒興趣再繼續玩了，拉著李凱告辭回庵堂。在她看來，到了佛祖、菩薩的地盤，有貓精也不怕。

吳嬤嬤和水香、水靈在廚房裡忙碌，聽說有什麼東西鑽進江意惜的嘴裡，都嚇得跑了過來。

水靈很自責，都哭了，邊哭邊說道：「若我在場就好了，我手腳快，一定會把那個東西打出去的！」

江意惜開解道：「什麼也沒有，就是一道太陽光罷了。妳們也不是不知道，節食小師父有時候會說些奇奇怪怪的話。她說天上的白雲像貓，還衝著她笑呢，妳們誰看到了？」

幾人便望向天空，陽光燦爛，天空湛藍，幾抹四不像的白雲。哪裡有貓了？

之後，江意惜一行人去看雍王府送的謝禮。兩疋妝花緞、兩疋九絲軟羅、兩疋煙霞紗、一對半人高的五彩瓷大花瓶、一套粉彩瓷茶盅和茶壺、一尊赤金貔貅擺件。

江意惜眉開眼笑，雍王府出手很闊綽嘛！

軟羅輕薄有暗花，正適合做夏天的衣裳。

江意惜讓吳嬤嬤用湖藍色軟羅給江洵裁兩身長衫，用洋紅色軟羅給自己裁兩件上襦，煙霞紗裁裙子。裁好後，幾人坐在廊下做衣裳，商量著領口、袖口壓邊繡什麼花好看？

江意惜長這麼大，還是第一次用這麼好的料子做衣裳。

「大姑奶奶出嫁前，大夫人用這種料子給她和三姑娘各做了兩身衣裳，偏還說是她娘家送的。她娘家比咱們伯府窮多了，怎麼可能送這麼好的料子？肯定是她用公中銀子買的，捨不得給二姑娘、三姑娘、五姑娘，才說那些話騙人。」一說到這事，吳嬤嬤就滿臉不忿。伯府因為二老爺而掙了一大筆銀錢，卻捨不得給二姑娘和二爺做身好衣裳。

江意惜笑笑，肚子突然餓得咕咕叫，叫聲特別大。前世今生，她的肚子從沒這麼叫過，她一下子羞紅了臉。

這叫聲吳嬤嬤也聽到了，趕緊起身道：「哎喲，姑娘餓了！水靈快去燒火，也該做飯了。」

晚飯擺上桌，一盤豆角燒肉、一盤紅燒野兔肉、一盤拌胡瓜、一碗丸子冬瓜湯。

江意惜一陣風捲殘雲，吃光了所有肉，還捂著肚子說：「嬤嬤，我饞魚了，明天弄條魚。」

吳嬤嬤等人瞠目結舌。這些菜，姑娘平時只吃一點，剩下的都由下人幫著吃。

水靈納悶道：「姑娘，今天妳吃得比奴婢還多呢！」

江意惜臉發燙，她也不知道自己為什麼突然這麼能吃，還特別喜歡吃肉。其實她還想再吃一些，但肚子都快撐破了，不敢再吃。

吳嬤嬤看出主子害羞了，忙笑道：「興許姑娘又要長個兒了，長個兒的時候就能吃。」見江意惜去拿醫書，趕緊勸道：「吃了那麼多，姑娘去院子裡消消食吧。」

江意惜也覺得肚子撐得難受，就去院子裡轉圈消食。

望著天邊燦爛的晚霞，突然，她的眼前出現兩顆藍瑩瑩的珠子，她再眨眨眼睛，依然是燦爛的晚霞。她覺得是自己看晚霞看太久，把眼睛看花了。

轉到天黑回屋後，江意惜又覺得肚子餓了，還特別想吃白煮蛋。

「嬤嬤，去給我煮兩個白煮蛋，我想吃……喔，煮三個……不，四個好了。」

吳嬤嬤正帶著三個丫頭縫衣裳，聽了後眼睛瞪得如牛眼大。「姑娘，妳怎麼回事啊？莫吃了，忍一忍。」

江意惜拉著吳嬤嬤的胳膊撒著嬌。「不，我忍不住，就想吃。嬤嬤，快去給我煮，我餓得心裡發慌。」

水靈勸道：「姑娘，妳不能再吃了，長成我這麼壯就不好看了。」

水香也說：「姑娘，妳原來最怕長胖了，晚上都寧可少吃兩口呢！」

江意惜摸摸肚子，可她現在就是忍不住，就想吃雞蛋，尤其是雞蛋黃。

吳嬤嬤看看自家姑娘，只得放下針線，去廚房煮雞蛋。她沒敢多煮，只煮了兩個。

江意惜幾口吃完了，這才覺得好過些，她之前從來沒覺得雞蛋這麼好吃。

難道自己真的要長個兒了？可之前長個兒時也沒這麼會吃啊！

昭明庵後的一個小院裡，佳木瓊花，泉水環繞，花香隨著晚風四處飄散著，廊下掛著多盞琉璃宮燈，把小院照得透亮。

李珍寶坐在院子裡望天，腳邊放著熏蚊蟲的小香爐。她沒戴帽子，頭頂上挽了一個丸子頭，用絲帶繫著，若不注意身上的素衣，還以為是平常人家的小姑娘。

李凱圍著她轉圈踱著步，時不時隨著她的目光望望天。

漫天星斗，天邊斜掛一勾彎月，沒有一絲浮雲。

李珍寶想著，是不是她在廟子裡，所以那隻雲變的「貓精」便不敢現形了？可不知為什麼，她心裡總有些失落，覺得空落落的，好像丟了什麼好寶貝，但她明明什麼也沒有丟啊！

一定是受了老半仙的影響……對，一定是這樣。

想是這樣想，可她就是覺得不舒服，就是患得患失。

李凱站下看著妹妹說道：「明天我要回京了，過幾天再來陪妳。」

李珍寶的嘴嘛了起來。「哼，口口聲聲說寵我，還不是又要把我一個人丟在這裡？你跟你爹一樣！」

李凱嘿嘿笑道：「是哥哥饞……肉了。」「肉」說得很小聲，生怕菩薩聽到了怪罪。

李珍寶白了他一眼，撇嘴道：「也不知道你是饞肉還是饞女人？」

李凱忙把大扇子合攏塞進懷裡，雙手合十道：「罪過、罪過！佛爺菩薩勿怪，我妹妹有口無心！」

李珍寶「哼」了一聲，沒搭理他。

李凱看看妹妹，又笑道：「妹妹，妳覺得江姑娘怎樣？」

李珍寶想著江意惜秀美溫婉的臉龐，笑起來。「當然好了！美麗聰慧、溫婉賢淑！呵呵，這兩個詞是古……是人們對女人的最高讚譽，也是最普遍的讚譽，不過，江二姊姊當得起！」

李凱開心地笑了兩聲，轉著眼珠想心事。

李珍寶警戒起來。「大哥，不要打江二姊姊的主意！」

李凱提高聲音道：「欸，我是不是妳親哥啊？妹妹，讓江二姑娘給哥哥當側妃如何？」

李珍寶的小眼睛一下子瞪了起來，怒目圓睜地瞪著李凱。

李凱的氣勢立即弱下來，心虛道：「妹妹，哥哥沒得罪妳吧？」

李珍寶尖聲叫道：「你還沒得罪我？你知不知道江二姊姊是誰？她是我最好的好朋友！她治好了我的鬥雞眼，於我有恩的！你居然想讓她給你當小老婆，你這不是在陷我於不義嗎？」

李凱忙道：「是側妃、側妃！能上玉牒，有品級的！」

李珍寶氣得直跺腳。「側妃也是小老婆！哼，我要告訴父王，還要讓人進皇宮告訴皇祖母，說你欺負我，你看不起我。讓父王揍你，讓皇祖母罵你！」

李凱趕緊左一個揖、右一個揖地賠著不是。

「妹妹莫生氣，把身子氣壞哥哥就罪過了！哥哥沒有看不起江姑娘，實在是她的出身太低，當不了正妃。讓她當側妃只是權宜之計，先當側的，再當正的……好好好，求求皇祖母，直接讓她當正的好嗎？哥哥也是看她得妹妹喜歡，想著妳們姑嫂好相處嘛……」

李珍寶聽說他不是真的要讓江意惜當小老婆，氣才消了些，又上下打量李凱一眼，嘟嘴說道：「江二姊姊跟我一樣，要找一心一意只愛自己的男人。你做不做得到把你院子裡的那兩個女人打發走，以後不找小老婆？若做不到，就別打江二姊姊的主意。」

李凱一噎，讓江意惜給自己當正妃都是拿妹妹沒辦法，難不成她還想吃獨食霸著自己？怎麼可能！他撇了撇嘴，又不敢說江意惜的壞話，只能弱弱地說道：「妳也說了江姑娘溫婉賢淑，她怎麼會嫉妒？說不定還會為了博夫君開心而主動找女人給……」

李珍寶鄙視道：「想得美！那你就去找你繼母那樣的女人，為了籠住男人的心，恨不得把身邊所有丫頭都雙手奉上！不過，作為女人的我告訴你，越裝小白兔的女人越可怕，你可要提防那個女人，說不定她正在想法子害死你好讓她親兒子當世子！」

李凱不屑道：「她還沒那個本事！妳以為妳爹和妳哥是吃乾飯的？好了，咱不說她。妹妹，江二姑娘真的說過那些話嗎？我不相信。」

李珍寶嘟嘴道：「愛信不信！那話是她親口說的，因為她父親就是那樣的男子。我們兩個說好了，若找不到一心一意的男子就當鄰居，她一輩子不嫁人，我繼續尋尋覓覓，實在尋覓不到，便也不嫁人。」

李凱搖搖頭。「江二姑娘可不是珍寶郡主。妹妹敢誇這個海口，那是因為妳有所倚仗，娶妳的男人若敢讓妹妹傷心，不說父王和哥哥會打斷他的腿，太后娘娘和皇上也不會放過他。但江二姑娘嘛……」他不屑地搖搖頭。「她若敢跟男人提出這樣的無理要求，不僅會被斥責不賢，男人也不會要她。」

李珍寶哼道：「自己想左擁右抱，就以為天下所有男人都這樣嗎？就我知道的，除了江二姊姊的爹，孟老國公也是一生一世一雙人。」

李凱不屑道：「那個孟老頭，他年輕時只知打仗，老了只知養花、養鳥，根本不懂何為享樂、何為紅袖添香？我還是覺得江二姑娘溫柔知禮，不會嫉妒。」

李珍寶生無可戀地嘀咕了一句。「渣男多了，正常人反倒不正常了……」

心裡想著，上輩子活到十七歲，只有上國中時搞了個初戀，牽了牽小手，還被男孩的媽媽追到學校當著全班同學的面叱責，氣得她跟那個潑婦對罵。

希望這輩子好命，能找個一心一意的古代美男談一場轟轟烈烈的戀愛，這輩子創業為輔、戀愛為主。前世她看多了網文，穿越女在古代無所不能，一群有著王爺、侯爺頭銜的古代男人寧可放棄一片森林，也只為她情迷。

本郡主就戀愛腦啊戀愛腦，怎麼樣？

月光下，李凱見妹妹眼神渙散，厚唇微張，問道：「妹妹在想什麼？」

李珍寶慢悠悠地說道：「男人。」

李凱的眉毛擰成了一團，趕緊說道：「菩薩勿怪，我妹妹有口無心，說笑呢！」又低聲訓斥道：「妹妹，妳是女兒家，有些話不能隨意說出口的，羞人！謹防將來真的不好嫁人。」

李珍寶白了他一眼，沒言語。

這時柴嬤嬤走出來躬身說道：「節食小師父，藥湯兌好了。」

李珍寶的臉苦了下來，但還是起身向屋裡走去。

淨房中央放著一個長長的木桶，裝著大半桶棕褐色藥湯。素味和素點服侍她脫了衣裳，她斜躺進木桶裡。

藥湯很燙，淹沒了她脖子以下。水霧氤氳，刺鼻的藥味熏得她意識模糊起來，身子也慢慢變軟。

她似回到前世，看到她正躺在病床上，身上插著許多管子，爸爸紅著眼睛坐在床邊，拉著她的手喃喃說著什麼。

她很想說「你現在這麼難過，當初幹麼不管我、不教我？現在已經這樣了，為何要苦苦相留，讓我在那一世不得安寧？你總說喜歡我，但做的事卻都在傷害我」……可她就是說不出來。

還有，媽媽依然沒有回國來看她。都說世上只有媽媽好，其實也不是所有的媽媽都是好的……

躺在桶裡的她睡得並不安穩，不時皺皺眉，偶爾還會輕嘆出聲。

坐在一旁看守她的素點非常不理解主子，她雖然身體遭些罪，但擁有高貴的身分、有親人的寵愛，卻活得不開心，連夢裡都不能展顏……

早上，柴嬤嬤把李珍寶叫醒，重新沐浴。吃完齋飯，又躺去床上等著蒼寂住持過來給她針灸。針灸完了，又要繼續泡藥浴，直到下晌申時初。

這種日復一日的生活讓李珍寶到達崩潰的邊緣，真想一死了之。但想到愚和大師的話，想到快要出頭的好日子，她又堅持著忍耐下來。

李凱過來看了李珍寶，安慰了幾句，就匆匆出了屋。

望著消失在門後的哥哥，李珍寶的眼裡湧出淚來。這一世比上一世強很多，親人多、關心她的人多、錢多，還有個當王爺的爹、當太后的祖母、當皇上的伯父。但上一世她有個王炸，就是美貌。

若前世堅持把藝校讀完，接受爸爸的好意，不為了氣爸爸而輟學做那個職業，是不是就能風風光光當明星，在那一世壽終正寢？

不會的，老半仙算到她會在這裡越來越好，那麼那一世肯定要死翹翹。她自己不把自己折騰死，也會遇到情殺、劫殺什麼的……

天剛亮江意惜就餓醒了。她先起身從食盒裡拿出兩塊點心吃了，才由水香和水清服侍著穿衣、梳妝。

早飯擺上桌，她吃了兩個白煮蛋、兩塊玫瑰水晶糕、兩個包子、一小碟花生米、一碗牛奶，這才摸摸吃飽的肚子，異常滿足。

吳嬤嬤和幾個丫頭看得瞠目結舌。姑娘不喜歡吃花生的，今天居然吃光了一盤！

江意惜呵呵笑道：「嬤嬤今天去買兩條魚回來，大些、肥些，我想吃清蒸魚。喔，多買些肉和肝回來滷，再多滷些雞蛋，我要請老國公和孟大哥吃晌飯……」

江意惜腦子裡突然出現一個孩子的聲音——

「要吃松鼠魚！」

那個聲音嚇了江意惜一跳。

江意惜晃晃腦袋，什麼聲音也沒有，是幻覺，但還是問道：「嬤嬤做過松鼠魚嗎？」

吳嬤嬤搖頭道：「沒做過這種魚。松鼠沒多少肉，且聽說腥味特別重，沒人愛吃。跟魚一起燒，魚都白煮了！」

江意惜了然。「我就問問，不好吃就不做。」

她拿著花灑開始澆花，水靈給幾盆需要施肥的花施肥。

在孟老公爺和王大娘的調教下，不僅江意惜侍弄花草已經得心應手，幾個下人也學會了很多。

辰時末，孟辭墨在孟青山的攙扶下進了垂花門，後面跟著的孟連山手裡拎著一個大鳥籠，鳥籠裡有一隻漂亮的鳥兒。

孟辭墨嘴角噙著些許笑意。現在，他的笑容越來越多，人似乎也變得陽光了。

用「陽光」形容男人，出自李珍寶之口。說是積極向上、樂觀開朗、活潑有朝氣的意思。

雖然現在的孟辭墨還遠算不上開朗，更不活潑，但江意惜心裡就是願意這樣形容他。或許，這是她對孟辭墨的期許吧。

江意惜迎上前，屈膝笑道：「孟大哥。」

孟辭墨也笑道：「江姑娘。」又指了指後面。「這是鄭叔送我祖父的鸚鵡。祖父跟我打賭打輸了，這隻鸚鵡歸了我，送與江姑娘解悶。」

鸚鵡非常漂亮，羽毛綠色中夾雜著一點紅色，頭頂一撮黃毛，正瞪著小黃豆眼看江意惜。

孟辭墨來扈莊幾乎每次都要送點禮物，或者獵物、吃食，或者花卉、鳥兒，今天又送鳥來了。

「真漂亮！」江意惜非常喜歡，也有些不好意思。「人家送老公爺的，我怎麼好意思奪人之愛？」

孟辭墨笑道：「我祖父的鳥兒多，不在乎這一隻。牠叫啾啾，很會說話。」

孟連山把鳥籠呈上，暗道：老公爺的鳥多，但最寶貝這隻鳥！

因為世子爺要把牠送給江姑娘，老公爺氣得甩了世子爺好幾巴掌呢！

老公爺倒不是氣世子爺送江姑娘東西，而是氣世子爺為了送姑娘東西故意設計他老人家。老爺子的花兒、鳥兒，已經被世子爺以各種藉口和方式搬來這裡一小半了。

江意惜接過鳥籠。

啾啾在籠子裡直撲棱，衝著江意惜叫道：「有位伊人，在水一方。」

江意惜格格笑出了聲。「呀，真的會說話呢，還說得這麼清楚！」

孟辭墨的臉更紅了，忙解釋道：「這話不是我教的，應該是牠的原主人鄭叔教的。」又皺眉道：「叫江姑娘。」

啾啾跳著腳叫道：「江姑娘！花兒、花兒……」

江意惜又笑起來，清脆的笑聲讓孟辭墨的心明媚得如頭頂朝陽，他眼裡的笑意也盛了幾分。

孟辭墨又解釋道：「我只教牠說了『江姑娘』，因為要送給江姑娘的，當然得讓牠學會招呼主人了。『花兒』那些話，都是鄭叔教牠說的。」

孟連山也笑道：「聽鄭將軍派來送鳥的人說，啾啾最喜歡小娘子了，看到小娘子漂亮就高興，話也特別多，還喜歡背情詩。」說到「情詩」他還有些不好意思，紅著黑臉嘿嘿笑了幾聲。

水靈等幾個丫頭都好奇地圍了上來。

江意惜把鳥籠遞給水靈，同孟辭墨進了西廂，又讓吳有貴去孟家莊請老國公來吃晌飯。

江意惜給孟辭墨按摩、施針，外面傳來丫頭們逗弄啾啾的笑聲。

啾啾很高興，不停說著會說的話。「花兒、花兒，江姑娘……有位伊人，在水一方……巧笑倩兮，美目盼兮……北方有佳人、佳人，花兒、花兒，江姑娘……」

庭院裡的丫頭們樂得前仰後合。

吳嬤嬤跑進垂花門，氣道：「就知道玩，快進廚房幹活！」

幾個丫頭伸伸舌頭，除了水香仍站在廊下聽主子吩咐外，水靈和水清都跑去了廚房。

啾啾依然「舌粲蓮花」，嘴不閒著。

西廂裡的江意惜幾次被逗得大樂，她暗道，那位鄭將軍一定是個好色之徒，嘴裡卻說道：「那位鄭將軍應該是個……多情的人。」

孟辭墨遲疑片刻，笑道：「多情……鄭叔還真不像多情的人，更確切地說，他為人比較端方嚴肅，他的士兵和晚輩都非常怕他。」

江意惜不可思議地說：「這樣的人卻養了一隻多情鸚鵡？」

孟辭墨呵呵笑出了聲。「或許鸚鵡太聒噪了，他才送給我祖父。」

孟辭墨很少笑出聲，這明朗的笑聲感染了江意惜，她笑道：「最後卻便宜了我。我很喜歡啾啾，又聰明、又漂亮，不嫌牠聒噪。那位鄭將軍是不是叫鄭吉？我聽孟祖父說，三角花就是鄭吉給他的。」

孟辭墨點頭道：「是。鄭叔是我祖父帶出來的將領，也是我祖父最得意的學生。當然，我也是祖父最得意的學生。」

江意惜拍了一記馬屁。「我聽說過，若孟大哥的眼睛不受傷，會跟孟祖父一樣有建樹。」

孟辭墨的眼神暗了暗，那也要眼睛沒受傷。可如今，眼疾把他困在方寸之間，任何事都束手束腳。

江意惜見狀，忙道：「孟大哥信我，我能治好你的病。」

時間到了，江意惜開始拔銀針。突然，一陣「咕嚕」聲響起，江意惜瞬間脹紅了臉，卻還是堅持把所有銀針都取下來，然後逃也似的跑出了屋。

孟辭墨坐起來。見小姑娘害羞尷尬了，他也挺不好意思的。

這間屋子他已經很熟悉了，便信步走去窗前。

他隱約能看到院子裡的姹紫嫣紅，雖然依舊看不清楚，但目力沒有進一步惡化，這就是好現象。

江意惜走進廚房找吃的。鍋裡的肉還沒滷好，她就吃了兩塊點心、小半隻在鎮上買的燒雞。肚子裡有了點東西，她才感覺好過些。

吳嬤嬤看得直嘆氣。

水清趕緊跑去臥房把小鏡子和口紅藏在袖籠裡拿出來。

江意惜躲在廚房裡把小油嘴擦乾淨，又對鏡補了妝，才若無其事地走出去。她不好意思去見孟辭墨，就站在簷下逗啾啾。啾啾一看見她就「江姑娘、花兒」的亂叫，逗得她直笑。

孟辭墨看到那一團芳綠，再聽到歡快的笑聲，不禁覺得啾啾送得實在太對了。

不多時，孟老國公來了，還帶來了孟二爺孟辭閱、孟二奶奶夏氏及重孫子孟照安。

孟辭閱是孟二老爺的長子，比孟辭墨小兩個月，兒子已經三歲了。他在御林軍供職，今天正好休班，奉老夫人和二老爺之命，帶著媳婦跟兒子來看望老爺子和孟辭墨。

他們剛到孟家莊不久，老爺子就說要帶他們去扈莊吃飯。

老國公沒說孟辭墨去扈莊看病，而是說去扈莊送鸚鵡。怕他們誤會，還說是他讓孟辭墨去送的。

孟辭閱和夏氏很納悶，送鳥兒這種事派下人就行了啊，為何要讓眼睛不好的大哥去？大哥為人冷情，眼睛不好後更不喜與人來往，甚至連兄弟間的交往都少了，今兒居然願意去給小娘子送鸚鵡？但想到江姑娘的父親是為救他而死的，他的這種行為似乎也算正常。

江意惜沒想到孟辭閱一家三口會來。

前世，除了老國公、孟辭墨、幾乎不出現在人前的活死人孟三夫人，還有不懂事的孟照安外，所有孟家人都瞧不上利用那種手段嫁進孟家的江意惜。再加上孟大夫人的不喜和孟辭羽的消沈，他們對江意惜就更加充滿了敵意。特別是女人，對江意惜不僅沒有好臉色，甚至逮著機會就要譏諷兩句，夏氏也沒少說嘴過。

他們留給江意惜的印象實在不好，但來者是客，又不願意讓老國公不高興，因此江意惜還是壓下不喜，笑著迎出門。

今天的孟辭閱和夏氏對江意惜眉開眼笑，態度極好，還讓她有些不習慣。

夏氏笑道：「謝謝江二姑娘，妳送的玫瑰水晶糕安哥兒極喜歡吃。」

在乳娘懷裡的安哥兒立即舔了舔嘴唇，說了句。「糕糕好七，還要七！」

江意惜笑道：「姨姨做得多，再給安哥兒拿一些回家吃。」

看到這麼多來客，籠子裡的啾啾又興奮起來，扯著嗓門叫。「江姑娘，花兒，北方有佳人……」

眾人一陣笑，老爺子的笑聲尤甚爽朗。

屋裡的孟辭墨非常不好意思，搞得這些誇江姑娘的話都像他教的一樣。

見孟辭墨走出門，孟辭閱和夏氏過去行禮。

「大哥。」

「大伯。」

孟辭墨點點頭。

夫妻兩個對視一眼。大哥長胖了些，似乎整個人的精神面貌也好多了。

孟辭墨解釋道：「這鳥兒是鄭叔送的，那些話都是鄭叔那邊的人教的。」

孟辭閱夫婦又對視一眼。鄭叔總不知道這裡有個江姑娘吧？

老爺子環視了一圈庭院，指著兩盆花說道：「這兩盆蘭花快開了，要多施些肥。」

江意惜笑道：「我就是想請孟祖父來幫著看看。」

孟辭閱夫婦見庭院裡幾乎所有的花草和鳥都是從孟家莊搬過來的，老爺子在這裡如在自己家裡一樣隨意，還被江意惜叫「孟祖父」，再加上孟辭墨的特別對待，於是對江意惜更是另眼相看了。

除了孟照安在院子裡逗啾啾玩，其他人都進了西廂廳屋。

幾人剛說幾句話，水靈便來報，孟家大姑奶奶和表小姐來了。

是孟月和閨女黃馨。

這兩個客人更讓人想不到。她們應該是先去了孟家莊，才又追來了這裡。

孟月是孟辭墨的胞姊，成國公先夫人曲氏只生了這一雙兒女。

前世江意惜見過她一次，那是在六月中，孟老太君過五十八歲壽辰，今生時間也快到了。

那時孟家沒有邀請江家女眷，但江老太太為了巴結孟家，還是讓江大夫人帶著江意惜去送禮恭賀。期間的尷尬和冷遇，江意惜至今都不願意去回想。

孟月看見江意惜後，先感謝了江意惜的父親用命救了她大弟弟，隨後又非常不高興地嗔怪江意惜用那種手段賴上她二弟弟，讓她母親難過，讓二弟弟苦不堪言。

孟月很單純，也非常直接，說的話讓江意惜既羞愧又難堪，脹紅了臉，低頭不言語。

而且，孟月跟孟大夫人的感情非常好，她幾乎一直挽著孟大夫人的胳膊，比孟大夫人跟親生女兒孟華還親厚。

眾多兒孫都去給孟老太君磕頭拜壽，孟月對孟辭羽也比對孟辭墨親熱得多。

江意惜覺得，孟月比前世的自己還要傻。前世，她雖然也不怎麼疼惜江洵，但她至少知道江老太太和江大夫人不慈，沒糊塗到認賊作母。

江意惜還知道，孟月今年十月就會鬧出一件震驚京城的大事，最後上吊自殺。

孟辭墨一聽長姊和小外甥女來了，眼裡一下子迸出光彩，笑著站起身向外走去。

「姊來了。」無論孟月對孟辭墨如何，孟辭墨都心疼這個唯一的胞姊。

江意惜也迎出門。

孟月依然如前世看到的一樣，粉面桃腮，嬌豔動人，穿著煙霞紅提花錦緞褙子，美得如霞光中翩然而至的仙女。沒有變的，還有眼眸裡的幾絲愁緒。

孟月看到弟弟，也溫柔地笑了笑。「大弟居然長胖了些，多不容易。你啊，就該把心思放寬些，莫身在福中不知福。」

孟辭墨笑笑，彎身把黃馨抱起來。

「大舅舅！」黃馨糯糯地喊了一聲，用自己的小臉挨了挨孟辭墨的大臉，逗得孟辭墨大笑幾聲。

他很少笑得這樣暢快，一看他就非常喜歡這個小外甥女。

孟月笑道：「婆婆去報國寺抄經三天，公爹讓我來看看祖父。」若公爹不特地囑咐要看祖父，她其實更想去看望母親和祖母，說說心裡話。但見弟弟看到閨女的開心模樣，又覺得來這裡也挺好的。

因為婆婆很嚴苛，孟月很少出家門，孟辭墨原先還納悶，姊姊今天怎麼會帶閨女來看他們，原來是婆婆不在家。

孟月上前拉著江意惜的手笑道：「妳就是江妹妹吧？好俊俏的姑娘！」說著，就從腕上抹下一對水頭極好的玉鐲給江意惜戴上，她這是感謝江意惜的父親救了大弟弟。

今生江意惜沒有賴上孟辭羽，所以孟月對她只有好感。

「謝謝孟姊姊。」她都叫自己妹妹了，江意惜當然不能叫她「黃二奶奶」，而是叫她「姊姊」了。

看到美女，啾啾又興奮地叫起來。「花兒，北方有佳人，所謂伊人，江姑娘……」啾啾的叫聲逗笑了屋裡、屋外所有的人，連兩個小豆丁都大笑不已。

孟月拉住想去逗鳥兒的黃馨，進屋給老公爺行禮。

老公爺高興地把小重外孫女抱在膝上坐下，再看看這個長孫女。未出嫁時她歡快得像天上的小鳥兒，而現在連笑都帶了苦澀，人也憔悴多了。女怕嫁錯郎，好好的姑娘卻找了那麼個糟心婆家……

江意惜陪他們說了幾句話，就說要去廚房看飯菜做得如何。其實，她是感覺又餓了，怕當眾肚子咕咕叫，那可丟大人了。
江意惜進廚房吃了滿滿一碗滷肉、兩個滷蛋。現在吃飽些，吃飯的時候就不至於會忍不住而吃得太多，讓人笑話。她其實更想吃香噴噴的蒸魚，可惜只有兩條，所以強忍住沒動。
吃完後，她又在廚房裡補好妝才出去。

晌飯擺在西廂廳屋。
三個男人一桌，三個女人帶著兩個孩子一桌，下人在外院擺了三桌。
江意惜費了九牛二虎之力忍住嘴饞，結果那條清蒸魚還是一大半都進了她的胃。
飯後，兩個孩子午歇，江意惜和孟辭閱、夏氏都看出來老爺子與孟辭墨想跟孟月單獨談話，所以他們幾人非常自覺地走了出來。
孟辭閱在廊下逗鳥，江意惜和夏氏去正房說話。
夏氏悄聲笑道：「大伯娘喜歡江妹妹溫婉聰慧，又感激江將軍救了大伯子，正在給妹妹找人家呢，好像已經有了人選。」她是真的覺得孟大夫人在幫江意惜說好人家，覺得家世較低的江意惜肯定歡喜，所以才說了。
江意惜心裡一沈。那個女人最會裝了，表面賢淑，內裡狠辣，幾乎騙過了所有人。她恨孟辭墨擋了孟辭羽的道，恨江辰救了孟辭墨，哪怕江意惜沒有打孟辭羽的主意，也不可能給江意惜說什麼好人家的，偏偏話還說得好聽。看看孟月，親爹、親祖父母都在，還那麼依賴她，說的親事多糟心。別是江老太太不打她的主意，孟大夫人又來橫插一槓。

江意惜扭著帕子，裝作害羞的樣子，心裡想著該怎樣讓那個女人少管閒事。讓她少管閒事，最好的法子當然是請孟老公爺出手了。得找機會把這事告訴孟辭墨，讓他幫著說服老爺子。

未時末，孟月幾人出來了。孟月眼睛紅腫，一看就哭過；孟辭墨面色陰沈；老公爺的臉色也不好。

孟辭閱一家和孟月母女直接坐車回京城，江意惜送了他們各一食盒玫瑰水晶糕。

孟辭閱又請老爺子和孟辭墨回府住一段時間，說老夫人想他們了。

孟老夫人從年輕起身體就一直不好，要定期接受御醫診脈和施針，不方便來莊子住。

江意惜和孟辭墨把他們送出院子。

黃馨不想回家，被乳娘一抱上馬車就開始哭，嘴裡叫著。「太外祖父、大舅舅，姐兒不想回家！」

孟辭墨掀開車簾勸著小姑娘。「馨兒聽話，改天舅舅遣人去接妳娘和妳出來玩。」又對孟月說：「姊，我和祖父的話妳好好想想。」

孟月紅著眼圈點點頭，又搖搖頭。

黃馨抽泣道：「我還要來這裡玩，吃漂亮糕糕，聽啾啾說話。」

孟辭墨摸了摸她的小包包頭，笑著答應。「好。」

江意惜也笑道：「到時姨姨多做些漂亮糕糕。」

另一輛車裡的安哥兒聽見了，也嚷著。「還有我，我也要七漂亮糕糕！」

江意惜笑著答應。「好。」

幾輛馬車漸漸消失在院牆拐彎處。

孟辭墨看不到那麼遠，聽到骨碌碌的車輪聲走遠了，才望向江意惜，沈聲說道：「我姊單純良善，剛剛三歲就跟在大夫人身邊生活，她那麼相信大夫人，卻被推進黃家那個火坑。也怪我，沒有保護好她，一度還跟她有了嫌隙。」

姑娘時的孟月被譽為晉和朝「二曲」之後的第一美女，是京城「四美」之首，又是戰神孟令的長孫女，真是一家有女百家求。

不說王公貴冑，就是太子和二皇子、四皇子也曾打過她的主意。但因老國公不站隊，皇上也不願意皇子跟孟家有牽扯，因此孟月才沒嫁入皇家。

孟家挑花了眼，終於在孟月十四歲那年，由孟大夫人作主，定下了與黃家的親事。

黃家是百年世家，子弟大都有出息，前朝時出過許多股肱重臣，本朝又出了一個尚書、一個侍郎、一個帝師，其他官員無數。

黃程行二，母親是晉寧郡主，頗得太后娘娘喜愛；父親是侍郎，又得皇上信任。黃程十六歲就中了舉人，人也長得好。在外人看來，孟月和黃程是郎才女貌、門當戶對、天作之合。

除了孟辭墨，孟月和孟家人都非常滿意。

孟辭墨雖然不知道黃家人有什麼不妥，但直覺大夫人不會給姊姊找一門好親事，因此哪怕跟姊姊有嫌隙，還是旗幟鮮明地反對。

那時孟老國公在南方平叛，孟辭墨找過祖母和父親，也苦口婆心勸過孟月。但他們都覺得付氏那麼心疼孟月，不會害她，找的人家肯定好，還認為孟辭墨心思太多，對繼母不善。

因為孟辭墨不同意孟月的親事，還說大夫人給姊姊找的親事不妥，當時還是成國公世子的他爹孟道明非常生氣，說孟辭墨小小年紀心眼忒壞，大夫人對他們姊弟那麼好，卻挑撥繼母和家人的關係，並狠狠揍了他一頓。

孟月也不高興孟辭墨的舉動，怕他傷大夫人的心，若讓未來婆家知道了對自己更不好。

後來孟月出嫁沒多久，孟辭墨就跟隨老國公去了戰場，無暇顧及到她。等到孟辭墨回京，聽說孟月在婆家過得很不好，但他眼睛受了重創，想幫姊姊已是力不從心。

江意惜看向他，明知故問道：「孟姊姊的婆家人對她不好嗎？」

孟辭墨點頭道：「黃家極重規矩，晉寧郡主的性子更是厲害、偏執。我姊嫁進黃家幾乎沒過過幾天好日子，如今庶子、庶女已經有了三個。上個月她懷著兩個月身孕時還要天天去婆婆面前立規矩，又被那兩個小婦氣，最後落了胎。結果不僅沒人疼惜，還編排她嬌氣、肚量小，真是太可惡了！」

江意惜問道：「成國公府的勢可不比黃家低，他們敢這麼欺負孟家姑娘，你們就沒去討要說法？」

孟辭墨嘆道：「怎麼沒有？我祖母、父親多次出面，祖父還去打過黃程。可那個晉寧死性不改，反咬我姊的不是。大夫人也出過面，結果不僅我姊的狀況沒得到改善，還更加艱難了。今天祖父和我都勸我姊跟黃程和離，她若繼續待在黃家，只有死路一條。可我姊不願意，怕馨兒留在黃家會受苦。我姊單純，到現在還在幫大夫人說話，覺得是我對大夫人有偏見，這門親事不好是她自己命不好，不怪任何人。」孟辭墨非常鬱悶，他本想用大夫人付氏給孟月找的親事太糟心來證明孟大夫人不慈，引起祖父重視，可孟月卻還在幫付氏說話。

江意惜當然知道孟月單純。用李珍寶的話說，就是被賣了還會幫人數銀子！

江意惜還知道，今年十月初，孟月會被婆婆用茶碗砸破了前額。老國公氣得又把黃程和他的侍郎爹揍了一頓，並揚言要帶孟月回家。老公爺也無法了，想著用這種辦法逼迫黃程跟孟月和離，哪怕休棄她也行。結果他在黃府門前鬧了半天，孟月不僅沒跟他回家，還反過來跪求他不要再鬧，為了閨女她也不會和離的。孟大夫人作為孟月的母親，也跑去黃家義正辭嚴地向晉寧郡主討說法，但也沒能把孟月帶回家。

後來，孟月就出了偷人那件大事。

江意惜記得孟月是十月底在寺裡出事的，回府後就上吊自殺了。但到底是哪一天，她記不太清楚。

現在想來，晉寧郡主雖然厲害、偏執，但又不是瘋子，為什麼會獨獨對孟月那麼不滿意？其中應該少不了孟大夫人的手筆。

況且，那麼老實又不喜與人交往的孟月怎麼可能偷人，還是在寺廟裡？肯定是晉寧郡主指使下人設計了孟月吧？

那件事發生後，聽說孟辭墨病了許久。今天看孟辭墨如此，恐怕不只是因為傷心姊姊的離世，還應該猜到了孟月是被人陷害的，自責自己沒有保護好姊姊吧？

之前江意惜對孟月的印象不算好，但今天看到孟月溫柔恬靜的一面，孟辭墨又這麼掛心她，還是想阻止那件事的發生。幫了孟月，也就等於幫了孟辭墨。

現在是六月初，離那件事的發生還有四個多月的時間。

如果孟月能聽勸和離，當然最好。

江意惜又道：「聽孟二奶奶說，孟大夫人正在給我說親，好像已經有了眉目。」

孟辭墨氣得握了握拳頭。「大夫人不妥！她恨我，也就恨妳爹救了我，她不會真心幫妳的，江姑娘萬莫答應！」其實不管誰幫江姑娘說親，他都不希望江姑娘答應。

江意惜道：「我當然不會答應，我也看出了孟大夫人心術不正。不過，我祖母和大伯天天都想巴結上成國公和孟大夫人，孟大夫人說的親事，他們肯定會答應。」

孟辭墨道：「我再跟我祖父說說，請他老人家帶話給我祖母，讓我祖母去阻止大夫人……」說著又覺得應該找個好藉口。若孟大夫人知道江姑娘跟祖父和自己的關係這樣好，更會想辦法害她的。

兩人正說著話時，孟老國公走了出來。

「走吧，回莊子。」老國公聽了長孫女在婆家的事後，心裡難受。他有些懷疑了，難道那麼賢慧知禮的大兒媳婦真的會心術不正嗎？是大兒媳婦看黃家看走了眼，還是後娘故意整繼女？再往深處細想，還有宮中的那一位……他三令五申，不許家裡人站隊，之前他最擔心的是大孫子，結果難道是付氏和大兒子敢陽奉陰違？他認為大兒不敢不聽他的話。大兒雖然有些魯莽，又怕媳婦，但大是大非方面還是拎得清的。

他背著手，帶著兩個長隨走路，孟辭墨上了騾車。

望著他們的背影，江意惜也著急。都快兩個月了，孟辭墨的眼睛仍沒有一點起色，若治不好，該怎麼辦？她輕嘆一聲，向上房走去。在經過啾啾時，啾啾撲搧著翅膀叫起來。

「江姑娘，花兒……」

院子裡的水靈大樂。「啾啾好聰明！來家的時間不長，居然知道姑娘就是江姑娘！」

江意惜又站去啾啾面前，接過水靈手裡的幾顆乾果餵牠。

啾啾邊吃邊用小黃豆眼盯著江意惜瞧，小尖嘴得空了又開始叫著。「花兒、花兒，北方有佳人……」

江意惜輕笑出聲。能教出這麼色的鸚鵡，牠的前主人哪裡端方嚴肅了？肯定是個老不修。或許跟孟大夫人一樣，會裝，人前一套，人後一套。因為怕啾啾揭了他的老底，不得已才把啾啾送出去。江意惜輕彈了一下啾啾的小腦袋，笑嗔道：「小色胚！」
她走進屋裡剛坐定，就聽到外面傳來一陣貓叫，接著是水香的聲音響起——
「你的鼻子好靈，聞到我家請客做好吃的，又跑來了！」
貓又快樂地叫了兩聲。
江意惜起身走出去，看見那隻狸花貓正蹲在垂花門口舔小碗裡的魚骨頭和魚湯，卻沒動旁邊的那碗滷肉。
這隻貓特別喜歡吃魚，只要有了魚，其他什麼東西都得靠後。
江意惜站在正房門口看，沒想要過去，突然，一個孩子的聲音響起——
「走過去，快，走過去！雖然那隻貓長得不怎麼樣，但也只能將就了！唉呀，快過去呀，笨！」
江意惜看看周圍，沒有孩子，莊子裡唯一的孩子秦林還沒下學。而且，那孩子的聲音明顯比秦林小得多，像三、四歲的孩子。她問水靈和水香。「我怎麼聽見有孩子在說話？」
水香和水靈望望主子，又互相對視了一眼，都搖頭說道：「哪有孩子的聲音？奴婢沒聽到。」
江意惜正納悶之際，孩子的聲音又響起來了——
「笨女人，我說的話只有妳能聽見，別人都聽不見！」
她才聽出來，這個聲音竟是從她肚子裡發出來的！

第七章

江意惜嚇了一大跳，正不知該如何是好時，腦海裡又出現兩顆藍瑩瑩的小圓球，跟桂圓差不多大，還發著光，然後那個聲音又出現了——

「哎喲，妳怎麼比李珍寶和馬二郎還笨？快，快去貓貓那裡，再磨蹭，我就生氣了、不高興了，有好處不給妳了！」

江意惜覺得莫名其妙，但還是向狸花貓走去。剛走至貓的跟前站定，她就覺得嗓子發癢，咳嗽起來，且越咳嗓子越癢，咳到站不住，只得蹲下咳，直到她感覺一股滾燙的熱氣從嗓子眼裡躍出，方覺身體輕鬆了，嗓子也不癢了。

然而，那隻狸花貓卻突然像發了瘋般，先躺在地上打起滾來，滾了幾圈後又跳上牆，再從牆上爬上房，在瓦片上亂躥幾圈後又爬下地，接著再爬上房，嘴裡不停地「喵喵」叫著。

幾個丫頭瞪大眼睛瞧著，吳大伯父子也都跑來內院看熱鬧，稀奇得不得了。

江意惜的嘴瞬間張得老大合不攏，許久後才問那幾個下人。「你們聽到貓說了什麼嗎？」

水靈笑道：「貓當然是喵喵喵了，牠還會說人話不成？哎呀，這隻貓的功夫真好！」

吳嬤嬤也道：「哎喲，瞧牠叫的，嗓子都嚎啞了，平時吃魚也沒這麼高興啊！」

江意惜更吃驚了，因為她聽到的是：「哎呀呀，本喵終於又有身體了，又要開啟新的喵生了！有了新主人，有了新家，又能吃好吃的、玩好玩的了……嘻嘻嘻嘻嘻嘻……」

貓貓足足上躥下跳一刻鐘，最終才跳下地，又一躍跳進江意惜的懷裡，喵喵叫道：「主人，人家還想吃魚，快叫吳嬤嬤幫我弄條魚，吃了魚後，我再慢慢跟妳講我的事。妳中大獎了，女配強行提成女主了……」

什麼女配女主的，江意惜搞不懂。不過，她都能重生了，有一隻成精的貓似乎也不足為奇？既然牠叫自己「主人」，對自己肯定不會不利。

江意惜看看天色，現在已經申時末，肯定來不及去鎮上買魚了，便對吳嬤嬤說道：「嬤嬤去村裡看看，若有人家有魚，就花高價買來煮給貓貓吃。我決定收養牠了，晚上給牠吃頓好的。」

這隻貓之前經常來莊子討要吃食，也幫莊子捉了不少老鼠，幾個下人沒有不喜歡牠的，聽說主子要收養牠，都很高興。

貓貓又張著大嘴叫起來，喵喵喵……

「我原來的名字叫太極，主人再重新給我取一個吧！」

太極？好奇怪的名字。江意惜摸摸牠的頭，看看滿園芳菲，還有那隻被貓貓驚得說不出話的花癡鸚鵡，笑道：「以後你就叫花花吧。」

花花笑瞇了眼，喵喵叫著。「人家雖然是男娃，但還是喜歡這個名字。跟花花一樣美的，也只有人家了！」

江意惜被逗得格格直笑，心情好極了。

吳嬤嬤笑道：「瞧花花叫得多歡，一定是想吃魚了。我去村裡買魚，水香去給花花洗個澡。牠既跟了姑娘，就要把牠打理乾淨，身上可不要長蚤蟲。」

花花一聽，便覺得身上的跳蚤讓牠奇癢無比，立即跳下地打滾，使勁用後背和肚皮蹭著地。

幾個丫頭見狀，格格笑著開始忙碌。水清打水，水香抱起花花，水靈拿出殺蚤蟲的藥放進盆裡。

花花又叫道：「要洗花瓣浴！」

江意惜去摘了把花瓣放進盆裡。

不多時，洗得香噴噴的花花被抱出來，水香用帕子把牠的毛擦乾，水清又用梳子把毛梳順，花花變得更漂亮了。

花花跳進江意惜的懷裡，四處望望，嘴裡唸叨著。「主人雖然窮了些，但這裡的景致不錯，看著花團錦簇、欣欣向榮，手上還有傻棒槌李珍寶的股份，之後再有本花花的幫助，主人的日子差不了，至少比我前主人的開局強。」

江意惜驚奇極了，還真是隻貓精，連李珍寶送自己股份一事都知道。不過，牠怎麼會叫李珍寶傻棒槌呢？還什麼前主人？江意惜拍了拍牠的小屁股，說：「不許沒禮貌。」

吳嬤嬤回來了，還真拎了條肥鯉魚。

花花流著口水說：「我想吃松鼠魚！不是加松鼠，要加酸酸甜甜的番茄！把魚炸酥些，擺成松鼠的形狀……」

江意惜把花花抱到離丫頭比較遠的地方，悄聲問道：「什麼叫番茄？」

花花才想起來，目前晉和朝還沒有那種蔬菜，只得說道：「晉和朝還沒進口番茄，那就弄糖醋魚吧，炸酥些。」

江意惜便讓吳嬤嬤去做糖醋魚，炸酥些。

江意惜的晚飯比較簡單，菜粥、小花捲以及晌午剩的幾個滷味。

江意惜在桌上吃，吳嬤嬤把裝魚的盤子放在地上。

花花見自己這麼被怠慢，就咧開嘴哭了起來，小紅鼻頭慫著，難過得不得了。

吳嬤嬤驚詫極了。「天哪，這隻貓還會哭呢！怎麼會這樣？」

另外幾個丫頭也不可思議地看著牠。

江意惜聽懂了花花的話，牠說：「我是九天外的一朵雲，不是真的貓。我原主人把我當成寶，跟我同吃同睡，妳們卻這樣嫌棄我，嗚嗚嗚……」

九天外的一朵雲？江意惜突然想到李珍寶說看到天上的雲變成貓一事。看來李珍寶說的是真的，而且這隻貓最開始奔的是李珍寶，卻被她打進了自己的肚子裡。

江意惜把花花抱起來放在桌上，又把裝魚的盤子拿上桌。「好、好，你在桌上吃。」又對吳嬤嬤幾人說道：「以後花花跟我一起吃、一起睡，莫委屈牠了。」

花花上了桌，頭在離桌子最近的水清身上蹭了蹭，把眼淚擦乾，才香噴噴地吃起魚來。幾個下人瞠目結舌地看著牠，像看猴戲一般。

水清笑道：「看來姑娘收養了一隻貓精呢！」

水香納悶道：「花花之前沒這麼聰明啊，是今天才變聰明的。」

水靈道：「更準確地說，是姑娘收養牠後才變聰明的。我也是跟了姑娘後才越變越聰明，這是姑娘會調教呢！」

水清嘟了嘟嘴，好聽的話又被水靈說了，她哪裡傻了？

花花一口氣吃掉半條清蒸魚，又吃了幾片滷肉、一個滷蛋，嘴裡還唸叨著。「還是外面的飯飯香，胃裡的飯飯又酸又臭，難吃死了……」說著，還張開嘴做了個乾嘔。

吳嬤嬤見狀說道：「哎喲，花花吃得太多了，要吐了，我抱牠出去吐。」說著就要去抱花花。

江意惜阻止道：「隨牠吧。」她的飯量相反地變小了，吃了一碗粥、幾片肉就飽了。她才明白，之前那麼會吃是這個小東西在作怪。

花花嚇得一下子跳下地，一溜煙地鑽進桌子下。

吃完飯，把下人打發下去後，江意惜關上臥房門，抱著花花坐上床，壓低聲音說：「好照了一圈。

了，你吃飽了，說說怎麼回事吧？」
花花老練地用一隻前爪從江意惜懷裡抽出帕子，擦擦嘴，又跳上妝檯對著銅鏡前後左右照了一圈。

雖然有些嫌棄這身皮毛沒有之前那幾身皮毛好看，眼睛也沒有那麼美，像戴了美瞳一樣。但也只有將就了，唉，等十幾年後再找副好皮囊吧！

牠又跳上江意惜的腿，擺出一個舒服又銷魂的姿勢，扭了幾扭，這才喵喵說道：「我是九天外的一朵雲，經過上千年吸收日月精華之靈氣，幻化成貓形。第一次來到人間時，元神寄居在前主人謝嫻兒的肚子裡，肉身則前後換了四隻貓，直到謝嫻兒八十歲壽終正寢，我只得回到天上，再次尋找適合元神寄居之人。我找啊找，終於找到一個命格奇異、有大福之人，就是現代社會的李珍寶……」

江意惜驚道：「現代社會的李珍寶？現代社會是什麼意思？李珍寶也大有來頭嗎？」

花花瞥了江意惜一眼，說道：「妳以為只有妳才好命，能重生一世？」

江意惜更驚疑了，自己重生牠也知道？真是隻貓精！

花花似看出她的心事，繼續說道：「還有比妳更好命的，就是李珍寶，她是從另一個世界穿越到這裡的，妳是重生人，她則是穿越人。可惜了，她的一手好牌被打得稀爛，一巴掌把我打進妳嘴裡，該有的大福氣也打給了妳。」一提李珍寶，花花就來氣，喵喵罵著。「那個傻瓜、棒槌、缺心眼的，她居然不要我，還打我！若是我鑽進她的肚子裡，我的元神能立即讓她的所有魂魄都聚集到這一世來，讓她在那一世徹底死翹翹，也不用和尚跟尼姑幫她固魂，她也不需要再當姑子，從此以後能自由生活、盡情享樂，福氣連公主都比不上。我還能讓她的食上更上一層樓，抓住每一個人的胃……」

這隻貓精知道自己是重生的，牠說的關於李珍寶的事情肯定也是真的。江意惜更好奇了，問道：「花花，什麼那一世、穿越、魂魄、死翹翹？我聽糊塗了。」

花花說道：「李珍寶跟我的原主人來自同一個世界，但智商跟情商卻比我的原主人差了十萬八千里。她是個叛逆少女，任性、偏執、不學無術，為了氣她爸爸、媽媽，十六歲就輟學當了吃播主，還專門吃肉，倒是成功把她爸爸氣哭了，卻也把自己吃成了植物人……」

江意惜更加一臉茫然。「什麼叫智商、情商、吃播、植物人、罷罷？」

花花橫了江意惜一眼，說道：「用我前主人的話說，妳就是個好奇寶寶，什麼都好奇。告訴妳，爸爸就是爹爹啦！吃播嘛，妳的認知太有限，說了妳也不懂。簡單地說，吃播就是靠吃東西掙錢，她吃，別人看。李珍寶一年就吃了近千斤的肉，體重從五十四公斤飆升到九十六公斤，把身體都吃垮了，是不是有些缺心眼？她那一世的爸爸捨不得她，用上一切手段和好藥幫她續著命，所以她這一世雖然清醒了，但魂魄依然不能全部歸位。」

江意惜搖搖頭，她的認知的確有限，那些話有一大半聽不懂。但有一樣她聽懂了，就是一年吃了近千斤肉！那得好幾頭大肥豬吧？老天，比豬還能吃呢！

「一年吃那麼多肉，就是壯漢都受不了，就李珍寶那個小身板，不撐死也得膩死。」

花花抬頭鄙視了她一眼。「我就說妳沒見識吧，吃了吐、吐了吃唄！那些肉一大半被她吐出來，小半進了她的胃。進了她胃的，又催吐吐了一些、吃瀉藥拉了一些。老和尚說她一輩子吃了兩輩子的肉，說得不夠精準，應該是一年浪費了兩輩子的肉。而且，前世李珍寶的身板可不小，長得貌美如花、身材修長，可惜了，最後吃成了大肥妞。不過，那個老禿瓢還是很厲害的，居然能算到李珍寶弄丟了我這個好寶貝。」

江意惜想起李珍寶曾經讓自己吃藥催吐的事。難道她真的做過那種事？怪不得她那麼嫌棄現在的長相，原來她上輩子是個大美女。真是太不可思議，太想不通了。

不過，最讓江意惜想不通的還是那裡的人，吃飯有什麼可看的？她搖頭說道：「那裡的人是有多無聊，幹麼吃了吐、吐了吃？她不想吃的話，直接送給想吃的人吃唄！而且，看別人吃飯還給錢，傻了吧？」

花花暗哼：知識限制想像，我說手機、電視、原子彈、高科技，妳個古人別說聽不懂，就是想都想像不出來啊！

牠只得說道：「那裡人的生活太好，不愁溫飽，怕自己長胖所以不敢多吃，就看美食塞別人的嘴，飽自己的胃，滿足自己的吃慾。」

江意惜還是想像不出來，茫然地搖搖頭。

花花也搖搖頭。「想不通妳就不要想了，這個世界之外有太多妳想像不到的事。總之，李珍寶那個傻瓜強行把我送給了妳，讓妳從女配升級到了女主。」

江意惜輕笑道：「你當我在戲臺上唱大戲呢，還女主、女配。」

「傻，人生就是大舞臺，所有的人都在大舞臺上演戲，當然有女主、女配、龍套之分了。妳有了我，好處多多，我能聽到方圓一里以內的聲音，能指揮貓貓和老鼠，還能聽懂百獸之語。唯一的缺點是武力值不高，只比真正的貓貓厲害一點。」

江意惜喜道：「你還是順風耳啊？這已經不得了了！」

指揮貓和老鼠以及聽懂百獸的話，江意惜覺得應該有用，但目前還用不上。但順風耳的作用就大了，知己知彼嘛！

花花道：「順風耳不是我最厲害的，最厲害、於妳最有用的好處，就是我的元神——光珠，及光珠上的眼淚水，能活死人、肉白骨。不管什麼，只要沒有死得透心涼，用光珠照射，或是用眼淚水灌溉後，都能起死回生。」

江意惜的眼睛不禁瞪圓了。「這麼厲害?!可你的光珠在我肚子裡，怎麼弄出來？」

「用妳的意念，一唸它就出來了。不過，妳得好好愛惜它，它每天在外面不能超過半刻鐘。」

江意惜默唸道：「光珠，出來。」她的手上立即多了兩顆發著光的藍色珠子，長得跟她腦海中曾經出現的珠子一樣。只不過，此時有些水霧覆蓋在上面。

「快拿杯子把眼淚刮下來，我的眼淚於妳有大用。」

江意惜趕緊把花花放在床上，起身從桌上拿了一個空茶碗，把光珠輕輕在茶碗邊緣刮著，刮進碗裡只有兩滴的量。覺得時間到了，又用意念把光珠吃進肚子裡。

她蓋好茶碗問道：「珠子和眼淚能幫孟大哥治眼睛嗎？」

「當然能了。但妳有光珠的事不能說出去，所以不能直接用光珠為他治病。可以在妳為他治病的同時，給他吃些用光珠照射過或是加了眼淚水的食物，能夠讓他的病早些治癒。」

江意惜大喜過望。「這已經非常好了！不過，元神上的眼淚要怎麼得？」

「笨，當然是哭啦！我哭，不止皮囊會流淚，元神也會流淚。」

江意惜甜言蜜語地道：「你哭了才有眼淚啊？那我寧可不要眼淚，也不願意你哭。」

花花咧開三瓣嘴笑起來，新主人跟舊主人一樣好！牠抬起身子舔了一下江意惜的下巴，以示獎勵。

江意惜想到前一世，問道：「我前世時，你的元神應該鑽進李珍寶的肚子裡了吧？」

花花沮喪地嘆了一口氣，喵喵說道：「妳前世時，李珍寶更氣人。那時她沒跟妳在一起，而是跟蒼寂老尼姑在一起。她一巴掌把我打出去，我擦著蒼寂老尼姑的耳朵撞到牆上，撞得我眼冒金星，只得回天上休息了六天。天上一天，人間一年，下凡的吉時已過，我只得又穿越回六天前，想再次進入李珍寶的嘴。唉，誰知那個傻棒槌又把我打了出去！好在進了妳的嘴，若跟了那個滅絕師太，我可要吃苦頭了！想來，妳才是我的真命女主，再惦記那個傻棒槌也沒用。」

原來前世李珍寶也沒得到這個寶貝，她跟花花是真的無緣。

江意惜又問：「光珠能幫李珍寶收魂魄嗎？」她覺得自己占了李珍寶大便宜，應該想辦法幫幫她。

「除非光珠在她肚子裡，才能幫她把魂魄吸過來，其他什麼法子都不管用。只有等她在那個世界徹底死翹翹了，魂魄才能全部歸位。」

江意惜了然，又問：「李珍寶在那個世界活到十七歲，比我現在還大兩歲，應該嫁人當娘親了，怎麼性子還像個孩子般，為了氣她爸爸糟蹋自己的身體呢？」

「古代人早熟，十五歲就是大人了。而現代社會，十七歲還是半大孩子，在讀高中。李珍寶就更特殊了，很小時父母就離婚，是在寄宿學校長大的，所以對她爸爸、媽媽頗多怨念，想得最多的就是如何吸引他們注意？如何讓他們生氣？但李珍寶雖然有些缺心眼，人卻挺好的，還講義氣。她來的那個世界比這裡先進了幾百年，有些特殊的真本事，妳要跟她搞好關係，這樣對妳我她都有好處。」

不用花花說，江意惜也會同李珍寶搞好關係。不過，高中、寄宿學校是什麼？什麼先進幾百年？江意惜搖頭表示不懂。

「妳不懂的可多了，以後慢慢講。對於我的事情，妳必須保密，即便是最親近的人也不許說。這個世界也有妖僧、怪物什麼的，若是發現我，把我的元神鎖住修煉，我就會變成真的貓，再也回不去天上了。」

江意惜忙舉手發誓。「我對天發誓，誰都不說，說了永世不得超生！」

花花跳下地，轉過小身子喵喵叫。「我是九天外的一朵雲，得日月精華澆灌，害了我，妳當然會永世不得超生。好了，我要去林子裡玩，會多玩幾天再回，好久沒盡情玩耍了。」

「哪個林子？」

「青螺山的後山。」

江意惜緊張地跳下床想抓小東西。「青螺山後山有好多吃人的野物，別被吃了。」

「我不怕野物，怕人。」

江意惜抓了個空，花花轉眼間跳上窗戶，又跳了出去。

江意惜跑去窗前望向外面。

茫茫夜色中，小東西已經跳上牆頭，再跳出去，即刻沒了蹤影。

屋裡瞬間只剩江意惜一個人，她恍惚覺得剛才是作夢，現在夢醒了。

眨眨眼，腦海裡出現兩顆藍瑩瑩的珠子，再看看桌上那個剛剛刮進眼淚的茶碗。

她不是作夢，她的確有了比她重生還不可思議的九天外的一朵雲，雲變成了貓，還是李珍寶打給她的。而且，這隻貓居然還有前主人。

江意惜趴在枕頭上，用薄被捂住頭想心事。李珍寶居然有那個來歷，從那一世來到陌生的這一世，還大半時間都不清醒，一定非常惶恐害怕吧？

不過如今有了花花，有了光珠，許多事做起來就容易多了。

第一件事，當然是盡快治好孟辭墨的眼睛了。至於光珠到底有沒有那麼厲害，等到明天試一試便知。

孟家莊的一間屋子裡，孟老國公坐在炕上，孟辭墨坐在他旁邊的椅子上。

炕几上擺了一根蠟燭，燭光一跳一跳，映紅了老國公的臉。

孟墨辭低聲把孟大夫人在給江意惜找婆家的事說了。「祖父，大夫人她不會幫江姑娘找好婆家的，就像她不會幫我姊找好婆家一樣。」

之前，孟老國公特別不喜歡孫子說付氏的壞話，不光是他不相信付氏是那樣的人，還不願意看到孫子婆婆媽媽地說婦人的是非，且說的還是繼母。

他前半生大多時間都在外面帶兵打仗，以前孫子曾說過付氏的不好，可他不願意相信，覺得或許是繼子對後娘的偏見。

不是他不願意相信這個長孫，而是老太婆、大兒子、大孫女等，除了長孫以外的所有家人，都說付氏賢慧，是個好女人、好兒媳、好妻子、好繼母。特別是大兒子，跟付氏夫妻恩愛，琴瑟和鳴。

在家的時候，他特地觀察了付氏，也覺得她是個妥當之人。

可是今天，看到長孫女哭得那麼傷心，哪怕孫女嘴裡說著付氏的各種好，他也不得不懷疑大兒媳婦或許真沒有想像中那麼好，或許真的是孫子口中口甜心狠的惡繼母……

老國公看了孫子一眼，說道：「不讓付氏給江小姑娘找婆家，倒是有一個好法子。」

孟辭墨一喜，問道：「什麼法子？」

老國公道：「讓江小姑娘給你當媳婦。」

孟辭墨的臉驀地一紅。他也希望江姑娘給自己當媳婦，作夢都想，可自己的眼睛……他抿了抿薄唇，道：「若我的眼睛好不了，我不想耽誤江姑娘。」

老國公冷冷地看了他一眼，抬手就給了他的腦袋一巴掌，罵道：「人人都說你最像我，哪裡像了？明明心裡想得緊，卻要口是心非耍心眼，我的園子都快被你送光了！換成別的小姑娘，你會這麼送嗎？老子裝傻由著你送，末了還說那違心的屁話！你的眼睛雖沒好轉，可也沒惡化，還是能看得到嘛！既然心悅，就想辦法娶她回家，給她最好的。若怕給不了她最好的，就不要動心，不要招惹她，讓別人誤會。婆婆媽媽的，哪裡像我了？哪裡像我了？」

老爺子越說越氣，又伸出大掌拍了他的腦袋一下。

老爺子非常憂傷。他一生戎馬，大多時間都在外東征西討，少有時間教導兒孫。大兒子魯莽，二兒子文弱，只有三兒子最可心，卻打仗陣亡了。為了這件事，老太婆哭得半死，身體也越發不濟。

另幾個孫子不是平庸就是自以為是，唯獨這個長孫像極了自己，文武兼俱，胸有溝壑，目光長遠，唯一的缺點就是心思多了點，卻也是成國公府最好的接班人。可惜了，眼睛受傷。若長孫徹底失明，自己再一死，這個家就要漸漸沒落了。哪怕皇上看在他的面上對孟家子孫有所照拂……也的確照顧有加了，大兒子是從一品武官，二兒子是正四品文官，孫輩們也不愁前程。可重孫輩及以後的後人呢？更別提若哪個子孫起了心思站錯了隊，自己的餘蔭都護不住他們，而這是他最不願意看到的……

挨了老爺子的打，孟辭墨不僅沒生氣，反倒高興起來。

之前他的確優柔寡斷了，不管是打仗還是生活，這都是大忌。祖父說得對，既然心悅，就要想辦法把她娶回家，給她最好的。

孟辭墨起身給老爺子作了個長揖，說道：「祖父說得對，是孫兒淺薄了。孫兒心悅江姑娘，此生唯想娶她。不過，孫兒想等一等再提親，若眼睛好了，自然皆大歡喜；若眼睛只能保持這樣，孫兒必須好好謀劃，讓她進了孟家能過得舒心，不像我姊那樣受婆婆的氣。」

老國公滿意地看看孫子。若付氏真的不慈，自己活著的時候還能幫他們，自己死了他們的路只能他們自己走，的確應該好好謀劃。「這才像我孟令的孫子！至於付氏幫江小姑娘說親的事，你也不要擔心，我立即修書一封給老太婆，就說我已經有了合適的人選，是我一個老下屬的兒子，不需要付氏再幫著說合。」

孟辭墨一陣欣喜。沒想到祖父這麼痛快就同意了自己和江姑娘的婚事，還想出了阻止大夫人說親的好藉口。但他心裡還是沒底，既覺得精誠所至，金石為開，只要自己有誠意，便能打動江意惜；又覺得自己是個瞎子，那麼好的姑娘為什麼要心悅他？因此口不對心地說道：「祖父莫開心得太早，江姑娘很有主見，萬一她看不上孫兒呢？」

老國公的氣性又被他說了上來，伸手朝他腦袋打了兩巴掌，罵道：「你還是不是我孫子？姑娘看不上，就要想辦法讓她看上！你哪怕眼睛不好，只要謀劃好了，也是頂優秀的兒郎！」

孟辭墨被打得閉了閉眼睛，再一睜開，突然覺得眼前的燭光明亮了起來。他眨眨眼睛再看炕几上的蠟燭，之前偏暗的燭光的確明亮了許多，還跳了一跳。他把右眼捂起，左眼居然能夠看到些許光亮了。放下手再看向老國公，五官也清晰了不少。

他當然知道，眼睛好轉不是祖父打的，而是江姑娘治療的結果。

想到在屋外服侍的孟中和孟高山，孟辭墨又生生忍住了狂喜。

目前，他和祖父身邊的幾個親信，只有他的親兵孟連山及在外辦事的孟東山，祖父的親兵孟里、孟中、孟香、孟沉絕對值得信任，其他人都不排除奸細的嫌疑，包括他的另三個親兵孟青山、孟高山及還在外面辦事的孟頂山。

特別是孟頂山，他最懷疑這個人。這個人是他爹成國公給的，他想抓到實質證據，問出背後指使的人。

之前眼睛不好，做什麼事都束手束腳。現在，有些事終於可以放開手腳做了。

孟辭墨走出屋，平靜地說道：「高山，回去讓連山晚些時候準備藥浴，我要同祖父再說說話。」

孟高山隱約能聽到世子爺同老公爺談論起江姑娘，想到江姑娘或許能成為自家大奶奶，他也替大爺高興，答應著退下。

孟辭墨又對孟中說道：「我同祖父有要事相商，不許其他人靠近。」

孟中躬了躬身，去門外站著。

孟辭墨這才回身對老公爺悄聲笑道：「祖父，我左眼能看到了。」

老國公瞪大眼睛。「真能看到了？」

孟辭墨笑道：「是，左眼已能看到光亮，兩隻眼睛能看清祖父的五官。祖父的鬍子比之前花白了不少，孫子慚愧，讓祖父操心了。」說著，給老爺子躬了躬身。

老國公大喜過望，哈哈笑道：「那個江小姑娘能幹，居然有這個本事！你一定要把她娶回家，莫便宜了別人！」又得意地看看長身玉立的孫子。「我的孫子英武俊俏、文武雙全，眼睛再好了，就沒有哪個姑娘會看不上！哼，那個王老匹夫，他孫女跟他一樣沒有眼光！」

孟辭墨忙道：「不說他們，走了魚眼珠，才有機會捧到美麗的明珠。祖父，我的這個心思暫時不要跟江姑娘透露，我怕她真的不答應，我們相處起來尷尬，她反倒不好繼續給我治病。等到我眼睛好了，再去求娶。」

老國公點點頭，眼睛笑成了彎彎的月牙。

孟辭墨的表情又嚴肅下來，跪下說道：「祖父，孫兒的目力好轉之事，一定不要告訴任何人，包括祖母和父親。不是不信他們，而是怕他們不小心透露給別人。至於身邊服侍的人，目前也只能告訴連山、東山及祖父的幾個親兵。不是孫兒心思多，實在是有些事不僅僅是家事那麼簡單。打仗隨時都可能會死，但孫兒幾次差點死掉都有疑點，包括那次摔傷。

祖父懷疑是您的政敵所為，可我不這樣想。祖父不用信我，也不用不信她，不需要您做任何事，只要瞞下這事，靜觀其變。」

老國公看看眼前的孫子，點點頭。他也怕兒孫陽奉陰違，用家族博前程，或是為一己私利把家族搭進去……

夜裡，突然電閃雷鳴，下起雨來。扆莊的幾個下人趕緊爬起來，把珍貴的花搬到廊下。他們知道，庭院裡的這些名品花卉至少值千兩銀子以上，比整座莊子都值錢。

江意惜擔心著花花，小東西在山裡可不要遇到什麼危險。又想到李珍寶的經歷，於是一宿都睡得不安穩。

天光微亮，啾啾就叫了起來。「花兒、江姑娘、江姑娘，所謂伊人，在水一方……」叫聲略尖，穿透嘩嘩的雨聲，讓人聽了心慌。

水清低聲喝道：「莫把姑娘吵醒！再吵，就把你拎去廚房！」

啾啾頓時氣憤起來。「滾！出去，軍棒侍候！」聲音低沈，頗有威儀。

廂房裡傳來水香和水靈的笑聲。

江意惜也被吵得清醒過來。

她想起昨天花花的話，躡手躡腳下床把茶葉罐拿來，坐上床把茶葉倒了一些在左手心上，用意念把光珠移到右手上，用光珠照射著茶葉，覺得時間快到了，再把水珠吞下肚。這才發現茶葉已經變青，竟像沒炒製過的一般！這是照射的時間過長了？

還真是能「肉白骨」的寶貝啊！江意惜輕笑出聲。

把這些茶葉裝進一個新的小罐，藏在架子床下的小抽屜裡，裝眼淚水的茶碗也藏在了這裡。不放心，還用一把鎖鎖上。

本來江意惜想把照射過的茶葉送給孟辭墨，但這樣的茶葉也不能送了，等他來這裡自己再親自沏給他喝。

眼淚只有兩滴，她捨不得用，想著明天把糖和鹽拿進來用光珠照照，再用這兩樣東西做點心和菜送給那對祖孫吃。既對孟辭墨的眼睛有利，也對老國公的身體有益。

又想著，為了避免別人看出端倪，不管什麼東西都不宜用光珠照射太久，要把握好度。而且，經過照射的茶葉及在外面買的成品吃食絕對不能送人，因為不好解釋為何她的東西比別人的香；然而自己用照射過的原材料做食物，好吃則是因為她的手藝好。

早飯後，雨依然下著，卻比夜裡小多了。

路不好走，本來要去北郊莊子看水珠的吳嬤嬤也不能去了。

江意惜用「新茶」沏了一杯茶，立時芳香四溢。啜一口，滿口生香，比平時的茶好喝多了。她樂不可支，花花說牠能抓住所有人的胃，還真是呢！

小珍寶錯過了最好的寶貝，若知道了會哭死。

她邊品茗邊欣賞窗外的雨景，廊下花團錦簇，外面雨霧濛濛，遠處不清晰的青山遠黛，還有看不見的孟辭墨……重生歸來，好日子是之前不敢想的。

水靈用手遮著頭頂跑進垂花門，看到小窗裡的主子，笑道：「姑娘，孟世子來了！」

江意惜有些納悶，今天不是治療的日子啊，而且還下著雨呢！

不過來了正好，請他喝經過處理的茶。不能都放好茶，正常的茶也要加一些。

她笑容滿面地迎出上房門，站在簷下。

孟辭墨打著傘，由孟連山扶著走進垂花門。他看著江意惜，咧著嘴笑。

哪怕隔著雨簾，孟辭墨也能看到門前曼妙的身影。雖然不甚清晰，但看得見她穿著水紅色上襦，淡青色長紗裙，連裙子上那串鳳尾花都看見了！孟辭墨笑意更深。

跟在後面的孟高山和孟青山抬著一大盆開得正豔的月季。枝葉繁茂，枝杈伸得很開，月季呈黃色，開了二十幾朵，正是孟老國公非常稀罕的珍品「點石成金」。

孟中舉著一把大傘為花遮雨，而他們三個人都淋著雨。

江意惜有些不好意思，玩笑道：「又把孟祖父的寶貝搬來，挨打了嗎？」

聲音清脆嬌糯，聽得孟辭墨心花怒放。他輕笑出聲，說道：「江姑娘冤枉我祖父了，這盆花是他老人家主動要送給妳的。」

「主動送我？有什麼好事發生嗎？」

孟辭墨笑笑，似乎有些羞赧，先是說道：「那件事我求了祖父，他老人家已經派人給我祖母送信了。」

江意惜猜到是孟大夫人給自己說親的事，笑著將他請進西廂，又親自給他沏了一杯茶。

孟辭墨把下人打發下去，剛想說自己眼睛好轉的事，就被茶香吸引過去。他端起茶碗聞了聞，笑道：「香。」茶水還燙，他又聞了聞才把茶碗放下，低聲說道：「告訴江姑娘一件喜事。」

江意惜喜道：「是孟大哥的——」看到孟辭墨「噓」了一聲，趕緊捂住嘴，用只有孟辭墨能聽到的聲音說：「眼睛有所好轉了？」

一聽喜事，她第一個就往眼睛好轉上想。老公爺幫自己辦的事，可不算喜事。

孟辭墨點頭道：「對，左眼能看到些許光亮了。」

江意惜興奮地走到他面前檢查眼睛。他的左眼不止能看到一點光亮，還能模糊看到兩寸遠的物體；右眼目力也較之前好了一些，能模糊看到兩丈外的東西，一尺開外的物品看得比較清晰。

離得如此之近，孟辭墨看江意惜比之前更加清晰。肌膚賽雪，笑靨如花，如珍珠一樣潔白瑩潤的牙齒，還有好聞的馨香……真是跟月宮中的仙子一樣美。

江意惜滿心想的都是孟辭墨的目力好轉，沒注意他眼神的異樣。檢查完，退到對面的椅子上坐下後，她還一眨也不眨地望著他的雙眸。想了兩世的那個執念，真的有可能實現了。

孟辭墨又小聲說道：「還不到兩個月，我的眼睛就有起色了。江姑娘醫術高明，多謝。」說著，起身給江意惜作了個揖。

江意惜屈膝還禮，笑道：「恭喜孟大哥。」

孟辭墨也笑道：「同喜、同喜，也恭喜江大神醫妙手回春。」他的馬屁拍得江意惜小臉微紅，又道：「不過，這件事不要跟任何人提及，我想趁此機會看看人心。」

江意惜知道他想看的人心是指孟大夫人，或許還有自己不知道的人。她當然會替他保密，鄭重地點了點頭。

兩人坐定後，孟辭墨又講了她的事。

江意惜總算放了心。老國公的話孟大夫人不敢不聽，江家人也不敢不聽。那個藉口也好，擋住了一切想給她說親的人。她笑道：「替我謝謝孟祖父。」

孟辭墨笑笑，拿起茶碗喝茶。喝了一口又喝一口，品一品，再喝一口，然後一口氣把茶都喝了，誇道：「好茶。」

江意惜起身，拿起水壺給他斟上，笑道：「孟大哥喜歡喝，以後我就給你沏這種茶。」

孟辭墨望向江意惜，試探道：「就怕我祖父的話傳了出去，日後會影響江姑娘找人家。」

江意惜臉發燙，看了孟辭墨一眼。

經過這麼久時間的近距離接觸，她最想嫁的就是面前的人了。可那個冷得像冰窟窿的孟家，她不想再進去。而且，他的眼睛若是好了，會是晉和朝最優秀的男人……江意惜不敢再往下想，輕聲道：「目前想給我說親的人都不是真心幫我的，孟祖父的話是最好的擋箭牌。我不急著說親，這輩子若能找到真心待我的，我便嫁；若沒有，我寧可自梳立女戶。」

聽了江意惜的話，孟辭墨很想說「我能真心待妳好」，可到底沒好意思說出來。

不過，江意惜的話也讓他心安了不少。她不著急，就能給自己充足的時間。等自己眼睛好了，再向她表白心意。他笑道：「江姑娘說笑了。江姑娘美麗聰慧、蘭心蕙質，怎麼可能找不到真心待妳的人。」

江意惜苦笑著搖搖頭，起身道：「我再給孟大哥按按。」

來都來了，江意惜給他做了頭部按摩，又重新調換了幾味湯藥。

孟辭墨走的時候，江意惜又送了孟老國公兩食盒點心。

等到晚上，雨停了，天上灑滿繁星，花花還是沒回來。

江意惜等到亥時末，也只得去床上歇息。

次日天剛微亮，江意惜就輕輕爬起來。把昨天偷偷拿進來的一小瓶鹽、一小罐糖和一小罐茶葉分別倒在三個碟子裡，用光珠照了一圈，看見茶葉有一點變色，就趕緊把光珠收起來。把這三樣東西裝起來，聞一聞，好聞了一些，差別也不至於大得讓人吃驚。

吃完早飯後，吳嬤嬤就讓吳有貴趕騾車，去北郊莊子看水珠。

今天誰都不來，江意惜侍弄完花草後，站在廊下繼續教啾啾說「扎針針」、「吃肉肉」，這幾個字丫頭也一直在教牠說。

巳時末，孟老國公突然來了扈莊。平時他來都是江意惜邀請，或是跟著孟辭墨來的，今天這麼主動又是單一人，還是頭一次。

他的護衛孟中手裡拎著兩個粉瓷罐茶葉。

老爺子笑道：「昨兒一個在吳城當水軍都督的老部下來莊子看我，送了我兩罐明前吳湖龍井，給小姑娘嚐嚐鮮。」

明前吳湖龍井是貢品，便是皇宮裡的貴人，除了皇上和太后娘娘，其他人分的也有限。

江意惜搞懂了，老爺子肯定是聽孟辭墨說了自家的茶特別好喝，特地來喝茶的。

而且，他都送了這麼好的茶葉來，自己也該有回禮不是？

江意惜好笑，趕緊把老爺子請進屋，親自沏了一碗經過處理的茶。

老爺子拿著茶碗聞了聞，一臉享受。他喝完茶水，又砸吧砸吧了嘴才笑道：「不怕小姑娘笑話，老頭子就是來喝這種茶的。那小子只說茶好喝，卻沒問是什麼茶。我喝著有些像青山毛尖，卻要青香綿長得多。這是什麼茶？在哪裡買的？」

江意惜笑道：「這茶是我師父送的，的確是青山毛尖，只不過他老人家另外處理過。前兩天回府給我祖母祝壽時才拿來這裡，孟祖父喜歡喝，就送您一些，當時師父送的有些多。」用這種藉口，這種茶也只敢送給老爺子和孟辭墨。

老爺子點頭笑納，他就是這個意思。

江意惜留老爺子在這裡吃晌飯，又派人去請孟辭墨。

吳嬤嬤不在，江意惜讓人把賀大嬸和賀二娘母女請來掌廚。

賀大嬸做糖醋魚，江意惜在一旁看。她覺得花花說的松鼠魚做法有些像糖醋魚，學會以後再做給花花吃。

江意惜親自做了一道鍋包肉，趁別人不注意放了事先準備的鹽和糖。菜一出鍋，香得賀二娘和幾個丫頭直吸鼻子。

水靈得意道：「我家姑娘就是能幹，做的菜光聞著就能流口水！」

賀大嬸也笑道：「做飯、釀酒、看病、製衣……凡是有技藝的活計，都要講天分和緣分。同一個師父調教出來的徒弟，手藝也有高有低。江姑娘聰慧，於廚藝上有天分，不常做飯還能做得這樣好！」

賀大嬸真是個妙人兒，把江意惜不好解釋的話都解釋了。

江意惜笑意更濃，說道：「今天滷味有些多，賀大嬸回家時拿隻滷雞回去給賀叔下酒。」

鍋包肉讓孟老國公停不下嘴來，孟辭墨多挾兩下他都要鼓眼睛。

孟辭墨假裝沒看見，繼續挾著。

老爺子只得用自己的筷子敲打孟辭墨的筷子。

聽說這道菜是江意惜做的，老爺子更高興了，跟孟辭墨低聲道：「難怪沈老頭說江小姑娘天賦異稟，果真是！老頭子我吃過無數次這道菜了，包括御宴，就數這次最好吃！可得把小姑娘抓緊了，若被別人搶走，看我怎麼收拾你！」

孟辭墨笑著點點頭，趕緊又挾了一片鍋包肉放進嘴裡。

祖孫兩個要回家時，老國公還對江意惜說道：「下次來，再給老頭子做鍋包肉吃。」

江意惜笑著答應。

吳嬤嬤天黑後才回莊子，紅著眼圈說：「水珠的半邊臉都是青的，看到我直哭，說死鬼男人三天兩頭地揍她。那個周二強，比我當家的還要大一歲，卻不知道疼媳婦，張口就罵，伸手就打。他前面的兩個媳婦都是被他搓磨死的。但他娘是大夫人的乳娘，誰也不敢惹他。老奴跟水珠說了，讓她注意周二強，若他犯過什麼事，姑娘能拿捏著想辦法讓他們和離。水珠說，周二強肯定貪墨租子了，但她目前沒有證據，會想辦法拿到的。」

江意惜聽了也心疼不已，說道：「以後讓有貴哥時常帶著妳去看看她。」

等到睡覺前，花花依舊沒有回來。

江意惜卻感覺到光珠表面覆蓋上了一層水霧。小東西哭了？不知牠遇到了什麼事？江意惜擔心得一宿沒睡好。

次日一大早，江意惜坐起來把光珠拿出來，光珠表面果真有許多水。她把眼淚刮進茶碗裡，比上次多多了。

江意惜心疼得直嘆氣，不知小東西怎麼了？

今天是初九，又是孟辭墨來扈莊看病的日子。

辰時末，不止孟辭墨來了，孟老國公也跟著來了。

孟連山手裡抱著一摞書。其中兩本兵書是送江洵的，三本醫書是送江意惜的。

老爺子哈哈笑道：「江小姑娘，老頭子還想吃妳做的鍋包肉。」

他的話讓孟辭墨有些臉紅，這話說得太直白了。

江意惜笑道：「今天我本來就要請孟祖父來吃鍋包肉的。」

聞言，老爺子看江意惜更滿意了。

啾啾又扯著嗓門叫道：「吃肉肉、扎針針，江姑娘、花兒，北方有佳人……」

叫得眾人樂起來。

孟辭墨進屋針灸，老爺子則坐在院子裡侍弄起了花草，偶爾逗啾啾說兩句話。當他聽到「滾，出去，軍棍侍候」時，樂得哈哈聲震天響，自言自語道：「哈哈哈，這是鄭吉的聲音。唉，打仗四年，加上上年和今年，他已經有六年沒回京城了。老頭子想他都想得緊，更別說大長公主了……」

江意惜悄聲問：「鄭將軍是宗親？」

孟辭墨道：「嗯，鄭叔是宜昌大長公主的獨子，現在在西慶任總兵兼西征大將軍，守衛著我朝的西北門戶，幾年都不能回家一次。大長公主時常想兒子想得哭，氣不過，還來罵過我祖父，說是祖父把她兒子帶野了。許多人都說鄭叔會接我祖父的班，成為下一個戰神。我希望我能接鄭叔的班，成為繼鄭叔之後的戰神。」

江意惜記得宜昌大長公主的駙馬就是姓鄭，原來他們是一家。大長公主的獨子一直在外守邊，還真不多見。她笑道：「孟大哥的眼睛已經好多了，等徹底好了，定會得償所願。」

孟辭墨點點頭，一臉的喜色。

晌午，孟家祖孫如願吃到了江意惜做的鍋包肉。

這次江意惜做得多，祖孫倆吃得盡興，連下人們也吃到了。

吳嬤嬤覺得姑娘就是聰慧，做什麼都比旁人做得好！想著一定是二老爺和二夫人在天之靈保佑姑娘，姑娘才能越來越聰慧。

吃完晌飯後，祖孫二人告辭回家。

吳嬤嬤又領著人準備晚飯，今天下晌江洵要來。

到了日落時分，終於把江洵盼來了。他不止帶來了秦嬤嬤，還帶來了水靈的哥哥江大。

江大二十歲出頭，長得又高又壯，還黑。

他第一次見江意惜，給她磕了頭，感謝二姑娘對他和妹妹的恩情，又講了水露的事。

水露和江晉半夜在花園私會，害得江大奶奶差點小產的事傳遍了街頭巷尾，當然也傳進了武襄伯府。

水露被打了個半死賣去牙行後，他就一直在牙行對面的茶肆喝茶，看見水露第二天下晌就被人買走了。二十板子要了水露的半條命，連路都走不了，將來瘸不瘸還不一定，不認識的人怎麼可能這時候買她？因此江大雇了一輛驢車悄悄跟隨買家和水露，去了城北一處小宅子裡。他又在胡同口的一家茶肆喝茶，居然看到水露的哥哥從那小宅子走出來。雖然水露她哥哥把斗笠壓得低，江大還是認出來了。由此斷定，買家肯定是受夏婆子相託。

江意惜暗哼，肯定是夏婆子讓人買的了，這是她之前便想到的。夏婆子是江大夫人最得力的人，有錢，也有一定的人脈。不過，奴才再得勢也是奴才，不能不聽主子的話。那邊主子剛把人賣了，她這邊就安排人把人買了，這種跟主子唱對臺戲的奴才，是活到頭了。

江意惜又拿出兩個銀角子交給江大，如此這般吩咐一番。

江大笑道：「是，奴才定會讓主子滿意。」

江意惜很滿意江大的能力，說道：「從現在起，你就負責我和洵兒在府外的事宜，每月月銀一貫錢。」江大是她私自雇的下人，就由她掏工錢，這個工錢是武襄伯府管事和管事婆子拿的例。

江大大喜，趕緊磕頭謝恩。他不光是因為多拿錢高興，而是可以像父親一樣給主子當忠奴了。

江意惜和江大對話時讓江洵在一邊旁聽著，江大退下後，江意惜又講了該如何收拾背主的奴才，以及背主的奴才有多麼可怕，末了說道：「姊之前識人不清，非常相信水露。那次去廣和寺，她不知得了誰的吩咐出賣我，我的清譽差點被毀。因為忌憚夏婆子，等到現在才收拾她。」這話不算撒謊，只不過把發生在孟家的事搬到了廣和寺。

江洵自己想了一番，認定水露是在寺裡引著姊姊去見了不妥當的男人，姊姊想法子逃開了。他氣得眼圈都紅了，哽咽道：「姊，是弟弟不好，沒有護好姊姊，讓妳差點被惡奴陷害。姊姊受了委屈，卻不能說出來，還要忌憚一個奴才。奴才可惡，有些親戚更壞。」

這孩子終於覺悟了。江意惜摸摸他的頭說：「所以，只有咱們強大了，別人才不敢惹。」

「姊，我會好好學習，遇事多考慮。明天我還要去孟家莊，請孟祖父和孟大哥講謀略，請連山大哥他們教武功。以後也會注意大房，我猜測讓水露害大姊的人，很可能是大夫人和江意言，她們忌妒姊姊長得好。」

江意惜附和道：「我也這麼認為。」必須讓他注意著大房，特別是江大夫人。

姊弟二人說完悄悄話，江洵才去廊下逗啾啾。啾啾說著瘋言瘋語，小少年咧著嘴大樂。

江意惜看著窗外的少年，靚藍色長衫、青色腰帶，站姿如松，笑容燦爛，非常符合伯府小公子的形象。

這孩子變化真大。江意惜極為滿意，又口頭表揚了秦嬤嬤。

第八章

次日天色剛亮，江意惜就來到廚房。吳嬤嬤在準備做早飯，水靈燒火，吳大伯掃院子。

昨天晚上說好，江意惜會親自滷一些雞蛋和花生，他們吃的同時，讓江洵帶去孟家莊給那祖孫二人吃。

江洵也起得早，在院子裡跟著江大練武。

吃完飯，剛剛辰時初。江洵領著拎食盒的江大一起去孟家莊，這時候孟家祖孫還沒吃早飯。水靈也一起跟去了，她想多跟哥哥說說話。

說好了吃完晌飯後，秦嬤嬤去孟家莊與江洵會合，他們直接回京城。

今天即使江洵不想去孟家莊，江意惜也會把他打發去，因為李珍寶要來扈莊。雖然李珍寶不需要再治對眼了，但每十天中身體好轉的那兩天會來扈莊玩。

想著李珍寶把花花打進她的嘴裡，江意惜就覺得過意不去，想親手做些好吃的給她。雖然不能幫她「固魂」，總對身體有好處，但茶葉之類的東西就不能拿出來了。

巳時初，李珍寶來了。

她一進門就到處看，納悶道：「咦？妳弟弟呢？」

江意惜笑道：「妳不是不願意見他嗎？我打發他去孟家莊了。」

李珍寶道：「我之前不願意見男人是因為我有鬥雞眼，現在鬥雞眼好了，見見有什麼要緊？妳弟弟就是我弟弟，我想見他。」

江意惜道：「好，以後介紹你們認識。洵兒比妳大，是哥哥。」

李珍寶又道：「我父王和哥哥很欣賞孟老國公，跟孟世子也熟，以後有機會，再介紹我跟孟大哥認識。都說孟辭羽有潘安之貌，他哥哥肯定也漂亮……」

李珍寶正說得高興，突然一陣話聲傳來——

「吃肉肉、吃肉肉！佳人、佳人，北方有佳人！有位伊人，在水一方……」

李珍寶轉著小腦袋東張西望。「咦？哪個小男生在說話？又是吃肉、又是佳人的，氣我呢？」

江意惜笑著把她拉到啾啾前面。「是牠在說話。牠叫啾啾，會說很多話。」

啾啾撲棱著翅膀叫起來。「花兒、花兒，江姑娘！有位伊人，在水一方，巧笑倩兮，美目盼兮……」

李珍寶稀奇得不得了，大聲笑道：「天哪，還是隻色鸚鵡呢！色啾啾，叫姊姊！」

啾啾不高興了，罵道：「滾！出去，軍棍侍候！」

由小男孩的聲音變成了男人的聲音。

李珍寶笑得更厲害了。「這鳥兒太聰明了，還知道我在罵牠！色啾啾、色啾啾、色啾啾……」

啾啾跳著腳回罵。「滾、滾、滾！軍棍侍候！滾……」

一人一鳥對罵，逗得眾人大笑不已。

李珍寶又緩下口氣，非常溫柔地笑道：「色啾啾，不罵你了，咱們和好吧！」

啾啾其實不懂什麼是「色」，牠罵人是因為李珍寶的聲音又尖又大聲，以為她在罵牠。見李珍寶不凶牠了，便也不罵人了，又叫道：「吃肉肉、扎針針！佳人、花兒、江姑娘……」

眾人又是一陣笑。

李珍寶把食指伸進鳥籠輕輕摸著牠的頭頂，笑道：「色啾啾，這才乖。」

晌午，江意惜親自做了一道拔絲紅薯、一道雞蛋韭菜盒子。

一大桌子菜，李珍寶只吃這兩樣。

「好吃！太香了！江二姊姊，妳的手藝真好，比御廚還好！」

雍王爺給她派的幾個廚子裡，有一個是御膳房裡的御廚，是太后聽說她挑嘴，特地派給她的。

江意惜笑道：「哪兒有那麼好？妳這是隔鍋香。我會做的菜不多，也就幾樣。」

飯後，李珍寶又逗啾啾玩，申時就要回昭明庵了。

江意惜想著花花到現在還沒有歸家，又想到自己意外得了那樣寶貝，她想去庵裡拜拜佛祖、菩薩，求佛祖、菩薩保佑花花平安，保佑孟辭墨的眼疾快些好，還要保佑李珍寶的病快些好，遂笑道：「我跟妳一起去庵堂，好些天沒去上香了。」

李珍寶樂開了花。她知道江意惜平時都是走路去昭明庵，她便也不坐車，要走路。

水靈已經從孟家莊回來了，就由她和吳大伯陪著江意惜去上香。

李珍寶和江意惜手拉手走在中間，一群護衛和下人前呼後擁。

走在阡陌縱橫的鄉間小路上，看到偏西的斜陽、大片的綠色莊稼、穿插其間的溪流、田裡勞作的農人……李珍寶想起她前世去農村錄影片時看到的情景，輕聲哼唱起當時影片中的歌，聲音清脆，曲調別樣。

想到往事，李珍寶情緒低落，也有些心虛地說：「我泡藥浴時常常作夢，這首歌是我夢裡的一個姊姊教我的。不知為何，想到夢裡的一些事，我的心就莫名難過，覺得對不起我父……父王。」

江意惜也被這首曲兒吸引，心道，這一定是「現代社會」的曲兒吧？別有一番味道。她當然不會揭穿李珍寶，只笑道：「一定是仙人在妳夢裡教妳的，怪不得這麼好聽，原來是『仙曲兒』啊！」

李珍寶點點頭，小手把江意惜的手拉得更緊。自己跟這位江二姑娘玩得好是有緣由的，人家就是冰雪聰明、善解人意啊！

江意惜又捏捏她的手，開解道：「妳現在已經比之前好太多，以後會比現在更好，要往前看。」前面一丈開外怒放著幾朵不知名的野花，江意惜走過去把野花採下塞進李珍寶的手裡。「妳將來的人生，一定會跟這些花兒一樣美。再堅持堅持，會好的。」

李珍寶看看手裡的花朵，在夕陽的照耀下格外燦爛奪目，她喃喃說道：「這麼長的時間，我不能吃肉、不能化妝、不能穿有顏色的衣裳，除了念珠和木簪，不能戴任何首飾，全身上下沒有一點亮色……」她的眼裡湧上淚意，吸了吸鼻子又說：「但冬天到了，春天還會遠嗎？妳說得對，只要堅持住，我的將來一定會比現在好，跟這些花兒一樣美麗、絢爛。」她把一朵紅色的花插在帽簷下。「任性一把，到前面的小樹林就拿下來。」又問江意惜。「我這樣好看嗎？」

灰色的僧帽下壓著一朵豔麗的紅花，眼睛不大卻靈動明亮，皮膚不白卻光滑細嫩，平平無奇的小臉極其生動。江意惜由衷誇道：「嗯，好看。」

李珍寶笑了起來，露出左邊的小虎牙。

她瞧瞧身邊的一群人，覺得破壞了她們姊妹情誼和鄉間趣味，便說道：「留下賀嬤嬤和水靈，其他人離遠些。」賀嬤嬤是專門保護她的婆子，水靈厲害，所以留下她們二人。

這些人不敢不聽，遠遠地跟在主子後面，只賀嬤嬤和水靈走在主子的五、六步之後。

李珍寶此時的心情就像叮叮咚咚的泉水，雀躍極了。她的腳步越發輕快，拉著江意惜的手也甩得更高，像前世她跟同學玩高興的樣子。

江意惜沒覺得不好意思，相反地更放得開了。人生苦短，該開心的時候就要開心，幹麼苦自己？

鄉間小路上，一高一矮兩個小娘子手拉著手，歡快地走著，格格笑聲傳了老遠。

在快走到樹林的時候，從樹林中走出三個身著華服的青年貴公子。

他們幾個在樹林裡偷看這兩個小娘子很久了，走近些才發現其中一個是小尼姑，還是帶髮小尼姑。小尼姑的笑聲很大，清脆悅耳，聽聲音一定是個嬌俏美麗的小嬌娘。等她們再走近些，才發現小尼姑不僅不美，還是個醜尼姑，且頭上居然簪著一朵花。

另一個則是前陣子拉著孟三跳湖的江意惜，這位江二姑娘雖然長得俊，但此時醜人多作怪的小尼姑更讓他們感興趣，幾人便搖著大扇子走出來。

李珍寶和江意惜沒理他們，錯身而過的時候，其中一位公子突然說話了——

「小尼姑如此開心，是在俗世間找到合心意的小後生了？嘿嘿，小模樣不怎麼樣，還挺浪呢！」

另一個也說話了。「小尼姑戴的花太醜，本公子送妳一支金簪要不要？」

第三個沒說話，只哈哈大笑起來，笑得特別誇張欠揍。

李珍寶頓時氣得七竅生煙，小眼睛鼓得溜圓。

她衝到第一個說話的公子面前，狠狠踢了他小腿一腳，尖聲罵道：「我去你娘個蛋！你個賤男人，本尼姑浪不浪關你屁事？居然敢罵我醜，信不信本尼姑扯下你的那物，讓你當太監！」

蘇新感到小腿一痛，還沒反應過來，就聽到小尼姑像放爆仗一樣噼哩啪啦的一陣罵，還罵得忒不要臉。他氣壞了，抬手打過去，胳膊卻被一個趕過來的高大婆子抓住。

賀嬤嬤喝道：「大膽！這是珍寶郡主，我看你敢打個試試！」

趙元成和羅肖先是被李珍寶的潑皮、不要臉逗樂了，這他娘的是什麼花尼姑？簡直比他們還紈袴！他們本想衝上去教訓對方，既是幫哥兒們，也能占便宜，之前還沒占過小尼姑的便宜呢！可一聽這醜尼姑是李珍寶，便停下，仔細打量起來。

他們知道珍寶郡主在昭明庵帶髮修行，但都沒見過她，還聽說她的身體極其不好，因此之前根本沒把這個歡快的小尼姑跟李珍寶聯想在一起。

羅肖看了幾眼小尼姑，還是不相信她是李珍寶，搖頭道：「都說珍寶郡主是對眼，這小尼姑不是啊！可見是假的！」

趙元成前幾天才聽他貴妃姑姑說過，李珍寶的對眼被治好了，再看小尼姑跟皇上和雍王爺極像的蒜頭鼻子，便猜到小尼姑肯定是李珍寶無疑！他有些嚇著了，忙拱手笑道：「原來是珍寶郡主，失敬、失敬、失敬！」

李珍寶可不接受他的道歉，上前踢了他兩腳，罵道：「失敬你爹個毛線！你個醜鬼、醜騾子、天生的閹貨、馬和驢的雜種！自個兒長得驢不驢、馬不馬的，還嫌本尼姑戴的花醜？我踢死你！踢死你、踢死你、踢死你……」她踢完趙元成，又去踢旁邊的羅肖，還伸出右手的兩根手指，對著他說道：「敢罵本尼姑對眼，你祖宗個蛋！要不是看你兩個大鼻孔太髒，噁心人，本尼姑就要大蔥插騾鼻，插得你斷氣！」

她的話難聽至極，趙元成、蘇新、羅肖三人被罵得羞憤難當，瞪著李珍寶的眼睛通紅，卻不敢罵回去。

羅肖站著沒敢動，從來沒受過氣的趙元成和四肢發達、頭腦簡單的蘇新則是衝上去打人——當然不敢打李珍寶了，而是打攔在中間的婆子。

這三人之中趙元成的出身最高，還有一個當貴妃的姑姑、當親王的表哥，但他也不敢惹李珍寶，不是因為李珍寶是郡主，而是因為太后和皇上對她特別的寵愛。他心裡怒罵著醜尼姑，掄巴掌打向婆子。

蘇新出身武將，家世最低。但他剛來京城不久，不知道李珍寶是怎樣的傳奇，一掌推得賀嬤嬤一個趔趄。

擋在江意惜前面的水靈見狀，又衝上去，跟他們打了起來。

李珍寶瞥到自己那群護衛就快趕到了，根本不怕這幾個賤男人，嘴裡罵得難聽，還撿起一根木棍要去打他們。

江意惜怕她被誤傷，牢牢抓住她的手，不許她再上前。

等到護衛跑過來，趙元成幾人也平靜下來，知道害怕了。

趙元成忙拱手道：「珍寶郡主，我們先前真的不知道妳是珍寶郡主，妳大人不記小人過，原諒我們的有眼無珠吧？我是鎮南侯府的趙元成，他是羅都督府的羅肖，他是蘇統領府的蘇新，我們都跟雍王世子是朋友！」

這些護衛裡有人認識趙元成和羅肖，但他們冒犯了主子，自是不能放過他們，遂上前把趙元成三人抓住。「郡主，如何處置他們？」

李珍寶又氣又累，已經覺得體力透支、心跳過速，她本想說「給本尼姑狠狠地打」，卻說不出話來，身子突然軟軟地向下滑去。

眾人嚇壞了，抱住她的江意惜都哭了。

賀嬤嬤趕緊揹起李珍寶，快步向庵堂跑去，得馬上請蒼寂住持治病。

趙元成幾人也嚇傻了。若李珍寶有個三長兩短，他們的禍可是闖大了！他們本是來遊青螺山，剛才才去昭明庵住下，想著在附近轉一轉，明日再回京，沒想到卻出了這事。

護衛們更害怕，這是他們沒保護好主子，失職了。他們恨恨地看著這幾個惹是生非的紈袴，恨不得胖揍一頓洩憤。但趙公子是趙貴妃的娘家姪子，他們也不敢太放肆，只得推搡著三人往昭明庵走去。蘇新的出身最低，護衛們對他最不客氣，下手也最重。

怎麼發落這幾人，還得請示王爺。

一眨眼功夫，林子前只剩下江意惜和水靈、吳大伯幾人。

江意惜也著急李珍寶的身體，但知道自己的醫術幫不上大忙，能救李珍寶的只有愚和大師和蒼寂住持。

他們依然去了昭明庵，江意惜拜了菩薩，求菩薩保佑李珍寶平安無事，保佑花花平安歸家。之後，她便去了李珍寶的小院。
素點守在門口沒讓她進，說蒼寂住持正在給節食小師父施針，又讓人去報國寺請愚和大師和進京給雍王爺送信。
江意惜擔心地問：「節食小師父不會有事吧？」
「不知。」素點紅著眼圈搖搖頭，忍著沒有哭出來。若郡主不好，他們的性命不保；即使郡主無事，一頓好打也跑不了的。
江意惜不可能在這裡等消息，只得返回莊子。她擔心李珍寶的身體，腳步沈重，走得很慢。
吳大伯非常著急，剛才天光大亮還出了那種事，天黑了更不安全，便催促道：「姑娘，天快黑了，得趕緊回莊子。」
江意惜向四周望望，西邊的紅雲已經變暗變黑，歸家的農人步履匆匆。又想著，愚和大師說李珍寶明年病情會大好，花花也說她福氣大，她應該挺得過這一關吧？
江意惜加快腳步，不久便到了莊子。
飯後，江意惜淨手焚香，開始抄《藥師經》，這是為李珍寶抄的。
她抄到亥時末才抄了一半，吳嬤嬤催促她上床歇息。
躺在床上也睡不著，一會兒想想李珍寶，一會兒想想花花，還想到了蘇新。

蘇新，舒心，因為這個名字比較特殊，江意惜記了兩世。

前世，在寺廟裡半夜跑去孟月房間的男人，就叫蘇新。不知是不是今天這個男人？他跟鎮南侯府的趙元成是玩得好的朋友，江意惜覺得八成是同一人。

趙元成這人江意惜前世雖然沒見過，但這個大名卻是經常聽說的。前世就是他帶著幾個紈褲把江洵打得厲害，還是水靈出手教訓了他。

趙元成是鎮南侯世子的二兒子，孟大夫人是他的表姑。他有位嫡親姑母，是宮中的趙貴妃。還有一位表哥，是四皇子，已被封英王。

趙元成跟蘇新玩得好，又跟孟大夫人有親，由此可以推斷孟大夫人不僅是晉寧郡主害孟月的推手，弄不好還會是暗中參與者。

得讓孟辭墨和江大注意著趙元成和蘇新，孟辭墨主要注意趙元成，江大主要注意蘇新。必須確定這個蘇新是不是前世害了孟月的那個人。

現在有了花花，自己也更容易解決孟月被陷害的那件事。

想到趙貴妃，江意惜又想到從前還有一位美麗的曲德妃。曲德妃是孟辭墨生母的胞姊，兩姊妹因為容貌傾國傾城、美麗異常，被稱為「二曲」。

據說曲德妃美麗溫婉，非常得皇上寵愛，生了三皇子李熙，後被封平王。

但四年前出了一件大事，曲德妃和平王母子陷害太子李康，皇上大怒，罰平王去守皇陵，把曲德妃降至德嬪，同平王一起趕出宮。

這些不關江意惜的事，過去的她根本不關心，但因為跟孟辭墨密不可分，因此現在江意惜不得不多想想，想得一宿都沒睡好。

次日一大早，江意惜起床繼續抄經，巳時末抄好後，讓水靈送去昭明庵交給柴嬤嬤。又讓吳有貴去京城找江大，讓江大注意和打聽一下蘇統領的兒子蘇新，兼著打聽一下趙元成。

兩刻多鐘後水靈就回來了，說京城來了許多貴人，她別說進李珍寶的小院了，連小院的附近都去不了。正好看到素點，便讓素點轉交給柴嬤嬤。

昭明庵後的一個小院裡，院子裡站了八個華服裹身的人及一群下人。八個人有趙元成的爹趙世子及母親趙二夫人、蘇新的爹蘇統領及母親蘇夫人、羅肖的爹羅都督及母親羅二夫人，和幾個兒媳婦。那三個惹事的兒子都沒來，不是他們不想來，而是被打得起不了床，來不了。

廳屋裡也坐著和站著一群人，有李凱兄弟七人、雍王妃、兩位少奶奶、幾個男女親戚，還有慈寧宮的兩個內侍。

孟老國公也來了。孟家莊離這裡近，珍寶郡主不好，他聽說了消息也得來看看。

他們都是一臉沈重。

臥房裡，李珍寶閉著眼睛躺在床上，小臉慘白，蒼寂住持正在給她施針。

雍王坐在床邊看著閨女，不時抹一把傷心淚。愚和大師雲遊去了，只有蒼寂住持在，雍王爺擔心她救不活閨女，覺得天都要塌了。

許久後，李珍寶呼出一口氣，睜開了眼睛。

看到閨女終於醒了，雍王爺拉著她的手哽咽道：「我的閨女，妳總算醒了，父王快被嚇死了。」

剛才李珍寶去了前世，病床上的她竟睜開了眼睛，看到爸爸神色憔悴，人都瘦得脫了形；媽媽居然也來了，妝容精緻，還是那麼年輕漂亮。

李珍寶突然覺得自己很對不起爸爸。雖然他跟媽媽離了婚，把小小年紀的她送進寄宿學校，但哪怕找了再多的情人，也依諾沒有再婚。他出錢讓她出國讀書，她不願意；又出錢讓她拍戲，她不僅不願意，還故意去當了吃播主。

不像媽媽，離婚半年就嫁去了國外，又生了兩個孩子。

她知道，爸爸即便有再多的錯，對她的疼愛卻是真的。

病床上的她使出渾身力氣說道：「爸爸，對不起，我故意氣你是想讓你注意我，以後，女兒再也氣不到你了。找個好女人吧，幸福地度過餘生。不要再救我，求你了。」

她知道，或許這是自己最後的遺言，以後她會在「昏迷」中靜靜死去。若是爸爸真能放棄對她的治療，該多好。

爸爸拉著她的手痛哭失聲，她再想說話卻說不出來了；媽媽也哭了，在一旁埋怨道：「珍珍，妳做什麼不好呢，偏偏做……」然後李珍寶便陷入一片黑暗。

再次睜開眼，面對的是這一世的爹爹。這個爹爹也有許多缺點，但心疼閨女也是真的。

李珍寶的小眼睛裡溢出淚水，癟著嘴嗚咽道：「父王，女兒以為再也見不到你了，嗚嗚嗚……」

糯糯的聲音，暖心的話語，還有痛苦的表情，雍王爺又心疼、又心暖，拉著小閨女的手失聲痛哭起來。「我的寶兒，妳總算睜開眼睛了！啊～～啊～～啊～～啊～～妳快讓父王心疼死了……啊～～啊～～啊～～沒有妳，父王生不如死啊！啊～～啊～～啊～～」由於難過，他的五官皺成一團，只看得清通紅的蒜頭鼻子和抖動著的下巴上的一撮鬍子。

李珍寶嫌棄地想著，哭得真醜。又哀傷地想著，自己這輩子的臉比他哭的時候還醜……

外面的人，除了雍王妃和她的親兒子李占不是真心歡喜，其餘所有人都是皆大歡喜。

特別是趙、羅、蘇三家的人，提在嗓子眼的心終於放了下去——兒子總算能繼續活著了！他們不約而同想著，回去就讓那幾個惹是生非的小子趕緊避出京城，以防雍王府報復。

不過，雍王爺的哭聲又讓這些人覺得不可理喻。這哪是男人？娘兒們都不會這樣！

李凱也有點不好意思，看了雍王妃一眼，意思是讓她進去勸勸。

雍王妃卻裝作無事人一樣，沒動，此時她想裝賢慧都裝不出來！太氣人了，那個死丫頭又醜又惡又能折騰人，一年至少有十次把他們折騰來這裡！只要死丫頭活著，王爺的眼裡誰都裝不進！本盼著這次能死掉，誰知竟又活過來了！

李凱只得自己進去勸那一對抱在一起哭的父女。

「父王，小妹剛醒，不宜太激動。」

雍王爺一下子就剎住再要說的話，拍拍李珍寶的小手，溫聲說道：「好閨女，莫激動、莫哭，父王在這裡陪妳。」

李珍寶哽咽道：「好，聽父王的。」

李凱又請示道：「父王，那些人現在還沒吃齋飯，我讓人去準備？」

雍王爺道：「除了趙、羅、蘇三家人，其他的都請去吃齋吧。」

李珍寶才想起來自己暈倒是因為打架，又難過起來，嚷道：「還說稀罕我，哪裡稀罕了？哪裡稀罕了？把我生得這麼醜，還讓我當尼姑，害得我被人家罵醜尼姑、對眼，我討厭你，不理你了……」說完，小腦袋轉了過去。

雍王爺眼睛一瞪。「妳說的是不是那幾家畜生玩意兒？老子去揍他們！」

「悠悠眾口，人家一說你就揍，揍得過來嗎？嗚嗚嗚……不理你了！」李珍寶說到生氣了，又轉過腦袋揪了一把雍王爺的鬍子。

雍王爺理屈詞窮，很想說「把妳生成這樣不是我的錯」，卻不敢說出來。被閨女揪了鬍子還挺高興的，表示閨女跟自己還挺親近的。

李凱道：「父王暫時出去避避吧，我來勸小妹。」

雍王爺也怕閨女越看自己越生氣，只得起身出去。結果一看到站在院子裡的老趙、老羅、老蘇就氣不打一處來，衝了過去，先打蘇統領，又揪頭髮又抓臉的，腳和嘴也不閒著。

「你家小崽子居然敢罵我家寶兒醜，我打死你、打死你！我家寶兒哪裡醜了？明明美得緊！你家小崽子才醜，你們全家都醜！我家寶兒無事則罷，若有事，我要你全家陪葬！」

蘇統領不敢還手，抱著腦袋不住地賠罪。「是下官沒教好兒子，下官錯了、下官錯了……是、是，珍寶郡主美得緊，比仙女還美……」

其他人來勸架，但雍王爺拽著蘇統領的頭髮不鬆手，好不容易才把二人分開。

雍王爺轉身又去打趙世子，邊打邊罵，被人拉開後，他又去打罵羅都督。

最後，那三個人的臉上都掛了彩，雍王爺也頭髮散亂，這才罵罵咧咧地回了屋。

不多時，其他人都被請去吃齋飯，只有趙、羅、蘇三家人餓著肚子站在院子裡。

趙世子鼻子都快氣歪了！自己可是國舅爺、朝中重臣，今天卻被當眾這麼打！不過他也沒轍，自己是皇上的大舅子，人家可是皇上的親弟弟，這個打，挨了也只能挨了。

晚上，江意惜又讓水靈和吳有貴去昭明庵打探李珍寶的情況。

吳大伯和水靈回來說，節食小師父清醒了一個多時辰，雍王爺和王妃、世子爺留在庵裡陪她。

除了事發當下一直跟著節食的賀嬤嬤外，其他護衛和下人都挨了打，說他們沒有保護好主子。由於有節食小師父的求情，護衛只挨了十板子，婆子和丫頭則挨了五板子。

聽說李珍寶醒了，江意惜終於鬆了一口氣。

之後的幾天，江意惜每天都會讓人去打探李珍寶的消息。她總覺得對不起李珍寶，若不是李珍寶到她家來玩，也不會遇到那件糟心事。所以這些天她隔三差五就會做些「經過處理」的點心，讓人送給李珍寶吃，對李珍寶的身體有好處，聽說李珍寶非常喜歡吃，雍王爺父子也喜歡。

他們還賞了水靈二十兩銀子，說她護主得力，讓水靈極為開懷。

水靈回來又謝了江意惜，說她自從給二姑娘當了忠奴後，不僅得了姑娘的賞，還得了孟老國公、孟世子的賞，這次居然得了王爺的賞。幾個月掙了幾十兩銀子，之前想都不敢想，這都是託了二姑娘的福。

吳嬤嬤笑道：「看看、看看，小嘴多甜！以後誰再說咱們水靈憨，我就跟誰急！」說得眾人大樂。

江意惜已經看出來，吳嬤嬤有想讓水靈給自己當二兒媳婦的想法，目前還在觀察，自己自然不會戳破她。

李珍寶的情況漸漸好轉，江意惜才真正放下心。不過，李珍寶會有一段時間不能出來玩了。

令江意惜惴惴不安的是，都好幾天了，花花依然沒有回來。她十分惶恐，若花花被野物吃了多可惜，而且留在她肚子裡的元神又該怎麼辦？

六月十二那天孟辭墨沒來針灸。因為李珍寶病重，京城許多皇親國戚和勛貴世家都派當家夫人去昭明庵探病，孟大夫人和孟二奶奶也去了。她們沒親眼看到李珍寶，只在廳屋問候了幾句。之後，便去孟家莊住了兩天，美其名曰孝敬老爺子。她們在，孟辭墨便不好來扈莊了。

十四這天孟辭墨來了，他一進垂花門，就得到了啾啾的熱烈歡迎。

「扎針針、吃肉肉，扎針針、吃肉肉……」

孟辭墨被逗樂了，笑問：「你怎麼知道我是來扎針針、吃肉肉的？」說完「肉肉」，還不好意思地紅了臉。

幾個丫頭都捂嘴笑起來。

江意惜笑道：「孟祖父怎麼沒一起來？我做他愛吃的鍋包肉、滷肝子，讓人請他來吃飯。」

孟辭墨道：「不必了。我祖母十八那日過壽，我針灸完後，會同祖父一起回府住幾天。」又問：「這次要回京，我能不能多推後幾天來針灸？」

江意惜的心顫了一下。昨天，江老太太特地差人來說，孟老太太快過壽了，讓她回京城，同江大夫人一起去孟府賀壽。今生她沒有賴上孟三公子，去了也不會如前世一樣被冷落和譏諷，但江意惜就是不想去。她跟來人說，自己這段時間得了風寒，渾身無力，不能去。

江意惜笑說：「偶爾調整一下針灸時間無妨。孟大哥可以多陪陪老太君，二十五日前過來即可。」

其實，孟辭墨的眼睛已經好一些了，可以適當延長針灸時間。但因不想讓別人知道他的目力有所好轉，所以一切以不變為好。

這一問一答是故意說給除了孟連山以外的人聽的。

孟辭墨又笑道：「昨天江姑娘差人送的點心，我祖父沒捨得多吃，今天都帶回去，我祖母喜歡。」

江意惜笑道：「聽說老太君特別喜歡吃玫瑰水晶糕，家裡還有一些，孟大哥一起帶回去。」

她不是為了孝敬老太太，純粹是為了讓老國公和孟辭墨高興。

孟老太太的身體一直不好，前世江意惜沒見過她幾次。因為孟大夫人的讒言，老太太也不待見她，連請安的機會都不給。

前世老太太過壽，她上杆子去賀壽，老太太連眼神都沒瞄她一下，孟華又出言相稽，讓她在眾人面前丟盡顏面。

所以，儘管知道老太太是被蠱惑的，江意惜仍然對她無感。

施針的時候，江意惜講了那天李珍寶和蘇新幾人打架的事，還特地講了蘇新跟趙元成玩得好。

孟辭墨幸災樂禍。「哼，珍寶郡主好不容易病情好轉，又被氣翻了，聽說皇上斥責了趙、羅、蘇三家的家主，趙元成那幾個紈袴也被打得起不了床，太后娘娘還特地派內待去斥責了他們。」

他略過蘇新和羅肖，只說了趙元成，可見他對趙元成的印象非常不好。

為了加深他對蘇新的印象，江意惜嘟嘴道：「不怪珍寶被氣成那樣，實在是他們幾人的嘴太壞，特別是那個蘇新，說的話能氣死人，連我都想揍他呢！」

孟辭墨很少看到江意惜如此小女兒姿態，不禁笑起來，說道：「不用妳親自動手，等我眼睛好了就找機會揍他們。」

「君子一言。」

「駟馬難追。」

說完，兩人相視一笑。

想著將有好幾天見不到孟辭墨，江意惜滿心不捨。把他送至院門口，望著馬車漸漸遠去。

這天半夜，江意惜正睡得迷迷糊糊時，突然聽到窗戶有響動。她睜開眼睛，朦朧中看到一個小黑影從窗臺跳下來，又衝向她的床邊，不是花花又是誰？

江意惜欣喜地坐起來，伸出手把花花按在腳踏板上。「不要上床，髒。」又提高聲音叫道：「水清，進來給花花沐浴。」今天是水清值夜。

睡在側屋榻上的水清聽了，趕緊起來。

內院也熱鬧起來，許多鳥兒被驚醒，齊聲叫起來。

啾啾被吵醒，非常生氣，又罵了起來。「滾！出去，軍棍侍候！」

花花被罵，很不自在，轉著眼珠想著壞主意。

睡在廂房耳房的水香和水靈也聽到了，都穿上衣裳來給花花沐浴。

把花花洗得乾乾淨淨，再把毛擦乾，才把香噴噴的花花塞進江意惜懷裡。

已經給花花做好了一個小花枕頭，放在江意惜的大枕頭旁邊。花花先聞了聞江意惜，再舔了她的下巴一下，才躺在小枕頭上咧著嘴笑。

「終於又能跟主人一起覺覺了，好香！呵呵呵呵……」

江意惜悄聲問：「在山裡好玩嗎？」

「當然好玩了！找了幾個聰明的朋友玩，有虎哥、豹姨、熊嬸、羊咩咩、花毛雞……」

「你那天晚上哭什麼？害得我擔心了好久。」

花花喵喵叫道：「我正跟羊咩咩玩的時候，突然來了一頭狼，我嚇得爬上樹，可羊咩咩沒跑掉，眼睜睜看著牠被吃了，我好難過喔，就哭了。」

江意惜問：「你能跟虎、豹、熊交朋友，為什麼不能跟狼交朋友，讓牠不要吃羊？」想著不讓食肉野獸吃肉不可能，又說道：「至少不要當著你的面吃，把你嚇著了。」

花花堅定地說：「我絕對不會跟狼交朋友的，我恨牠們。還有蛇，我也不喜歡。」牠打了一個哈欠，下一刻就傳出輕鼾聲。

伴隨著這個聲音，江意惜也睡著了。

翌日，啾啾的叫聲把江意惜吵醒，一睜開眼睛，就看到花花睡在旁邊。牠頭朝上，嘴巴微張，身體和四肢伸得像一根筆直的木頭，江意惜無聲地笑起來。

水清進來服侍，看到花花這個樣子，也捂著嘴樂。

兩人輕手輕腳地穿上衣裳，走出去。

江意惜又做了滷蛋和滷花生，是專門做給花花吃的。啾啾喜歡吃滷蛋黃，也給牠餵了一小半。

早飯剛一擺上桌，花花就被香醒了，跳下床瘋跑過來。

江意惜堅持讓水清給牠擦完臉，才讓牠上桌吃飯。

牠一口氣吃了兩個滷蛋黃、兩個肉包子的餡、小半盤花生米才住嘴，然後把嘴伸長，等著丫頭幫牠把嘴巴擦乾淨。

吳嬤嬤道：「之前花花可沒有這麼能吃，這是怎麼了？」

江意惜把花花抱進懷裡，笑道：「興許牠在外面餓狠了。」

她又給水清安排了一個美差，主要服侍花花和啾啾。

水清剛滿十二歲，玩心還大，最喜歡花花和啾啾，喜得給主子磕頭謝恩。

江意惜抱著花花躲進臥房，繼續問著她感興趣的事。

第一個問題，既然花花的元神能肉白骨，為何前主人八十歲就死了？她不是該活成老不死或老妖精嗎？

花花鄙視了她一眼，喵喵說道：「天意不可違。我的元神是好，也只能救能救之人。我前主人命數是終年八十歲，我也救不了她。她已經是人生贏家，穿越女的典範，該滿足了。唉，我也捨不得她，還想讓下一世的她繼續當我主人，可惜了，她下一世注定要當尼姑，為下下一世的世界女首富積累福氣。」

江意惜有些傻了，又問道：「那你能看出我這一世和下一世的命數嗎？」

「我跟了妳，妳就是女主了，當然是富貴無邊啦！」

「說具體些。」

「天機不可洩漏，說具體了，妳的命數就會變。」

「喔，那還是算了。李珍寶呢？她病情又加重了。」

「我早說了李珍寶命格奇異，除了感情不順外樣樣好，公主都比不上她，死不了的。而且，她這一世遇到了妳，治好了她的鬥雞眼，也變相地改變了一些運數，應該能找到喜歡她、她又喜歡的人……」看到江意惜滿眼八卦，牠趕緊捂著嘴巴說：「天機不可洩漏！」

江意惜又問了關心的人。「依你看，孟辭墨的眼睛能好嗎？」

「我在天上只看我想看的那幾人，來到人間就看不出來了，他眼睛好不好我哪裡知道？

哎呀，無趣得緊，我要去逗啾啾玩啦！」

花花從江意惜懷裡跳下來，跑去門邊，再爬上掛鳥籠的細鐵棍，衝著啾啾「喵喵」叫，教啾啾學貓叫。

啾啾很奇怪，學複雜的人話學得快，可學動物語言就不行了。這麼久了，連雞打鳴都沒學會。

花花一直叫到天黑，再到半夜，叫到除了水清外的所有人都上床睡覺了，還在喵喵叫。

啾啾睏得腦袋像雞啄米，罵人都沒了力氣。牠一睡，花花就用爪子晃幾下籠子，最後啾啾終於在半夜憋出兩聲「喵喵」，花花才心滿意足地跳下地。

花花吃了碗裡的魚和肉，然後由著水清洗乾淨，抱上床睡覺。

外面終於寂靜下來，扈莊的人才進入夢鄉。

六月十九傍晚，斜陽西墜，彩霞滿天。江意惜抱著花花來到莊子門口，望向那條小路。

她在等江洵，結果還沒等來江洵，素味卻來了。

素味的腿還有些微瘸，她說，節食小師父剛剛泡了藥浴，感覺好了一些。她不能出庵堂，又寂寞難耐，請江二姑娘去陪她說說話。時間不長，一個時辰即可。

江意惜也想李珍寶了。她放下花花，又等了半刻鐘，等到燜爐裡的點心烤好，裝了兩食盒，讓吳大伯和水靈拿著，一起去了昭明庵。

雍王爺和李凱、李奇還沒走，李珍寶斜倚在榻上，李奇坐在她身邊，雍王父子坐在一旁的椅子上。

江意惜進屋後，先給雍王爺屈膝見了禮。

雍王四十出頭，是皇上的胞弟，太后的親兒子。這麼高高在上的人物，前世今生江意惜都是第一次見。

雍王爺眼睛不大，嘴唇不薄，皮膚不白，鼻子不挺還有點蒜頭，但長身玉立，氣質慵懶貴氣，組合在一起也算得上是俊秀中年大叔一枚。李珍寶長得非常像雍王爺，只不過把他的缺點誇大了數倍。

雍王虛扶一把，笑道：「聽寶兒說，江姑娘是她玩得最好的手帕交，還治好了她的……哈哈哈，本王謝謝妳了！」

江意惜沒想到高高在上的雍王爺這麼平易近人，也笑道：「節食小師父聰明豁達，又懂欣賞，我們非常說得來，我也跟她學了不少東西呢！」

雍王爺笑眯了眼。「江姑娘好眼光，寶兒就是這樣聰慧！」為了證明這個說法，又說道：「愚和大師也誇寶兒是少有的聰明孩子，不同於其他普通閨閣女子，能做不一樣的大事！」「普通」和「大事」咬得重了一些。愚和大師還說了，閨女因為眼睛變好，面相得到改變，也相對應地改變了某些命數，讓艱難的姻緣更加順暢。當然，這件事就沒必要說出來了。

江意惜笑道：「我一直覺得珍寶這麼好，沒想到，跟高僧想一塊兒了。」

雍王高興得又哈哈笑了幾聲。

李奇在一旁說：「小爺也謝謝妳，經常給偶姑姑送糕糕，好七。」

逗得幾人一陣笑。

他們客氣完後，李珍寶就招手讓江意惜坐來自己身邊。

江意惜上下看看李珍寶，心疼道：「好不容易長的一點肉，又瘦下去了。」

李珍寶嘟嘴道：「是啊，本來就黑，再一瘦，更像火柴棍了。」

雍王爺皺眉道：「寶兒又渾說了。在父王的眼裡，閨女是天下最美的，誰都比不上！」

江意惜挺不好意思的，一句話又讓李珍寶硬扯去了容貌上。她趕緊讓水靈把點心拿過來，笑道：「才烤好，還熱著呢！」

盒蓋一打開，一股香味撲面而來。

「香香！」李奇說著，拿起第一塊呈給姑姑，又拿起第二塊呈給祖父，再拿起第三塊給李凱，最後一塊才自己吃。

江意惜暗道，這幾人的地位高低，幾塊點心就看出來了。

幾人說笑一陣後，江意惜才起身告辭。

李凱還要留飯。

江意惜笑道：「今天我弟弟要來莊子。」

李珍寶又道：「妳弟弟就是我弟弟，改天介紹我們認識。」

「好，到時妳別嫌他聒噪。」

李凱不好再留，派了幾個護衛護送江意惜回去。

江意惜一走，雍王爺就問：「寶兒這麼喜歡弟弟，妳七弟來了，怎地不理他？」

雍王有七個兒子，只有七公子李占比李珍寶小，是現任雍王妃的親兒子。

李珍寶皺著蒜頭鼻子說：「哼，那小屁孩經常學我的鬥雞眼，還以為我沒看到，我幹麼要理他？」

雍王爺不解。「父王不是打過他了嗎？」

李珍寶拉著雍王爺的袖子晃了晃，撒嬌道：「打了他還學，我討厭他，就是不想理他！」

雍王爺見閨女跟自己撒嬌，再看看那個跟自己一模一樣的鼻子，不禁嘿嘿笑著，捨不得再說她。

李凱又問雍王爺。「父王，您覺得江姑娘如何？」

雍王爺道：「你看上那丫頭了？」又沈吟著說：「雖然出身低了些，但模樣嬌好，氣質沈靜，關鍵是跟寶兒相處得好……」

李凱喜得衝李珍寶挑了挑眉。

李珍寶嘟嘴道：「正因為我們相處得好，我才不能害江二姊姊。她跟我一樣，要找一心一意待她的男人，不許男人納妾。大哥想要娶她，先把那兩個小老婆處理了。」

雍王爺扯著鬍子說：「寶兒的相公當然不許納妾，敢惹寶兒傷心，本王就打斷他的狗腿！可江二姑娘嘛，她有如此想法就是嫉妒心重了。那兩個側妃的出身比她還高，怎麼可能為了她去處理她們？」

李凱很想說「我不碰那兩個女人還不行嗎」，可這話又不好意思跟妹子說，只得道：「若江姑娘知道是我求娶，以後能當世子妃，想法或許會改變。」

李珍寶翻了個白眼。跟這一對自以為是又雙標的奇葩父子講不通道理，那就只能不講理了！她蠻橫地說道：「你們倆不是一路人，你不能用你的想法去度她的想法。反正，沒經過我的同意，不許去找江二姊姊的家人提親！」她知道江意惜的家人想用她換取富貴，生怕父兄擅自去說合，江家人同意了，江意惜處於被動狀態。

雍王立即對李凱一鼓眼睛。「寶兒的話聽到沒？」

李凱氣得噘起了嘴，想著：不找江姑娘的家人，那直接找江姑娘問總可以吧？

江意惜還沒進院門，就聽到江洵的大笑聲。

江洵正在院子裡看花花打滾、爬樹、翻跟頭，秦林拉著秦嬤嬤的手，跟江洵介紹著花花的各種本事。

江大也來了，水靈一看到哥哥就跳了一下，拉著江大撒起了嬌，又讓他把二十兩銀子帶回家給祖父。

江意惜拉著江洵進屋，江大也跟進來，講了那件事。

前些天他同幾個人喝酒的時候，「無意中」把夏婆子讓人買走水露的事傳給了某人，這人的兄弟是江三夫人在二門外跑腿的心腹小廝。

夏婆子曾經幫江大夫人做了不少壞事，也坑過江三夫人，所以不止江意惜恨她，三房的人同樣恨她。

江三夫人很快就知道了這件事，又跑去跟老太太說了。老太太非常氣憤，這些奴才居然敢暗渡陳倉，這是欺主！她把江伯爺和江大夫人叫來大罵一頓，說必須嚴厲懲治這些奴才。

江伯爺和江大夫人也生氣，打了夏婆子二十板子後把他們一家趕去遠在定州的莊子。又逼迫買水露的人重新把人賣給江府，幾天後水露的傷勢好轉，讓牙人直接把她賣去了遠地方。而且，水露的腿落下了殘疾，成了跛子，長相再好也毀了。

老太太等人的做法當然不是針對水露，而是讓下人看看，忤逆主子的奴才會有什麼下場。

這個結果讓江意惜非常滿意。到目前為止，她只報了個小仇，收拾了一個丫頭。

江大還說，昨天趙家和蘇家就把趙元成和蘇新送出京城了，大概是怕雍王府報復，不敢繼續待在京城。

江意惜一怔，蘇新離開京城了？離那件事發生還有四個月的時間，若因他的離開，那件事不發生當然更好，但若晉寧郡主換人了怎麼辦？那還不如由蘇新繼續做壞事，自己也能監視他。她說道：「你還是要多注意趙家和蘇家，若他們回京，立即告訴我。」

江大點點頭，又說了一下蘇新和趙元成的情況。

蘇新的父親蘇統領上年才調進京城，任左衛營統領。

蘇新二十歲，據說媳婦前年得病死了，沒有嫡子女，只有一個庶子、一個庶女，小妾及通房若干。蘇新平時不學無術，又不願意進軍營吃苦，捐了個官，在家混日子。

他爹是個二品武官，又在京城人生地不熟，蘇新本高攀不上趙元成和羅肖這些世家勛貴子弟，只跟其他將領子弟混在一起，但今年上半年，蘇新突然跟趙元成玩得好了，趙元成經常帶著他出現在各種場所，包括煙花之地。

趙元成十九歲，年初剛成親。他是京城紈袴之首，打架生事、調戲民女，就沒有他做不出來的事。他爹趙世子打他經常把荊條打斷，也打不掉他的壞毛病。他曾經是皇子伴讀，也上過國子監，家裡給他尋過幾次缺，有文官也有武官，都是幹了幾天就不幹了。

江洵還說，上次在宜昌大長公主府撞江意惜落水的羅三姑娘和蘇二姑娘，就是羅肖和蘇新的妹妹。

江意惜氣得冷哼。這就是家風不好，哥哥和妹妹都是一肚子壞水！

第九章

次日晌飯後，江意惜把那套新做的九絲羅長衫拿出來讓江洵換上，又把自己給他做的一個荷包掛在腰帶上。荷包和上面的花樣是李珍寶設計的，極漂亮新穎。

小少年英姿勃發，更俊俏了，非常像在世時的江辰。

江意惜把著他的肩膀誇獎道：「弟弟真俊俏！」

江洵紅了臉，笑道：「這麼好的衣裳，做客時再穿。」

江意惜道：「穿著還有一套，以後都穿好衣裳。若他們問，就說料子是雍王府送的。老太太勢利，若知道自己跟雍王府關係好，以後也不敢隨意欺負江洵。」

江洵依依不捨地離開扈莊，這回不止捨不得姊姊，還捨不得花花和啾啾。

下晌申時初，孟辭墨突然來了扈莊。

江意惜沒想到他這麼早就回來了，十分欣喜，抱著花花走出來笑道：「我收養了這隻貓，取名花花。」

孟辭墨不認識花花，但花花認識孟辭墨，之前的原身無事就去孟家莊討要吃食，老爺子非常喜歡牠，所以花花對孟辭墨很有好感，衝他嗲嗲地叫了幾聲，還伸出兩隻爪子求抱抱。

孟辭墨沒注意花花，目光深沈地看了江意惜一眼。

江意惜才發現他神色不對，放下花花問道：「孟大哥怎麼了？」

孟辭墨沒言語，直接走進西廂坐定，跟來的孟連山和孟青山沒敢進屋，站在外面聽令。

江意惜親自給他沏了一碗經過處理的茶，坐在對面靜靜望著他。

孟辭墨喝了幾口茶，心緒才平靜下來，冷然說道：「付氏越來越不知所謂，居然再次把手伸到我的婚事上。」

「她給你說親了？」

「哼，不是說親，是直接……直接讓她的姪女……」他沒好意思往下說，臉頰飛上兩朵紅雲，薄唇抿成一條線。

江意惜知道了，孟大夫人一定是讓她那個住在成國公府的表姪女勾引孟辭墨，或者又像前世設計他們兩人一樣，設計一齣「捉姦計」。不一樣的是，這齣戲的女主是知情者。

江意惜心裡一沈，沒經過大腦就問道：「你又被下藥了？吃虧沒？」

孟辭墨看著江意惜，眨了眨眼睛，臉更紅了，憤憤地說道：「大爺我當然沒吃虧！但妳為何說我被下藥了？還『又』？原來有過這種事？」

他不好說的是，若他的眼睛還像原來那樣瞎，就真被人下藥了，吃虧都不一定。他暗自神傷，他父親居然那麼相信付氏，一點懷疑都沒有，還好祖父在……

江意惜的話一出口，就知道自己嘴快了，她也是急昏了頭。

前世，孟大夫人的一個表姪女白紫薇父母雙亡，孟大夫人可憐她，接來成國公府撫養。其實，上輩子不僅是她，就連孟家其他人都以為孟大夫人想把白紫薇說給眼睛快瞎了的孟辭墨當媳婦。現在想來，孟大夫人本意的確是想把白紫薇說給孟辭墨，只不過因為江意惜賴上了孟辭羽，孟大夫人不得已才改變了計劃。她沒有把白紫薇和孟辭墨湊成對，而是來了一齣「一石二鳥」之計，除掉江意惜的同時，讓孟辭墨身敗名裂。

孟連山和孟青山不好聽主子同江姑娘的這些話，都走去了對面的東廂廊下。

江意惜見他們走遠了，才不好意思地說：「不怕孟大哥笑話，我前幾天作了一個奇怪的夢，夢到孟大夫人拿著一丸藥放進茶盅裡，又把茶盅交給一隻白狐狸，白狐狸卻把茶盅端給了你。我當時嚇壞了，想叫你別喝，卻叫不出聲，後來就嚇得清醒過來了。」她早就想提醒孟辭墨，孟大夫人要害他，還會給他下藥，今天正好說出來。

孟辭墨想著自己之前作過的夢，自己殺了孟大夫人再自殺，而今江姑娘居然又夢到孟大夫人給自己下藥？這一定是上蒼再次給自己預警，提醒自己不夠，還提醒江姑娘。自己之前的看法沒錯，付氏對自己恨不得除之而後快！

孟辭墨冷笑道：「江姑娘的夢真準，給我端茶的人可不就是姓白嗎？之前，付氏和我爹提過幾次要把白紫薇嫁給我，我都推了，且我祖父也不同意這樁婚事，他們便不敢再強求。平時，我一個人從不踏足正院，不僅是不願意面對付氏，也怕有什麼意外。可今天上午，我爹說有要事讓我務必去正院一趟，我想著我爹也在，就去了……」將事情經過娓娓道來。

父子兩個在西廂書房剛說幾句話，就有人把成國公請了出去，屋裡只剩孟辭墨一人。稍後，一個丫頭打扮的人端著茶水走進來。待走近了，孟辭墨就看出來了，這哪裡是丫頭？明明是大夫人的表姪女白紫薇，跟孟華還有一分相像！她眼神躲閃、臉色酡紅，一看就知內心極其慌張。

白紫薇是在孟辭墨上戰場後住來到成國公府的，府裡人稱表姑娘。孟辭墨一回來眼睛就不好，半丈以外的任何人和物都看不清楚，且哪怕在同一間屋裡說話、吃飯，他跟白紫薇之間的距離也都在半丈以上，所以他從來不曾看清過白紫薇的模樣，只有這次回府他看清楚了。但除了老國公，其他人都不知道他的目力有所好轉，以為他依然不認識白紫薇。

白紫薇此時冒充丫頭來送茶，那麼這個茶水肯定有問題了！

若他喝了茶，克制不住自己，有什麼不妥之舉，白紫薇大叫出聲，孟大夫人帶人過來，指責他的同時，逼迫他娶她，若那樣，他將百口莫辯。

孟辭墨心裡極是氣憤，不知這場戲他爹有沒有參與？他從小就知道親爹靠不住，可知道爹或許也參與進了害自己的事件中，他還是覺得傷心不已。

他裝作沒認出白紫薇，眼內無波，平靜地問：「妳是誰？」

白紫薇知道孟辭墨看不清她的長相，但她平時沒少說話，怕孟辭墨分辨得出她的聲音，都說眼盲的人聽力好，因此她低著頭不敢言語。

孟辭墨沉了臉，又道：「爺在問妳話。」

白紫薇只得掐著嗓子小聲答道：「奴婢小青，才來這裡當差。」

孟辭墨扯著嘴角笑起來，十分輕蔑地吐出兩個字。「小青……」

白紫薇的臉紅得能滴出血來，這一刻她有些後悔了。她爹雖然官職不高，可自己也是官家之女，想嫁給一個瞎子還要用這種下作手段。但她也是沒法子了，表姑母說，若不用這種法子，等孟辭墨同別人訂親，她就徹底沒有留在國公府的可能了。

雖然孟辭墨是瞎子，但將來會成為國公，自己嫁給他，就會成為這裡的主母，這裡的榮華富貴都會是自己的。白家已經家道中落，若不走這個捷徑，別說嫁給國公世子，就是嫁給公府族親都不易。

想到這些，她捏了捏拳頭，掐著嗓子說了一句。「大爺請喝茶。」

孟辭墨把茶盅拿起來，餘光看到白紫薇的表情一下子歡喜起來。他慢慢把茶盅移到嘴邊，剛張口要喝，似又想到什麼事情，把茶盅放回桌上，餘光又如願地看到白紫薇的表情從興奮到失望至極。

他輕笑道：「我雖看不清楚，但聽妳的聲音很美，猜想妳一定是個極美麗溫婉的女子。」

看著眼前這個冷峻的男人突然笑起來，就像三月桃花被風拂過，竟是比三表哥還好看，聲音也好聽，還誇她美麗溫婉，白紫薇瞬間羞紅了臉，如泥土裡的塵埃一下子飛到了雲端上。她之前見孟辭墨端方嚴肅，以為他是個無趣又剛硬的男子，原來還會甜言蜜語呢！也是，男人不都一樣！

白紫薇忸怩道：「世子爺過譽了。」一高興，忘了掐著嗓子說話，嚇得趕緊捂住嘴，又掐著嗓子說：「世子爺過譽了。」

就這麼個又蠢、又不要臉的東西，付氏居然妄想把她塞給自己當媳婦？

孟辭墨氣得一下子站起來，厲聲喝道：「說！妳到底是誰？來這裡做甚？」

白紫薇見孟辭墨變了臉，又羞又怕，撒腿就往外跑，被孟辭墨一腳踢在地上動彈不得。

聽到動靜，孟大夫人和幾個丫頭、婆子都跑了進來，包括專門服侍孟辭墨的丫頭臨香——來的時候，臨香就被丫頭叫去耳房問繡活。

孟大夫人見白紫薇痛苦地倒在地上，而孟辭墨一臉怒氣地站著，跟自己想像的場面完全不一樣，只得壓下疑惑，故作吃驚地問道：「辭墨，這是怎麼回事？」

孟辭墨冷笑道：「怎麼回事？應該問問這個丫頭！我眼睛不好，可我聽覺靈敏，這丫頭說她是新來正院的小青，但我聽她聲音熟悉，不像新人，問她是誰，她卻想逃跑。她為何要跟我撒謊？是誰派來的奸細嗎？臨香，去看看這個丫頭是誰？」

臨香等幾個丫頭都是孟辭墨自己在外面買的丫頭，平時在府裡的外書房服侍，只忠心孟辭墨一人。

臨香一直以為世子爺跟國公爺在一起，怎麼國公爺不在了，表姑娘卻跑了進來？她非常自責，實話實說道：「回世子爺，是表姑娘。」

孟辭墨冷笑兩聲。「我說怎麼聲音有點熟悉，原來是表姑娘。大夫人，妳娘家人的一些作派忒讓人瞧不上眼。明明是表姑娘，卻扮成丫頭來給男人端茶送水，什麼意思？臨香，把那碗茶拿著，走！」他故意把茶點出來，他知道大夫人不會讓他們拿走那碗茶的。

孟大夫人不敢讓臨香把茶拿走，作勢生氣，一把將茶碗掃在地上，厲聲說道：「辭墨，你不能赤口白牙說瞎話！這丫頭哪裡是紫薇？明明是我剛買來不久的丫頭，只不過長得有些像紫薇罷了。」她氣得瞪了一眼躺在地上不知真暈還是假暈過去的白紫薇，心裡氣極了。這個蠢丫頭，連個瞎子都搞不定！若不是怕孟辭墨把那個姓江的小賤人娶回家，她才不會著急地走這一步臭棋。

孟辭墨沒理她們，帶著臨香去福安堂跟老爺子和老太太告別，說在家都要被人設計，他不敢繼續住了。

老倆口聽說這件事，也是惱怒不已。

老太太道：「老大媳婦溫婉賢淑，不會讓白小丫頭做出這等不要臉的事，一定是白小丫頭心大，聽了那些傳言，才用了這個下作手段。咱們家家風清明，是不能留她了，讓老大媳婦趕緊把她送回老白家，不要把府裡姑娘們教壞了。」

傳言指的就是孟老爺子和孟辭墨跟江意惜姊弟來往頻繁，孟老爺子又不許孟大夫人給江意惜說親，一定是孟辭墨看上了江意惜。

孟老爺子和孟辭墨沒有刻意隱瞞他們同江家姊弟交好的事，一個是便於孟辭墨去找江意惜治眼疾，一個是為了給江家姊弟撐腰。再加上老爺子說他要幫江意惜說合親事，這些人就自動編排出了這種謠言。

老爺子本就對付氏起了一點疑心，這件事令他的懷疑更甚了。那碗茶水，雖然孫子沒能帶回來，可付氏先把證據消滅掉，就證明她心裡有鬼。

但老伴身體不好，事情沒落實之前，他不願意把心中的想法告訴她，讓她煩心，不過還是得要提個醒，讓老太婆心裡有點數。

「老大媳婦不知情嗎？不一定。她還欺負辭墨眼睛不好，不承認那人是白小丫頭。」

老太太道：「老大媳婦嫁進咱們家二十年，她的脾氣、秉性我很清楚。她不是欺負辭墨眼睛不好，而是在那麼多人面前，得給白小丫頭留點顏面。那畢竟是她的娘家表姪女，總不能讓白小丫頭沒有活路。唉，之前我還想著，辭墨的眼睛不好，白小丫頭雖然出身低，但溫柔懂禮，人又長得水靈，他們還真是不錯的一對。卻沒想到，白小丫頭是那樣不要臉皮的人。」

孟辭墨氣結。相信她的人，即使做錯事被抓了現行，也會找藉口幫她圓謊。之前老太太一貫如此，現在出了這事，還是一味地相信。更氣人的是，自己的眼睛不好，就活該找白紫薇那樣的？

正說著，成國公和孟大夫人來了。

孟大夫人眼睛紅腫，一看就哭過。她給老倆口屈膝行了禮，說道：「公爹、婆婆，怪我沒教好紫薇，讓她犯了這個大錯，我會把她送走。」又對孟辭墨說道：「辭墨，我也是無法了。她到底是我娘家姪女，總不能讓外人知道她不知廉恥做下這樣的事吧？這樣不僅害了她，也害了整個白家。算我求你了，給她些臉面，就說你遇到的是一個不知羞的丫頭。」把所有過錯都推到了白紫薇身上，還因為有那種姪女而羞愧難當。

孟辭墨知道，孟大夫人一直都這麼會演，到最後把自己摘得乾乾淨淨，全是別人的錯。但祖母不知道，父親也不知道……或者說，父親願意看她這麼演。

孟辭墨冷哼道：「大夫人讓我指鹿為馬，說那人不是小白，而是小青？我做不到。」

成國公不高興了。再是繼母也是長輩，怎麼能這樣跟長輩說話？他瞪大眼睛質問。「怎麼跟你母親說話的？白姑娘有錯，你母親也承諾會把她送走了，你還有什麼不滿意？」

孟辭墨很想說「付氏不是我母親」，又生生忍住了，只冷笑道：「事情可真巧，把我叫去那裡後，父親就被人請了出去，接著白紫薇打扮成丫頭進來給我送茶，最後那碗茶還被大夫人掃在了地上……」

孟大夫人趕緊解釋道：「辭墨可是冤枉我們了！不錯，之前我和老爺都覺得紫薇乖巧伶俐，脾氣又好，才想把她說給你當媳婦，我們也是為了你打算，但你不願意，我們就撂開手了，誰知那個丫頭會做那種事……還有那碗茶，我實在是氣狠了，沒注意才掃在地上的，你怎麼能冤枉人呢？」

成國公氣道：「臭小子！你連老子都懷疑上了？」

老國公又把成國公吼了回去。「你居然敢在老子面前說老子！」
成國公嚇得趕緊給老國公賠罪。「兒子錯了，兒子言語無狀。」
老國公冷哼一聲，沒理他，對孟辭墨說：「你先回莊子吧，這裡的事我們會處理。」他是看到孟辭墨氣昏了頭，有兩次眼裡冒出精光，怕被人看出端倪，才想趕緊把他趕走。
聽了這齣沒成功的「捉姦」案，江意惜如萬箭穿心。
前世，他們一定也是這麼給孟辭墨下藥的。孟辭墨一直對孟大夫人有戒心，住的外書房嚴防死守，幾個長隨和丫頭能絕對信任，所以不可能在他的地盤下藥。那麼，他一定是被請去了正院。若國公爺不發話，他不會去，即使去了，若國公爺不在，他也會馬上離開。
孟辭墨如此戒備，卻都因為成國公而著了道。
孟大夫人設計孟辭墨，不知成國公是真不知情被利用了，還是根本也是參與者？
人最傷心的，往往是被至親傷害。
而傻傻的自己，身邊的人已經背叛了還不自知，怎麼會不被壞人算計？
萬幸的是，這輩子她沒有再去高攀孟辭羽，孟大夫人為了把孟辭墨和白紫薇湊成對又設計了那個戲碼，而孟辭墨的眼睛有了好轉，識破了他們的陰謀。如此一來，孟辭墨更加提防孟大夫人的同時，也會加深老國公對孟大夫人的懷疑。
江意惜說道：「孟祖父只是懷疑孟大夫人，老太君和成國公卻是絕對信任孟大夫人，因此最後的結果肯定一切都是白紫薇的錯，孟大夫人不知情。為了孟大夫人的面子，長輩們會把白紫薇做的事壓下，而對外的說辭則是妄圖勾引你的就是一個丫頭，你眼睛不好認錯了。說不定，還會把白紫薇出府的藉口怪到你頭上，因為你認錯人毀了她的名聲。孟大夫人一切都是為了你，不得已才把她送出府的。」

孟辭墨也知道會是這個結果。之前，只要他跟付氏對上，就一切都是他的錯，是他心思多，而付氏大器隱忍，為了繼子寧可委屈自己。但是，這次給祖父埋下了懷疑的種子，總是好的。

他長長地嘆了一口氣，說道：「江姑娘，我真希望我的眼睛明天就能好，我有太多的事要做了……我懷疑，付氏針對我不僅只是她要針對我、針對爵位，而是她後面還有人，要針對的是更大的事……」

「你是說三皇子平王？」江意惜剛問出口，就覺得自己造次了，趕緊尷尬地笑道：「若孟大哥為難，就當我沒問。」

孟辭墨沈吟了片刻，扯去了另一個話題。

「我一去邊關打仗，付氏就挑唆祖母給我同王大人的四姑娘訂了親。王侍郎在禮部為官，還是我離京後入京為官的，據說官聲不錯，剛正不阿。但我絕對相信王四姑娘有哪裡不妥，因為付氏不會把好姑娘挑選給我。我本還想著，等我回京後要想辦法退親，後來我眼睛受傷主動退親，王家也半推半就地應了。之後，付氏幾次想把白紫薇說給我，我都沒同意，還好祖父也支持，否則，這門親我根本推不掉。付氏非常會演戲，好兒媳、好母親、好繼母、好女人，她把這麼多重身分詮釋到了極致，在我家人眼裡，她就是這麼好。特別是我爹，眼裡只有她，容不得別人對她有一點質疑。」孟辭墨有些臉紅，覺得自己這樣評價女性長輩不好，若外人聽到，會被詬病。但他忍了太久，憋了太久，當著江意惜的面，許多話不吐不快。「我不是心思多，不是惡意揣測她……」

江意惜很想說「我知道的，孟大夫人就是這樣的人，甚至比你說的更惡毒」，嘴裡卻只能說道：「孟大哥睿智，我信你的感覺，也信你的話。」

孟辭墨看向江意惜，眼前的姑娘美麗、溫柔、聰慧，看自己的眼裡滿含關切。她為自己治眼疾，她的父親為救自己而丟了性命，她總是那麼理解自己，想自己所想……

孟辭墨的心癢酥酥的，如同吹進了柔風，一直緊繃著的身心也舒緩下來。這世上還有懂他的人，有一心一意只為他打算的人。

他情不自禁地打開了一直封閉住的心扉，輕聲說道：「小時候，聽我姊的乳娘悄悄告訴我，我娘懷我八個月的時候，我爹在郊外無意中救了去寺裡上香的付氏，兩人不知怎麼就看對了眼，私下見過幾次面，一個婆子還故意把這件事告訴我娘，我娘氣得要命。我爹看中的不是丫頭，而是官家小姐，出身比我娘還高……」

那時，孟老國公在外面打仗，孟老夫人身體不好，曲氏不敢拿這事去煩她，就跟時為世子的孟道明置氣，結果動了胎氣提前生下孩子，人也大出血而亡。

一年後，付氏嫁進孟家。付氏八面玲瓏，溫柔和順，比單純嬌嗔又長得太過嫵媚的曲氏討人喜歡多了。她待孟月和孟辭墨特別好，還跟孟道明承諾，兩個孩子太小，要等他們大幾歲以後再要自己的孩子。

付氏也的確是在孟月滿六歲、孟辭墨滿四歲才懷身孕的，先後生下孟辭羽和孟華。

這讓孟道明大受感動、孟老太太極其滿意的同時，付氏也成為京城傳頌的好繼母。連太后娘娘都嘉獎過她，讓所有的繼妻都向孟道明的媳婦付氏學習。

孟道明和孟老太太不止一次告誡孟辭墨姊弟，親生母親也不過如此，要好好孝順她。

可是，曲氏留下的人卻慢慢被清理乾淨，只剩下一個林嬤嬤，就是孟月的乳娘。或許是因為林嬤嬤處世圓滑，也或許是付氏不敢一下子清理得太乾淨，必須留一個人做樣子。

孟辭墨七歲的時候，有一次他爬樹掏鳥蛋未按時上學，挨了先生的戒尺和他爹的揍後，林嬤嬤悄悄把他拉到一旁，哭著告訴了他一些往事，讓他心裡有數，付氏是口甜心狠的人，更不要聽身邊人的教唆，那些人是有意在帶壞他。祖父、祖母、二叔、先生的話才是真正為他好，一定要按他們說的話做。

這些話林嬤嬤根本不敢直接告訴孟月，因為孟月完全把付氏當成了親娘，什麼話都跟付氏講。

林嬤嬤看得出來，孟辭墨雖然淘氣，但心裡有數，又人小鬼大。她不知道自己什麼時候也會被趕出去或是被弄死，或許等不到這姊弟兩個長大的那一天，只得跟小小的孟辭墨說了，想著他能記多少是多少。

一年之後，林嬤嬤果真因男人重病出府了。

後來付氏又指派了一個自己人胡嬤嬤去了孟月身邊當乳娘。

孟辭墨把林嬤嬤的話牢牢記在心裡，冷眼看著付氏對他們姊弟人前人後的態度，看她對待親生子女和繼子女有何不同，結果還真讓他看出了一些門道。

比如說，在人前，特別是當著他爹孟道明的面，付氏會讓孟辭墨多讀書，做文武雙全的孩子，這些話跟祖父、祖母、二叔、先生教導他的話一樣。父親也會這樣教他，不過他直接忽略。

但服侍孟辭墨的婆子、丫頭，私下跟他講的就是另一套了。先是猴戲、說書、變戲法怎麼好玩，有了小廝後淘氣的事就更多了。再大些去了外院，也能出去交際了，小廝又會說唱戲、青樓、男歡女愛之類的話。

他的婆子、丫頭、小廝都是付氏派給他的，說的話當然就代表了付氏。

他又偷偷去過幾次孟辭羽的屋裡聽下人們說話，那些人不僅沒說過一句不妥當的話，說的跟付氏教他的幾乎一樣。

小孟辭墨更加相信了林嬤嬤的話，對付氏有了戒備。

有幾次，小孟辭墨也很有心眼地在祖母和二叔面前說了幾句下人教的話，祖母和二叔都不高興了，罵下人教壞了孩子。付氏很自責，趕緊換掉下人，有些話則直接怪到他交友不慎上，禁止他再跟某某及某某某交往。

小孟辭墨很沮喪，這些小打小鬧沒有傷及到付氏一點，自己還不對了。

他不甘心，又悄悄跟難得回來的祖父說了一下林嬤嬤說的話。可祖父說，兼聽則明，偏聽則暗，他會注意付氏。也讓孟辭墨不要偏聽下人的話，要多看多聽，不要心思太多。還說繼母難當，付氏把繼子教養得身強體健、文武兼俱，把繼女教養得溫婉賢淑、美麗敦厚，不易了。

他相信祖父肯定注意了、過問了，但祖父在家的時間很少，又多忙於朝事，即使看了、問了也流於表面。

不過，老爺子還是給了他一個值得信任的小廝——孟東山。

孟辭墨知道了，憑小小的自己根本鬥不過付氏，也就收斂了小心思，跟付氏保持距離，不按下人教的去做，只按祖父、二叔、祖母教的做，但卻還是給長輩們留下了心思多、耍小聰明、對視他如己出的繼母不好等印象。這也更加襯托出孟辭羽的品學兼優、溫潤好學、謙謙如玉。

孟月一直養在付氏的東跨院，付氏的親閨女孟華則養在西跨院，孟辭墨想看付氏私下如何對待孟月卻找不到機會。

但他還是悄悄告訴孟月，付氏是後娘，讓她不要事事都聽付氏的，下人也不能全信。孟月當時很不高興，說付氏跟親娘一樣好，他這樣說不對，會傷了母親的心。

這番話還傳到了付氏耳裡，最後祖母、父親、二叔、二嬸，以及後來回來的祖父，所有長輩都知道了，對他又是一頓教訓。特別是父親，還為此打過他。

孟辭墨非常生姊姊的氣，姊弟關係從此便有了嫌隙。還是在他打仗回來後，看到姊姊被婆家搓磨得可憐，才不忍再怪她。孟月三歲起就被付氏教導，沒有完全長歪已經不易了。

因為孟老國公不許子孫站隊，也就絕了他們給皇子當伴讀的機會，孟家子孫都是上國子監。

在上了國子監後，孟辭墨自己又買了小廝孟連山，再加上祖父給的孟東山，其他下人都不用。這時他才終於像逃出籠子的鳥兒，自由自在，做自己想做的事。

他悄悄找過林嬤嬤，卻一無所獲，想著等以後自己有能力了再繼續尋找，把一些事問清楚。

他十五歲時，正好西部開戰，年邁的祖父又被委以重任，掛帥出征。

他自覺小時候小動作太多，想的太多，耽誤了學業，科舉之路不會順暢，更比不過學業精進的孟辭羽，那麼，他只能從武。但他又不願意像父親那樣，享受父輩的餘恩當官。

想有大出息、真本事，必須跟著祖父去戰場上歷練，由祖父時時教導。還有更重要的，他必須取得祖父的完全信任和欣賞。否則，他文不成、武不就，又時常忤逆長輩，世子之位肯定無望。於是，他提出了跟祖父一起上前線。

祖父非常滿意他的表現，但老太太、孟道明、付氏都不願意。

特別是老太太，都哭了。她的三兒子就是死在戰場上的，死時還不到二十歲，她不願意剛剛十五歲的長孫再去送死。

次日，老太太和付氏還是不願意，但孟道明倒是改變了態度，說孟辭墨有理想、有志氣。老太太和付氏扭不過這麼多男人，只得讓孟辭墨去了。

孟辭墨本想在戰場上大有作為，為母親、姊姊、自己爭一口氣。可事與願違，回來時他的眼睛受傷了，即將成為瞎子……

孟辭墨像是在講別人的事，語氣平緩淡漠，只有說到「即將成為瞎子，無法做到我曾立過的誓言」這句話時，聲音有些哽咽，眼裡似有淚光。

江意惜都聽流淚了。她一直覺得自己和弟弟是孤兒，活得不易，可跟孟辭墨比起來，他們好得太多。

江大夫人和孟大夫人比較，就不是一個等級的，道行差得太遠。一個是精於算計，一點小利都能迷瞎雙眼；一個是步步為營，時刻都在演戲，甚至把演戲當成了生活。

想到有那麼多血親卻孤立無援的小孟辭墨，再想到前世孟辭墨被逼得手刃付氏再自殺……那時他是有多絕望和無助，才會做出那件事？看看孟辭墨，她心疼得心都在發顫。

江意惜問道：「孟祖父睿智，他怎麼也想不明白呢？」

孟辭墨苦笑道：「祖父長年不在家，我是一張嘴，他們是多張嘴，還包括我的親爹和親姊，祖父會相信誰多一些？年少時我跟祖父說過兩次付氏不好，祖父最愛說的就是『我知道了，兼聽則明，偏聽則暗。你是男子漢，眼光不要囿於內宅，要放眼天下』。也或許，他只把我和付氏之間的爭鬥看成了繼母和繼子之間的不睦，屬於不傷筋動骨的小打小鬧。只要付氏不做出危及家族利益的事，不要傷及我和姊姊，他老人家就睜隻眼、閉隻眼。總不好因為一個我，讓我爹難做，讓付氏及她的兩個兒女沒臉。許多大家長，不都這麼和稀泥嗎？想通關節後，我便不再說付氏的不是了。」

江意惜又是一陣肝痛，嘆道：「有理說不清，有理無處說，舉步維艱，寸步難行……你那時還是個孩子，太難了。」

孟辭墨看看江意惜，又道：「不過，我姊的親事實在太糟心，祖父應該對付氏有了不滿。再加上今天這件事，祖父會更有所懷疑。我要謝謝江姑娘，若我的目力沒恢復，今天真有可能掉進她們的陷阱，也會讓我好不容易在祖父心中留下的好印象大打折扣。」

江意惜用帕子抹了一下眼睛，說道：「我一定能治好你的眼睛，盡快讓你的目力恢復如初。真的，我能做到！」之前她不敢確定，可現在加上花花的元神和眼淚，她肯定能做到。

孟辭墨笑起來。「我相信。」

看到江意惜微紅的眼睛和小鼻頭，他有些自責，不好意思地說：「是我不好，讓江姑娘難過了。」

江意惜道：「我原來以為我和弟弟可憐，現在才知，孟大哥更不易。」

孟辭墨道：「男子漢，受點搓磨不要緊，只是可憐了我姊，唉……」

突然，外面傳來花花和啾啾吵架的聲音——

「喵喵喵……」

「出去！滾開，軍棍侍候！」

然後是孟連山和孟青山的輕笑、水清的輕喝聲。

江意惜和孟辭墨都望向小窗，滿庭芳菲中，孟連山和孟青山、水靈站在啾啾的鳥籠下，花花則爬上了細鐵棍，用爪子晃著鳥籠，啾啾被晃得直罵人。

孟辭墨的聲音又響起來。「我受傷之事不排除人為，我懷疑有內鬼，除了連山和東山大哥，我身邊的另幾人都不能排除嫌疑。已經調查了青山和高山，他們不會有大問題，江姑娘幫我治眼睛的事不用瞞他們，但眼睛好了的事卻不能說。若我身邊人真有問題，最有可能的就是孟頂山，他是我爹給我的。我回京以後一直把他派去外面做事，為了不讓他懷疑，連歲數最大、最得我相信的東山大哥也派去了外面，就是為了更仔細地調查，從內部查起，再一步一步往外擴。以後他回來了，江姑娘遇到時要多加小心。」

江意惜驚道：「孟大夫人還沒本事把手伸進軍營吧？」

孟辭墨冷笑。「她當然沒有那個本事，但是，不排除她背後有人。我祖父不許孟家子孫站隊，只能聽命於皇上一人，目前孟家表面上都是這樣做的。我娘同曲德嬪是親姊妹，聽說她活著的時候，她們姊妹就很少來往。付氏跟趙貴妃是表姊妹，親戚關係遠，來往就更少。」

江意惜也聽說過一樁舊事，曲家家世不顯，但兩個閨女貌若天仙，人稱「二曲」，又好命，大曲給太子當了良媛，二曲嫁給了成國公世子。

人們都說孟辭羽貌如潘安，他的名頭比孟辭墨盛多了。但在江意惜看來，孟辭羽長得真心比不上孟辭墨，只不過學業好，名聲在外；而孟辭墨年少時名聲不算好，十五歲便去邊關打仗，五年後回來眼睛又瞎了，這樣的孟辭墨，當然比不過年少多才又清秀俊雅的孟辭羽。

聽說，平王李熙長得也特別好，但江意惜沒見過。

只聽孟辭墨繼續說道：「四年前，我還在邊關打仗，曲德妃和平王就出事了。說曲德妃媚惑太子，平王怒打太子，證據確鑿。皇上震怒，把德妃降成德嬪，把平王和德嬪趕去看守皇陵。因為我祖父的家規，年少時我很少跟平王和姨母來往，卻也看得出平王溫潤平和，睿智有前瞻，姨母更是溫和知禮，怎麼可能出那種昏招……」

江意惜等著他繼續往下說，他卻沒有再說，只靜靜地望著窗外發呆。

孟辭墨雖然沒有說，但根據前世的記憶，以及這一世刻意的打聽，江意惜也知道一些平王和英王、太子的事。

除了成國公府，平王外家及幾家親戚都家世不顯，最大的官就是曲家大老爺，做到按察使司按察使，現在在外地為官。目前，平王親戚中最大的勢力就是表弟孟辭墨，雖然眼睛快瞎了，卻仍然被立為成國公世子。

太子李康貴為元后所生，頗得皇上喜愛，但太過平庸，又剛愎自用，越來越不得皇上歡心。朝中最被看好的皇子是四皇子英王李照，之前還有個三皇子平王李熙。

許多人都說，皇上喜歡平王是因為曲德妃貌美。四年前的那件事，有知道內情的大臣不滿皇上對曲德妃的處置，說太輕了，那麼不守婦道的妖妃應該賜毒酒。

皇上也的確不忍對曲德嬪下狠手，只是把他們母子趕出了皇宮，對外還給曲德嬪留了面子，沒說她媚惑太子，只說她和平王聯手陷害太子。

曲德嬪媚惑太子，製造太子勾引曲德嬪，再由平王因護母而怒打太子的假象被揭穿一事，還是江意惜在嫁進孟府後無意中聽說的。

現在看來，「二曲」的命都不好。或者說都太過單純，一個被趙貴妃鬥敗，一個被還未進孟家的付氏鬥敗。

平王去守皇陵，遠離權力中心，其餘幾個皇子不足為懼。若太子再被幹掉，英王就順理成章起來了。

孟大夫人所圖不止是爵位，應該還在幫她背後的人辦事。她背後的人指的是趙貴妃，也就是四皇子，英王李照。

皇上與元后夫妻情深，元后薨了以後再沒立后。除了太后，後宮掌權人就是趙貴妃。趙貴妃出身權傾朝野的鎮南侯府，若孟辭墨被打趴，孟老國公不站隊，平王就失去了最大的羽翼，別想東山再起。

江意惜有些明白了，雖然孟家明面遵從老國公的囑咐不站隊，然而孟大夫人私下肯定站隊了。成國公孟道明不知道是真糊塗不知孟大夫人的圖謀，還是假糊塗已跟著孟大夫人一起站隊英王。

而孟辭墨，若眼睛好了，肯定要站隊平王。

江意惜又想起前世在珍寶郡主開的食上發生的那件大事……孟老國公是真的忠君，皇上沒廢太子，他就不允許別人動太子。但他兒子不省心，又找了個更不省心的大兒媳。為了孟辭墨、孟老國公還有自己，更為了收拾付老妖婆，江意惜堅決支持孟辭墨站隊平王。當然，最大的支持就是盡快為孟辭墨治好眼睛，讓他去做想做的事。

江意惜開始給孟辭墨施針。

孟辭墨趴在榻上，他對眼前的女子如此信任，連這些心底最深處的話都講了出來，有些話他甚至沒跟祖父說過。

傾訴出來後，孟辭墨心裡一直壓著的千斤重石似一下子挪開了，輕鬆地長出了幾口氣。這麼重要的事都告訴了她，一定要把她娶回家。

孟辭墨偏過頭，看見姑娘窈窕的身姿挪動著，輕盈得像天上的雲。哪怕離得這麼遠，他看她也看得特別真切。

燦若春花、紅顏如花、羞花閉月、花容月貌……她比庭院裡所有的花都美麗。

孟辭墨的臉紅起來，趕緊閉上眼睛，嘴角不自覺勾了起來。

突然，耳旁一陣貓叫驚得孟辭墨睜開眼睛，看到兩隻圓溜溜的眼睛離他的眼睛只有一寸的距離。他不知道這隻貓是什麼時候爬到榻沿邊的，頭下意識往後一仰，一隻手去搧貓頭。

花花直立著的身子一下趴在了地上，扯著嗓門大叫幾聲。

別人聽是「喵喵喵」，可江意惜卻聽出了另一番意思。

「主人，這小白臉對妳有意思！他比馬二郎那個呆子精明多了！」

江意惜正背對他們整理艾條，聽見花花的大叫聲回過頭望去，只見花花瞪著眼睛衝孟辭墨大叫，孟辭墨則一臉懵地看著牠，江意惜輕笑出聲。

孟辭墨不好意思地說：「牠突然跑來，我一時忘了牠是妳的貓。或許，我嚇著牠了。」

江意惜笑道：「無事，牠的膽子大得緊。」她把花花抱起來放去門外，打了牠的小屁股一下，輕聲罵道：「淘氣，不許來搗亂。」

就連這嗔怪的話，孟辭墨也覺得極是好聽。他不敢再偷偷看姑娘，閉上眼睛。

針灸完，已經暮色四合。

孟辭墨不好意思留在扈莊吃飯，起身告辭。

江意惜讓吳嬤嬤裝了一食盒滷菜，讓他們拿回莊子吃。

孟連山和孟青山見怒氣沖沖的主子跟江姑娘說了話後，不僅沒有了一點怒氣，還有了喜色，都非常感謝江姑娘，走的時候還跟江意惜躬身行了禮。

披著暮光的馬車在小路上漸行漸遠，直至看不見了，江意惜才回院子。

想著孟辭墨的往事，她心裡不住地嘆氣，既心疼孟辭墨這麼多年的不易，又恨付氏恨得牙癢，恨不得一巴掌拍死付氏。

飯後，江意惜把下人打發下去，抱著花花坐在床上聊天。

「花花，你怎麼知道孟大哥對我有意思？」

雖然她也看出孟辭墨對自己的與眾不同，但聽了這話，還是有些小激動。她沒有看錯，不是自作多情，而是真的。

花花喵喵說道：「我看到孟老大一會兒閉眼、一會兒睜眼，還賊眉賊眼地偷瞄妳的背影和這裡，」說著，伸出一隻小爪子摸向她的臀部。「還傻笑，一看就是在打壞主意。」

江意惜打掉牠的小爪子，紅著臉嗔道：「壞東西！孟大哥胸懷坦蕩，有浩然正氣，怎麼會偷瞄……這裡。」

花花翻了一下白眼。「我跟了原主人六十幾年，人世間的什麼沒看過、沒聽過？同一件事情，說好聽是愛情，說難聽是猥瑣！主人，妳嫁給他吧，快嫁給他吧！他的面相好，是公侯將相之命，長壽之人。」

江意惜的眼珠轉了轉，套起了小傢伙的話。「他哪裡長壽了？前世五年後就會死，是個短命的。」

花花道：「孟老大原本命格不錯，但頭頂一道疤痕生生斬斷了他的好運。我今天又看了，那道疤已經越來越淡，不久後就會消失。他印堂越來越亮，耳垂上的小黑痣也變紅了，這說明他的命格已經改變。至少，跟馬二郎的壽命差不多。」

馬二郎可是活了八十八歲！江意惜笑瞇了眼。

花花看江意惜自顧自傻笑著，嘀咕道：「愛了就愛了，偏偏還嘴硬，虛偽！至少這一點妳比不上我的原主人，她倒追馬二郎追得腳打後腦勺，不避任何人。」

江意惜不好意思地抿抿嘴，問道：「馬二郎是怎樣的一個人？」

想到那個到了八十幾歲還孩子氣十足的馬老頭，花花咧開嘴樂起來。「那就是個呆子，某些方面比李珍寶還傻……」

江意惜嗔道：「不要這麼說珍寶，她哪裡傻了？」又好奇地問：「你說你原主人又能幹、又聰慧，屬於人見人愛、花見花開那種，怎麼就找了個傻相公？」

「我原主人有能耐，這麼傻的男人還是被她調教好了，官至工部侍郎。他們的結局也非常好，一生一世一雙人，生了一個女兒、四個兒子。我原主人死了不到一刻鐘，馬二郎也拉著她的手死了……」

江意惜遺憾道：「這麼好的一對有情人卻沒有在下一世重逢，女的當了尼姑，真可惜。」

「下一世馬二郎也當了和尚，下意識就是想下下輩子跟我原主人再做夫妻吧。可惜了，他們已經沒有那個緣分了，下下輩子他會當我原主人的爸爸，為她掙下億萬家產。現代社會有句話，女兒是爸爸前世的小情人，也算求仁得仁吧。」

花花唸叨了一堆，江意惜聽得興味盎然，覺得比話本還精彩。

花花跳下地。「好了、好了，嗓子都講乾了，我要去後山找虎哥、熊嬸玩去了。」說完，一下子跳上窗臺，又跳了下去。

江意惜還沈浸在那兩人的故事中……

次日晚上，江意惜正準備上床睡覺，就聽到外院吳大伯的大嗓門——

「花花回來了！哎喲，你怎麼帶回來一隻羊，還頂著一株花？」

接著是幾個丫頭的興奮尖叫聲、花花不高興的喵喵喵聲。

「不許吵，嚇著羊媽媽了！」

江意惜趕緊跑去垂花門前，昏黃的燈光下，她看到外院裡站著花花和一頭野山羊，野山羊頭頂兩隻角之間夾著一堆泥土，泥土裡長著一株蘭花。翠綠的葉子中長出多支花莖，花莖上又長出好些花朵，花朵黃中帶紅帶紫，花香芬芳濃郁，特別好聞。

江意惜在孟家莊看到過類似的蘭花，叫「天女散花」，是建蘭中的皇后，老公爺寶貝極了。眼前這株花比孟家莊那株花還要花繁葉茂，香氣襲人。

花花立著小身子，衝著江意惜喵喵叫著。「喜不喜歡？驚不驚喜？」

江意惜捂著嘴點點頭，意思是很喜歡、很驚喜。

花花又道：「羊媽媽是我的好朋友，現在懷了寶寶，主人收養牠吧，我怕牠被狼群吃了。等牠生了羊寶寶，我還能跟著喝羊奶，體會一把當兒子的幸福感。唉，我前主人生了五個寶寶，五個寶寶又生下十幾個寶寶，十幾個寶寶又生下三十幾個寶寶，但我前主人和她的兒媳婦、孫媳婦也沒有誰讓我趴在她們的胸脯上喝口奶。」樣子遺憾得不行，又道：「蘭花是我在幽谷中看到的，我知道主人喜歡花，請田鼠幫忙挖出來，再讓羊媽媽頂回家。」

江意惜忽略掉喝奶的事，謝了花花，又看看羊肚子，的確有些大。她對羊媽媽笑道：「好，在我家住下吧，我們給妳養老。」把花從羊的頭上拿下來。

羊媽媽衝著江意惜「咩咩」叫了幾聲，溫柔極了。

但凡能跟花花交朋友的，都是聰明的動物。

江意惜對吳有貴說：「給羊弄些青草吃，先拴在廊下，明天再給牠搭個棚，一直養著。」

「天女散花」被保護得非常好，挖的時候也沒傷及根部。

江意惜看看花花，真是隻「貓仙」。之前她開玩笑喊牠貓精，牠還氣哭了，說牠不是貓精，是貓仙。

江意惜讓水清抱著花花去洗澡，她找了個花盆把花栽進去，又用牙籤蘸了一點點眼淚水放進花灑晃勻，澆了這盆天女散花、幾盆珍品花和三角梅。

她想把這盆花送給孟老國公，讓老爺子心情好一些，再為孟辭墨加加印象分。

次日清晨，看到澆了眼淚水的花長得更加強壯和嬌豔欲滴，江意惜滿意極了。

下晌開始雷鳴電閃，連著下了幾天大雨，驅走了炎熱，天氣也隨之涼爽不少。

這天，天氣終於晴朗，孟辭墨又來到扈莊針灸。

看到那個男人嘴角含笑地從陽光中走來，江意惜就滿心歡喜。她希望他一直這樣開心，不沈臉、不皺眉。

孟辭墨笑道：「我祖父昨天回來了，晌午會來這裡吃飯。」

還說，正如他們預料的那樣，孟家的說辭是一個丫頭妄想勾引孟辭墨，但孟辭墨眼神不好，錯看成了表姑娘。白紫薇羞憤難當，痛哭不已，大夫人只得把她送回白家。

孟辭墨這次一點都不生氣，因為這正是他想要的。

他要讓祖父看看，為了維護孟大夫人及她娘家人的尊嚴，他這個世子又一次被人冤枉了。其他長輩不相信孟大夫人知道白紫薇的打算，但祖父肯定會懷疑。特別是那碗被孟大夫人打翻的茶，是她情急之下出現的一個大紕漏。既然她要自保而把所有過錯推到白紫薇身上，就不應該打翻那碗茶。打翻了，就是故意消滅證據，會更讓人懷疑。

老國公是由孟辭羽送來莊子的，孟辭羽今天早上吃完早飯就回京了。

年少起，孟辭墨就跟付氏生的兩個兒女不親近。孟辭羽也不怎麼搭理這個經常與母親唱反調又學業不好的哥哥，兩人很少說話。這次，孟辭羽主動跟孟辭墨說話了，替表妹白紫薇道了歉，還說了幾句自己母親不得已的話。

孟辭墨一句「大夫人一直這麼不得已」的回話，噎得他灰溜溜地走了。

孟辭羽來的事，孟辭墨就沒說了。

江意惜給孟辭墨針灸的時候，特地仔細看了他前額的疤和耳垂。

那道疤在前額左側靠髮際的位置，是他摔跤時留下的。她第一次為他檢查眼睛的時候，這道疤有食指指腹那麼大，顏色是棕色的，之後她便沒怎麼注意了。

而此時，疤痕的顏色已經跟皮膚一樣，疤也平整多了，不注意根本看不出來。

他的耳垂又厚又大，之前她沒注意這裡有顆小痣，現在看到了，很小，呈棕紅色。

疤變淡絕對跟光珠有關係，但小痣變紅，應該是隨著命運的改變而變了。

江意惜笑得眼睛彎成了月牙。

孟辭墨見江意惜一直盯著自己的前額和耳朵看，還離自己的臉這麼近，不覺紅了臉，但還是任由她看。

江意惜回過神，見孟辭墨滿臉通紅，目光灼熱，才知道自己造次了，趕緊站直身子笑道：「奇怪，孟大哥的這道疤快不見了。」

孟辭墨道：「是挺奇怪的，我祖父也這麼說。」老爺子還說「你小子就是天生的小白臉，外人看不到的地方留了那麼多道疤，唯獨臉上沒有。前額有一道，現在還越變越淡」，但這話他沒好意思說。

把銀針扎上後，江意惜就去廚房親自做了老爺子喜歡吃的菜，其中包括鍋包肉。

老爺子來了後，她又親自泡了老爺子喜歡喝的茶，還心疼地說：「孟祖父怎麼了？都瘦了。」

老爺子看看一臉關切的江小姑娘，再看看身上多處扎著銀針的長孫，又高興起來。不管老大兩口子是否真的不省心，但這兩個小兒女絕對是好的，成國公府後繼有人了。

江意惜又笑道：「我送孟祖父一樣好禮物，您一定會喜歡。」

當老爺子看到那盆天女散花時，立即心花怒放。他還是第一次看到開了這麼多花的蘭花，香氣也是頭一份。

江意惜甜甜地說：「這是花花在幽谷中發現，讓野山羊頂回來的，我知道孟祖父肯定喜歡，孝敬您了。」

老國公一直知道花花聰明，特別會討要吃食，沒想到牠還會送大禮！他笑眯了眼睛，趕緊讓孟里去京城請王老大人、張老大人、季老大人來孟家莊賞花，又一迭聲地喊開飯，他們吃完了要趕緊回莊子。

次日，孟中送來六千兩銀子的銀票。還說王老大人出五千兩銀子想強買那盆天女散花，後又出到七千兩，但孟老國公說一萬兩銀子都不賣，兩個老人差點打起來。

老國公不好意思白占晚輩的便宜，便讓孟中送六千兩銀子過來。

江意惜明白老爺子的心思，他知道自己缺錢，但她可不好意思收。「我這裡所有的花、鳥都是孟祖父和孟大哥送的，我都沒出銀子……」

孟中笑道：「這些花、鳥是我家老太爺和世子爺感謝江將軍和江姑娘的善意，但那盆花是稀世珍品，老國公不好意思白拿，還說六千兩銀子並不高。若江姑娘不收銀子，他老人家只得把花退回來了。」

江意惜極感動，不好再拂老爺子的好意，收下了銀票。

花花知道主人掙得大錢後，直起身子望著主人笑。

江意惜抱起花花，親了牠一口，說道：「謝謝你幫我掙了這麼多銀子，我給你做更漂亮的小被子和小枕頭，再做很多好吃的魚。」

花花喵喵說道：「我還要赤金瓔珞圈，掛金鈴鐺！原主人給我做過好多，換著戴。」

江意惜非常痛快地答應了。

第十章

日子一晃到了八月初。天氣漸漸轉涼，莊子外的稻子沈甸甸、金燦燦。

羊媽媽生了兩隻羊寶寶，花花借羊寶寶的光，趴在羊媽媽的肚皮上喝奶，感覺到了嬰兒的快感，「喵喵」聲更嗲了。

那盆「天女散花」的花期罕見的長，直到現在還在開花。孟老爺子到處嘚瑟，請了許多人到莊子賞花。

孟辭墨的目力又好了許多，他同幾個知情者偷著樂。令他苦惱的是，老爺子經常讓人來莊子賞花，他裝瞎子裝得極辛苦。

李珍寶的身體也有了好轉，但依舊不能出庵堂，江意惜會在特定的時間去陪她一個時辰。因為她喜歡花花和啾啾，江意惜偶爾會輪流帶這兩個小東西去哄她開心。

江意惜也有了自己的資產。花四千九百兩銀子在附近買了七百畝良田，交由吳大伯父子管理。

她還沒立女戶，照理名下不能置產。但李珍寶讓雍王府出面，去衙門把「食上」的兩成股歸在她個人名下，田地也就自然而然上在她的名下。

李珍寶建議她買鋪子、買宅子，鋪子賺錢快，宅子能增值。可江意惜堅持買了地，她覺得有地才心安，心安後再說其他。李珍寶又取笑她是土得掉渣的土老財，只知道買地。

初六這天下晌，未時末，江意惜抱著花花，正準備去昭明庵探望李珍寶，就看見孟辭墨興沖沖來到扈莊。

今天不是他治療的日子，他罕見地情緒外露，難掩興奮，只帶了孟連山一人。

江意惜看懂了。她沒有問話，只是神情激動地看著他的眼睛。

孟辭墨也沒有說話，看著江意惜笑。

他看她看得更真切了，秋潭一般溫柔的眸子裡盛滿喜悅，花瓣一樣美麗的唇漾著笑意，她在為他而欣喜若狂。

江意惜懷裡的花花看看前面的他，再抬頭望望她，然後張大嘴巴喵喵叫起來。「過去的李珍寶！過去的李珍寶！」

江意惜被牠叫得清醒過來，想想牠的話，臉頰紅得如打了胭脂，垂下眼眸。過去的李珍寶，就是「對眼」，這是在諷刺他們看對眼。

她拍了一下小東西的小屁股，嗔道：「叫什麼叫！」

孟辭墨也趕緊收回目光，眼睛看向別處，又轉向她，笑道：「我祖父要來吃晚飯。」

老爺子高興，一定要來扈莊吃飯慶祝。

本來他們上午就想來，但上午有客人去孟家莊賞花，還在莊子喝了酒。等他們走後，孟辭墨才趕來了這裡。

江意惜讓水靈和水清抱著花花拿著食盒去看李珍寶，自己同孟辭墨進了西廂，檢查孟辭墨的目力。右眼完全恢復了，左眼也能看一丈開外的物體，只是有些模糊。

如此，完全能夠正常生活了。「恭喜孟大哥！」江意惜激動不已。

孟辭墨道：「江姑娘說讓目力有起色，快則兩個月，慢則半年，可現在剛剛三個半月。」又很矯情地搖了搖頭，笑說：「現在什麼都好，就是裝瞎子裝得辛苦。」

這話逗得江意惜樂不可支。

江意惜知道，光憑她的醫術不可能好得這樣快，這多得益於花花。她笑道：「再繼續努力，或許一個月後目力就能全部恢復了。」

孟辭墨憧憬著那一天。到時他會離開京城一段時間，說要去外地求醫。

他又悄聲道：「晚上讓花花去我那裡一趟。小東西聰明得緊，我有樣東西讓牠帶給妳，看牠能否不辱使命。」自己的眼睛好了，是時候向姑娘表白了，但怕嚇著她，先暗示一番。

江意惜臉色酡紅，點點頭。

她把藥重新換了幾味，針灸也不能施得太勤，延長到十日一次。

兩人又悄聲商量，對外的解釋是，這麼久了孟辭墨的眼睛依然不見好，只得減少治療次數。若再治不好，就另請高明。

江意惜的師父是沈老神醫這事只有孟家祖孫知情，連孟連山這種心腹都不知道。其他人裡哪怕真有奸細，對孟大夫人或者她背後的人稟報江意惜在給孟辭墨治眼睛，也不知道真相。他們只知道江意惜喜歡看醫書，不知跟誰學了點醫術，把珍寶郡主的對眼治好了，孟老爺子和孟辭墨病急亂投醫，試著讓她治。

如今，李珍寶對眼治好的事已經傳去京城，除了極少數人，絕大部分人都不知道是誰治的，畢竟珍寶郡主有對眼的事不好明著議論，治病的事就不能明說了。

水靈和水清走在半路上，就遇到坐著馬車的李珍寶、李凱及一群護衛下人。

李珍寶的身體好多了，蒼寂住持同意她今天去扈莊玩到吃完晚飯。

李珍寶掀開車簾，聽水清說莊子有客人，所以江意惜讓她們去給自己送吃食。李珍寶伸手把花花接過擼了幾下，問道：「哪位客人？」

水靈道：「是孟世子，他來跟我家姑娘說，老公爺晚上要來莊子吃飯。」郡主跟姑娘關係好，也知道孟家祖孫偶爾會去扈莊玩，她便實話實說。

李珍寶笑道：「是孟世子啊，我早想結識他。走吧，我們也去吃晚飯！」

李凱在庵堂待得難受，但父王讓他這幾天必須陪妹妹，他不敢不陪。聽說孟辭墨在扈莊，哪怕跟對方不算很熟，又沒有多少共同話題，但總是個能說得上話的男人，便也露出笑意。

水清和水靈對視一眼，只得往回走。

水靈要提前跟主子稟報，小跑著回去。節食小師父來了，就不能吃肉！

聽說李家兄妹要來，江意惜望向孟辭墨。

孟辭墨抿了抿薄唇，說道：「祖父說，雍王世子和雍王爺一樣，看似什麼都不上心，卻有他們獨到的精明之處。」

他平時很冷情，哪怕有人去孟家莊拜見他和老國公，他也不願意出面見人。而今如此，是因為恢復了目力，對未來又有了展望，想結交皇上比較喜歡的姪子和太后極其寵愛的孫女吧？江意惜為他的變化感到高興。

她把那種經過處理的茶收起，重新沏了茶。不是捨不得給李珍寶喝，而是不好說出處。

孟辭墨繼續坐在西廂喝茶，孟連山進來服侍主子。

江意惜去廚房讓人把肉菜收起來，再多做些李珍寶喜歡的吃食。

李珍寶兄妹進門後，江意惜請他們去西廂。

啾啾已經認識李珍寶了，衝著她大叫著。「花兒、花兒，扎針針、吃肉肉……」

李珍寶脆聲笑道：「色啾啾，等我見過孟大哥，再來同你玩！」

孟連山把主子扶起來，低聲道：「雍王世子爺、郡主來了。」

孟辭墨眼神空洞地望向門邊，抱拳道：「世子爺、郡主。」

李凱笑道：「孟世子，許久未見。」

李珍寶則被眼前的美男驚了一跳。他穿著石青色錦緞箭袖長袍、玉帶，頭戴珍珠束髮冠，長身玉立，風姿卓越。

天哪天哪，這位冷面俊男比自家哥哥漂亮多了，也比前世那些小鮮肉明星好看，有一種冷峻與儒雅、俊美與英武兼俱的美。特別是那雙空洞微挑的眼睛，讓人心醉又心痛。

都說孟三公子貌若潘安，眼前的美男才是潘安再世好不好！

發現李珍寶直勾勾地看著孟辭墨，李凱趕緊拉了拉她的袖子。

李珍寶用極小的聲音嘀咕一句。「多看看有何妨？反正他也看不到。」

孟辭墨的眉毛幾不可察地皺了一下，這個又黑又瘦的小丫頭的確與眾不同。

江意惜忍住笑，請李凱和李珍寶上座。

李凱坐去了八仙桌右側上座，李珍寶坐在他下首，又拉著江意惜坐在旁邊。

孟辭墨之前坐的是左側第一把椅子，孟連山扶著主子坐下。

李珍寶衝孟辭墨一笑，脆生生地說道：「孟大哥，你的大名如雷貫耳。」

孟辭墨看著李珍寶的方向，眼神空洞又詫異。

江意惜暗樂，原來孟辭墨的演技這麼好，怪不得目力好轉這麼久，別人都沒看出來。

李珍寶被這無辜又無神的眼睛打動了，關鍵是這雙眼睛還極漂亮啊！她笑道：「孟大哥一定沒少聽江二姊姊說起我吧？」

孟辭墨點頭。

李珍寶又道：「這麼說來，我的名號孟大哥也是如雷貫耳了？」

孟辭墨又點點頭。

李珍寶嘟嘴道：「我長得很可怕嗎？我嚇著你了嗎？幹麼只點頭不說話？」

孟辭墨應付不來這種說話沒遮攔的小姑娘，神色有些尷尬，不知該說什麼，又不好發火。

李凱忙道：「孟世子勿怪，我妹子隨興慣了，又沒結交過外人。」

江意惜拉起李珍寶說道：「啾啾又新學會了一句話，讓牠說給妳聽！」

李珍寶不想走，硬被江意惜拉走了。

李凱的目光追尋著江意惜的背影。

孟辭墨的眉頭幾不可察地又皺了皺。

進了上房，李珍寶格格笑道：「我把孟大哥調戲傻了！」

江意惜皺眉道：「不能這樣對待外男，他會被妳嚇跑的。」

李珍寶一聽會把人嚇跑，趕緊收了笑容。「好嘛、好嘛，不開玩笑了！唉，可惜了，那麼好看的眼睛，卻是瞎的，就像斷了臂的維納斯。」

江意惜疑惑道：「什麼絲？」

李珍寶笑笑沒言語。

江意惜又道：「孟大哥也沒完全瞎，還能看到一點點。」

李珍寶問道：「妳在幫他治眼睛？」
江意惜故意嘟了嘟嘴，嗔道：「還不是拜妳之賜！孟祖父聽說我把妳的眼睛治好了，硬是讓我幫孟大哥治，還說死馬當成活馬醫。我治了一段時間，好像沒什麼效果。」
李珍寶呵呵傻笑兩聲。「如此一來，江二姊姊才名遠播是好事，妳應該感謝我才對。若妳能把孟大哥的眼睛治好就好了，那麼好看的男人，眼睛瞎了多可惜啊！」說著，她的小眼珠一轉，又八卦道：「江二姊姊，妳對孟大哥是不是……」抬了抬眉毛，一副曖昧的樣子。
江意惜紅了臉，嗔道：「哪有？胡說什麼呀！」
李珍寶繼續說著。「若孟大哥娶了妳，他會一心一意對妳嗎？」又篤定地點點頭。「都說孟大哥最像孟老國公，今天看他的長相，雖然冷峻，目光卻乾淨得像天山上的雪，肯定能一生一世一雙人。」
江意惜紅著臉連連否認。「妳說哪兒去了？我們沒有。」
李珍寶笑道：「真沒有？若江二姊姊真沒有那個意思，我就上嘍？我不嫌他眼瞎，我願意給他當眼睛！」
江意惜嚇一跳，忙道：「珍寶不可！」
李珍寶了然地笑起來。「看把妳嚇的，露餡了吧？呵呵，防火防盜防閨密。我是好閨密，又有一整片森林等著我去發現，妳不需要防我。」難得看到氣定神閒的江意惜方寸大亂，李珍寶笑得更得意，又道：「雖然孟大哥長得俊，但一看就是個無趣的男人，像理工男，生活在一起肯定很乏味。」

江意惜不知禮工男是什麼意思，點了一下她的小腦袋嗔道：「歲數不大，懂得挺多！」

李珍寶道：「我又不是白癡，那些事怎麼會不懂？之前身體再不好，只要是醒著，都會讓人教我認字、寫字，雖然字寫得難看，可認識的多，還看過許多話本子和雜書。」這是她為以後馳騁上京城找的藉口，可惜了，不能豔冠。

江意惜當然知道她是怎麼回事，誇張地笑道：「是，我們的李才女冰雪聰明，許多東西一看就會，還能舉一反三呢！」

李珍寶笑得眼睛瞇成一條縫。不怪自己喜歡江意惜，人家就是這麼善解人意，把自己想說的話都說出來了！她一高興，又販賣了一個情報。「我哥還想打妳的主意，我知道你們不是一路人，攔了，明明白白告訴他，不把他那兩個側妃弄走，不發誓不找小老婆，江二姊姊絕不會嫁給他。」

江意惜紅了臉，想著李凱就是把那兩個側妃打發走，她也不可能嫁給他。「還好妳攔了，我和李世子的確不是一路人。」

李珍寶攤出手，素味便把一個小錦盒放在她手上。「姓蘇的、姓趙的、姓羅的那三個小子都躲出了京城，到現在也沒敢回來，我大哥想揍他們都打不到人。他們三家去雍王府送禮，我父王不僅沒接，還把人打了出去。他們請了許多人說和，直到前兩天我父王才把禮物接了。我看了禮單，挑了五顆珠子讓人拿來，送給江二姊姊。那天也把妳嚇著了，給妳壓驚。」

江意惜忙推拒道：「那天我沒幫妳打架，一直自責著呢，怎麼好意思收這個禮？」

李珍寶豪爽道：「我不需要妳幫忙打架、吵架，有我父王足夠了！那天妳也受了驚，拿著。」

江意惜只得接了。打開蓋子，裡面是五顆比桂圓小一點的橢圓形東珠，一樣的大小，泛著瑩光。她還是第一次親手拿著這麼漂亮的珠子，笑道：「好漂亮，好大。」

李珍寶道：「我還留了五顆。我不太善於做頭飾，就用來做些別緻的耳墜和指環、頸鏈，做其他飾品也行。江二姊姊先別用，等我身體好些了，設計些漂亮首飾，咱們做一樣的。妳長得漂亮，給我當模特兒。」李珍寶再自我感覺良好，也知道自己長得不怎麼樣，戴再好看的東西也吸引不了人。推銷好東西，還是得找靚男美女。

江意惜不知道模特而是什麼，想著李珍寶不會害自己，便點頭允諾。又想著，蘇新大概快回京城了，陷害孟月的應該還是他。

不多時，孟老國公來了，二人出去行了晚輩禮。

老爺子笑道：「郡主長高、長胖了，小模樣也俊俏多了。」

李珍寶被誇得眉開眼笑，脆生生笑道：「謝謝孟祖父誇獎！以後孟祖父請我父王或者江二姊姊去孟家莊玩時，記得把我也叫上，我很喜歡作客呢！」

老爺子一陣暢快的笑。「好！郡主性子豪爽討喜，難怪太后娘娘和雍王爺都稀罕。」

見老爺子進了西廂，李珍寶又硬拉著江意惜跟進去。

這次李珍寶沒敢再放肆，老老實實聽幾個男人說話。

她眨著小眼睛，不時看看這個、再看看那個。看得最多的還是孟辭墨，覺得他不止人好看，聲音也好聽。

她也才知道，平時看著沒有正形的哥哥，朝事上竟還懂得不少；孟老國公能得皇上看重，又能得自己父王那樣的老紈袴欣賞，的確會說場面話，會左右逢源。

江意惜看到孟辭墨的鼻尖上冒出幾顆小汗珠，知道他不是熱的，而是被李珍寶看的。她幾次想把李珍寶勸出去，但都沒成功。

晚上，三個男人在西廂吃飯、喝酒，兩個姑娘去上房吃。

李珍寶不願意。「就幾個人，一桌吃唄！」又退而求其次。「一間屋也行。」

江意惜哄著她跟花花一桌，讓她看看花花有多能吃，這才把李珍寶勸走。讓她跟那祖孫倆一間屋，孟辭墨肯定吃不飽。

飯後，孟家祖孫和李家兄妹告辭。

李珍寶還想把花花抱去昭明庵玩，結果花花躲開了，跳進老國公的懷裡，又逗得老爺子一陣笑。

李珍寶知道花花不喜歡跟她去庵裡吃素，罵了一句。「饞嘴貓！」

花花今天真的不是因為嘴饞，而是主人讓牠去孟老大那裡帶東西。

上了騾車後，老爺子見孟辭墨薄唇緊抿，很不高興的樣子，便說道：「看人不要流於表面，李珍寶那小姑娘雖然不太穩重，但眼神清明，比那些蔫兒壞的人強多了。江小姑娘跟她玩得那樣好，也就說明她是個好孩子。她們兩人關係好，於你將來有大用。」

孟辭墨道：「我還不至於跟個小姑娘一般見識，是看不慣李凱。他看江姑娘的眼神不對，很令人倒胃口。」

這個孫子吃醋了！老爺子笑得眉目舒展。「李凱比我孫子差遠了，江小姑娘看不上他。」關心則亂。李凱只是一個紈袴，江姑娘怎麼會看上他！

孟辭墨勾唇笑起來。

花花自認為得到了第一手情報，跳下老國公的腿，又跳出車窗，跑回扈莊。

還沒進正院牠就大著嗓門喵喵叫著。「孟老大吃李凱的醋啦！孟爺爺看好妳當他的孫媳婦啦！」

雖然別人聽不懂花花的話，但江意惜還是不願意牠當眾說這些話，拎著牠進了臥房。

知道孟老爺子願意自己當他的孫媳婦，江意惜很高興。有了他的首肯，她進孟家門更容易了。

花花見主人滿含深情地望著窗外，嘴角含笑，篤定她在想孟老大，喵喵叫了句。「意亂情迷呀、春心萌動呀，樣子跟馬二郎一樣傻！」

見牠跳上窗臺，要跳下去之際，江意惜一把抓住了牠。「等等，我也有樣東西要帶給孟大哥。」

她去抽屜裡拿出一個小荷包及一條她親手繡的男式帕子。想了想，實在不好意思送帕子，便拿了幾顆香丸裝進荷包裡。

江意惜先把荷包繫在花花的脖子上，怕荷包被什麼勾到勒痛花花，又把荷包取下來，給牠戴上新打好的金項圈，再把荷包繫在金項圈上。牠的腦袋小，若金項圈被勾住，牠的腦袋可以縮出來。

江意惜囑咐道：「不要弄丟了，一定要交到孟大哥手上，孟大哥給的東西更不能弄丟。」

花花嘀咕了一句。「搞得我像送快遞的！」

「什麼快地？」

花花已經跳上窗臺再跳下去，跳上牆後消失在暮色中。

天黑透了，院門突然響了起來，特別突兀。

「誰呀？」吳大伯的大嗓門問道。

「是我，江大。」

吳大伯趕緊把門打開。

江意惜來到側屋。江大這麼晚來，八成有蘇新的消息。

江大進來稟報道：「姑娘，蘇新今天晌午回京了。」

江意惜道：「好，我知道了，繼續盯緊他。」又給了他五兩銀子，交代了幾句，就讓他去跟水靈說話，明天早上再走。

在江意惜快要睡著的時候，小窗傳來響聲，不用想也知道是花花回來了。

只要花花不在家，哪怕天轉涼了，江意惜也堅持不關臥房的小窗。她不怕老鼠會鑽進來，自從養了花花後，莊子就再沒出現過老鼠。

江意惜坐起來掀開紗帳，清輝中，朦朦朧朧看到花花跳下窗臺。

花花跳到踏板上，立起身子拍拍脖子上的荷包，喵喵叫道：「孟老大讓我給妳送信物！」

荷包也換了，不是之前的那個。

江意惜把荷包取下，提高聲音讓丫頭來給花花擦毛、洗腳。天氣轉涼了，不能經常給小東西洗澡。

水清把花花抱出去，江意惜才打開荷包。裡面裝了一枚玉扳指，扳指碧綠水潤，上面還刻了一個「墨」字。

孟辭墨送過江意惜不少東西，但江意惜知道這樣東西不同尋常，代表了他的心意。

江意惜把扳指托在手心看了許久，心緒澎湃。這個男人才是心悅她的，也是她心悅的。

不用問，她也知道他只愛她一個。如此，哪怕孟家是龍潭虎穴，她也闖得心甘情願。

為了她和孟辭墨將來的美好日子，也為了報前世之仇。孟辭墨的眼疾即將完全恢復，再有老爺子和花花，還有她的「預知」，不信鬥不倒付氏及她背後的人。

今生今世，一切都變了。

這一刻，她徹底下定了決心。

聽到丫頭走近的腳步聲，她才用帕子把扳指包好壓在枕下。

花花被打理得乾乾淨淨，江意惜把牠抱了過來。

水清走後，花花喵喵叫道：「主人嫁給孟老大，我就能叫主人娘親了！」

江意惜羞紅了臉，戳了一下牠的小腦袋。「胡說什麼呀！」

花花翻了個白眼，喵喵叫道：「本來就是嘛！成親就要那個，那個就會有孩子啊！呵呵，好神奇……」

江意惜又紅著臉戳了一下牠的小腦袋。「花花，你跟著你前主人在人間待了六十幾年，沒找過母貓？」

花花幽怨地看了她一眼，喵喵道：「我還沒有成年，做不了那事。唉，哪怕母貓再心悅我、撩撥我，我也無能為力，好遺憾啊……」

牠的樣子逗得江意惜笑癱在床上。

花花氣得眼淚都湧上了，小紅鼻頭聳了聳，喵喵叫道：「沒有同情心，人家白對妳那麼好了……」

傷著牠的小心肝了，江意惜趕緊道歉。「對不起，是我不好。我倒覺得你不找母貓是好事，你是貓仙，總有一天會幻化成人形，到時候找女人。找母貓嘛……不好的。」一話說出口，江意惜有些臉紅。重活一世，自己真的是性情大變，什麼話都敢說，什麼事都敢做。

花花也覺得主人的話有道理，找母貓，拉低牠的格局了，還是主人懂牠！牠又高興起來，伸長脖子舔了江意惜一下。

次日晚上，花花又去了孟家莊，孟辭墨說，晚上來會請牠吃魚丸。

牠去的時候，項圈上依然掛著荷包，裡面裝的是江意惜親手繡的帕子。這種帕子她偷偷繡了好幾條，略大，一看就是男人用的。

回來的時候，荷包裡不僅裝了兩朵珠花，還有一封信。

信上只有八個字——一日不見，如隔三秋。

江意惜想到李珍寶說孟辭墨「無趣」，不禁笑了起來。他哪裡無趣了？哪裡乏味了？他的好，只有自己知道。

孟辭墨一直說自己少時課業一般，可字卻寫得非常好，龍飛鳳舞，遒勁有力。

江意惜想到自己這輩子心心念念的事，又提筆寫了幾個字——願得一心人，白首不相離。

寫好後，求著花花再跑一趟，並承諾明天給牠做三種口味的魚。

為了那口吃食，花花再不願意還是去了。
孟辭墨的回信是——弱水三千，只取一瓢飲。
江意惜再也坐不住，來到窗前，伸手把小窗推開。夜空深邃，半輪明月斜掛天邊。
孟家莊的一個小窗裡，孟辭墨也正凝望著天上的明月，想著那位姑娘……
之後，孟辭墨隔三差五會給江意惜送禮物。若花花在最好，他送出禮物的同時，也能收到江意惜的禮物。花花不在，就會讓孟連山送，不好送飾品和信，就送書、茶、花或者吃食，江意惜也不好意思送回禮。
初九傍晚，江洵又來了莊子，同來的還有江大和秦嬤嬤。
江洵道：「姊，祖母和大伯讓妳明天跟我們一起回府。」
江意惜不可能現在回去，冷哼道：「這麼快？是聽說我幫珍寶郡主治好眼疾了嗎？」
「嗯，他們是聽說了，還問我是不是真的？我說我只知姊跟珍寶郡主玩得好，治沒治病不清楚。祖母和大伯特別高興，說讓妳住回府，只看望珍寶郡主那天回來莊子。只有江意言不相信，說姊是傻的，怎麼可能會治病。」一說到江意言，江洵就不高興，眉毛都皺緊了。
江意惜忽略掉江意言，覺得那老太太一定以為她想住回府，以為這樣是在交好她。
沈吟了片刻後，江意惜說道：「你回去跟她說，珍寶郡主現在的身體狀況不穩定，哪天好、哪天不好誰都不知道。我現在不好回京城，等珍寶郡主的病情穩定以後再說吧。」

想到幾個下人前世的悲慘境地，他們的奴契不攥在自己手裡，江意惜心裡總不踏實。

她拿出一疋妝花緞及一罐茶葉。「明天把這兩樣東西送給祖母，這是雍王府送的妝花緞，這是孟老國公送的明前吳城龍井。再跟她說，我跟前的一個奴才不太得用。」

另外，又給江意柔扯了兩塊九絲軟羅做衣裳。

若老太太把奴契給她，說明老太太雖然涼薄自私，還算聰明，以後可以適當合作。若老太太不給，說明她不僅涼薄自私，還不識時務，這樣的人沒有合作的可能。

江洵也懂姊姊的意思，點頭答應。

飯後，江意惜單獨把江大叫去了側屋，蘇新的事不好讓太多人知道。

江大稟報道：「二姑娘，趙公子和蘇公子回京第二天就去百子寺燒香，還在那裡住了一宿。」

百子寺這個名字江意惜永遠也忘不了。不僅因為名字特殊，還因為孟月就是去百子寺求子出事的。

百子寺座落在玉香山山腰，供奉的是送子觀音。據說求子特別靈驗，許多不孕或是生不出兒子的婦人都會去那裡燒香求子。

那天夜裡孟月和蘇新幽會之時，服侍孟月的下人睡得極熟，還是另一個下人偷偷回家半夜歸來時，發現情況鬧出來的。

蘇新害怕，逃跑時失足跌下懸崖摔死了，孟月回府後也上了吊。幾天之後，百子寺意外失火，被燒了個精光。

江意惜的神情嚴肅下來。這麼巧，此蘇新肯定就是彼蘇新了。

只是，他們為什麼要去百子寺燒香？倒不是說不求子就不能去百子寺燒香，也有許多香客求姻緣或別的，但是，幾個月之後蘇新和孟月在百子寺出了事，蘇新還摔死了，然後百子寺被一把火燒沒了，這就耐人尋味了。

前世，許多人都說那把火是孟家氣不過讓人點的，但孟家不承認，別人也拿不出證據來。

江意惜問：「你看到蘇新，或者蘇家人跟黃家有來往嗎？」

江大搖頭。「從來沒看到他們或是他們的家人有過來往。奴才覺得，黃家是世家大族，書香傳家，應該不屑於結交蘇家這樣的莽夫。」

江意惜看了一眼江大，這人的確粗中有細，他的話也給了她一個啟示。

或許，黃家和晉寧郡主根本就沒參與那件事，整件事都是趙家和付氏弄出來的。孟月死了，既除掉付氏的一個眼中釘，更加打擊了孟辭墨和孟老國公，若能讓他們早些死當然更好。同時，也讓身為股肱重臣的黃侍郎及曾經身為帝師的黃老太爺同跟孟辭墨姊弟有血親的平王有了芥蒂……

他們在百子寺肯定有問題，所以才會一把火把百子寺燒了。

這些雖然是推測，江意惜卻越想越覺得有道理。

趙家和付氏打得一手好算盤，一直把晉寧郡主推在前面，讓所有人知道晉寧郡主和兒媳有隙，即使對孟月出事有懷疑，第一個想到的也是晉寧郡主在整兒媳婦。

江意惜悄聲道：「蘇新那裡暫時放下，先打探打探百子寺的情況，自己注意安全。」

孟月的下人肯定有問題，但江意惜沒有一點辦法。孟辭墨離府這麼多年，又有眼疾，肯定也沒辦法。

次日一早，江意惜還在廚房給江洵做早飯，江洵在院子裡跟著江大練武時，孟家莊的王嬤嬤就來了。

王嬤嬤笑道：「老公爺讓老奴來跟江姑娘說，他知道江二爺會來扈莊，昨天下晌就讓老奴去昭明庵請珍寶郡主去孟家莊作客。正好雍王爺也在，他們跟蒼寂住持商議後，說今天午時初能去莊子玩一個時辰。老公爺請江姑娘和江二爺去莊子玩，江二爺早些過去吃早飯，江姑娘去吃晌飯即可。喔，再把花花也帶上。」

江意惜笑著答應。

等飯做好，裝了滷雞蛋和一些烙飯、一罐粳米粥，讓江大和水靈拿著，江洵抱著兩手捧著肉包子的花花，一起去了孟家莊。

已時末，江意惜才又帶著滷雞蛋、滷豆干、滷花生米等滷素菜去了孟家莊。若李珍寶不去，她還會帶滷肉去。

廳堂外，孟連山幾個正在教江洵練武，老國公和孟辭墨在廊下看著，花花蹲在一個小几上吃小炸魚。

老國公偶爾會糾正一下。

孟辭墨的眼神空洞，似只能看到幾個模糊的影子飄來飄去。

翩然而至的江意惜忍住笑，孟辭墨的演技越來越好了。

看到江意惜，孟辭墨差點破功了，想迎上去，生生忍住，給了她一個大大的笑臉後又趕緊平復表情。

江意惜給孟家祖孫屈膝行了禮，便跟他們一起看江洵練武。

不多時，雍王爺和李珍寶來了。

孟老國公祖孫和江意惜姊弟給雍王爺見了禮。

李珍寶脆生生地笑道：「難為孟祖父還記得我的話！」

老國公笑道：「珍寶郡主像雍王爺，爽快、多智！聽江小姑娘說，病好以後要弄個食上，不簡單啊，連名字都這麼不同凡響！」

雍王爺一陣暢快的笑。「那是，愚和大師都說我家寶兒有不同尋常的本事呢！」

李珍寶難得不好意思，拉著雍王爺的袖子撒嬌道：「父王，人家誇你的孩子，你就應該誇人家的孩子，哪能你也跟著誇！」

雍王爺呵呵笑幾聲，看李珍寶的目光更加寵溺。自家閨女在，誰家孩子都入不了他的眼！

庭院花團錦簇，那盆聞名遐邇的「天女散花」已經開到盡頭，枝頭只有零星的幾朵花。一盆三角花還開得正豔，遠看如一片燦爛雲霞。

雍王爺看出閨女喜歡這盆三角花，想討要拿回王府栽種。

李珍寶搖頭道：「江二姊姊那裡的三角花比這盆還水靈茂盛，她已經給我分了株，明年我帶回去。」

孟老爺子看看江意惜，眼裡寫滿了滿意。小丫頭真的聰明，如何栽種花還是自己教她的，她如今養花卻比自己養得還好。這麼聰明的孩子，得抓緊時間說給孫子當媳婦。

眾人去廳堂喝茶。雍王爺和老國公坐八仙桌兩側，孟辭墨坐在老國公下首，江洵挨著他坐。江意惜和抱著花花的李珍寶坐在最末的椅子上，離他們有些遠，自顧自講著悄悄話。

李珍寶瞄了江洵幾眼，悄聲道：「江洵長得不是很像妳，沒有妳好看，也沒有孟大哥好看。」

江意惜不贊同。「妳的眼光太高了，別人都說洵兒長得好，是我家男孩子中最俊俏的！」

「他長得再好也沒用，小屁孩一個，我不喜歡養成，喜歡成熟男。當然，太老也不行，就像孟大哥那麼大，二十出頭正好。還要英俊、幽默、紳士、忠誠，會討女孩子歡心，偶爾製造點小浪漫。妳若有個哥哥就好了，子肖父，肯定對愛情忠誠！」李珍寶眼裡冒著精光，憧憬身體恢復後如何在上京城尋覓自己的愛情。她還沒有開始奮鬥，權勢、財富就都有了，因為抱的大腿太粗壯，根本不愁食上會生意不好。人生唯一的挑戰，就是情哥哥了！

江意惜哭笑不得。江洵什麼都不知道，就被嫌棄了。至於那幾個生僻的詞，因為經常聽李珍寶和花花說話，她已經猜出大概意思。

江意惜也羨慕李珍寶的好命。哪怕自己這種重生女，也不敢太過隨興，怕別人發現端倪。而李珍寶這個穿越女不僅有皇上、太后、雍王這些俗世中的倚仗，還有愚和大師與蒼寂師太這兩位高僧做倚仗，誰也不會把她看成借屍還魂的怪物。

晌飯後，雍王父女回昭明庵，江意惜姊弟回莊子。

江洵連莊子都沒進，秦嬤嬤出來後，幾人便一起回京城了。

次日晌午，江老太太的大丫頭瓔珞來了。

她拿出幾張書契交給江意惜。「老太太讓奴婢交給二姑娘，她說二姑娘長大了，又冰雪聰明，這些東西她也放心交給您了。」

江意惜接過，有吳大伯一家四口、秦嬤嬤一家三口的書契，連水靈一家三口的書契都給了。另外，還有扈莊的書契。

之前，江意惜想著能把吳家和秦家的書契要過來就不錯了，沒想到還有意外驚喜。她覺得，老太太應該沒有這麼聰明和大方，八成是江三老爺相勸了。

江意惜賞了瓔珞四顆銀錁子，車夫兩顆，讓下人陪他們吃了飯，飯後送走。

水靈見自己一家的奴契都到了姑娘手裡，咧著大嘴樂。她特別怕哪天大夫人豬瘋犯了，把她調去別處呢！

八月十五中秋節，孟家祖孫又要回府過節了。走之前的夜裡，江意惜讓花花給孟辭墨帶了封信去，囑咐他在孟家要注意安全。

孟辭墨回信說，為了江姑娘，他也會注意。

江意惜看著信樂了半天。孟辭墨哪裡無趣了？她帶著甜蜜入眠。

雍王爺則帶著全家去昭明庵陪李珍寶過節，這是太后的恩准。太后覺得自己有眾多兒孫陪伴，不願意讓清醒過來的小珍寶孤孤單單過中秋，那孩子已經夠可憐的了。

有花花和啾啾的陪伴，還有這麼多下人，江意惜也不覺得孤單。

晚上，他們坐在院子裡賞月、吃月餅時，院門突然響了起來。

吳有貴跑去問道：「誰？」

「我……江大。」聲音有氣無力。

吳有貴打開門，看到江大鼻青臉腫，嚇了一跳。「哎喲，江大哥，你怎麼了？」說著，把江大扶進了垂花門。

江意惜驚得站了起來。「怎麼了？傷勢嚴重嗎？」

江大回道：「傷勢無妨。」

水靈哭了起來，跑過去扶住哥哥。

江意惜直覺是百子寺的事，她走進屋裡。

江大掙脫水靈的手，一瘸一拐地跟了進去。「姑娘，奴才慚愧，沒有完成任務，還差點送了命……」他連著去百子寺周圍轉了幾天，今天上午就被人用麻袋套著頭打，還好他力氣大又會武功，掙脫著取下麻袋逃跑了。

江意惜面色凝重，百子寺肯定有不可告人的秘密。「你做的非常好。百子寺你就暫時別管了，先歇息幾天養養傷，以後繼續盯著蘇新。」

過些天她得找理由帶著花花去趟廣和寺，那裡離百子寺只有六里多山路，讓花花去百子寺看看。

進入九月，天氣更冷，人們已經穿上夾衣。

孟辭墨的目力日趨康復著，而孟家還有一件大喜事，就是孟辭羽秋試中了舉人。雖然名次不算很靠前，但十六歲的舉人，幾十年來京城只出了兩個。一個是二十幾年前的孟月公爹黃侍郎，一個是今年的孟辭羽。

前世因為跟江意惜訂了親，孟辭羽意志消沈沒中舉，而這一世都變了。據說給孟辭羽說親的人家更多了，孟大夫人挑人挑得眼花。

因為有了跟孟辭墨的濃情，江意惜之前對孟辭羽的恨已經變成了無感。

初九這天早晨，天還未大亮，江意惜就起床了。

她穿著青色比甲、白色中衣褲，還穿了雙後跟有綢帶的繡花鞋。這是李珍寶發明的鞋子，繫上帶子後，鞋不容易脫落，還非常別緻漂亮。梳了單螺髻，往頭髮上抿了很多桂花油，這樣頭髮不容易散亂。

江意惜已經跟江洵聯繫好，姊弟一起去登北郊的玉香山，晚上在玉香山上的廣和寺歇腳。捨近求遠的理由是，青螺山遊人太多。

今天是重陽節，衙門和學堂休沐，許多人會去登高攬勝，或是賞菊、飲酒。

孟家莊幾十盆菊花競相怒放，聽說成國公府今天會闔府前去孟家莊，既是賞菊，也是陪老國公。

秋天，京郊的風景屬西郊的西山最好，漫山楓葉紅似火；南郊青螺山其次，這裡以怪石和山泉聞名遐邇。京城的人最喜歡爬這兩座山。

卯時末出門，由吳有富趕車，江意惜抱著花花，帶著水靈和吳嬤嬤坐上車，直奔北郊而去。

午時初趕到玉香山下的石龜村後，江洵已經帶著江大和旺福等在那裡了。

吳有富和吳嬤嬤沿著盤山路把車趕去廣和寺，其他人徒步上山。

江洵問道：「姊，妳行嗎？要不，妳坐車去廣和寺，從那裡爬。」

江意惜笑道：「弟弟小看我了，在莊子裡，我也去爬過青螺山，能爬很高呢！」

花花跳下地，跟在他們腳邊往上爬著。

兩刻多鐘後，江意惜等人路過一座寺廟。

江大說道：「二姑娘，那裡就是百子寺。」

百子寺不大，廟門人來人往，婦人居多。上空飄著裊裊青煙，一看香火就很旺。

江洵笑道：「已經晌午了，咱們進去吃了齋飯再爬山？」

江意惜以時間緊為由，沒進去，而是去了不遠處的一座亭子裡吃自帶的點心和水。

吃完飯，江意惜把花花抱起來，走去亭子外望風景，小聲對花花說道：「記著，就是那裡。」

花花認路極其厲害，江意惜不怕牠會在同一座山裡迷路。

未時末，他們爬上一座小山峰，望了遠，江洵又作了一首詩，眾人才往下走，去廣和寺。

申時到了廣和寺，除了江大和花花，其他幾人都累得筋疲力盡。

吳嬤嬤已經在寺後訂了一個小院，江意惜姊弟住上房的東西屋，剩下幾個下人住三間廂房。

剛進屋，水靈就發現花花不見了，嚇得驚叫起來。

江意惜道：「無事，花花記路。之前牠跑去山裡幾天，還不是找得到路回來。」說是這樣說，心裡還是七上八下，擔心小東西。

夜裡江意惜迷迷糊糊，睡不踏實，不時擔心地透過紗帳望向半開的小窗。

花花是凌晨回到江意惜住的小屋，牠爬上床說道：「我打探清楚了，百子寺是青樓！」

「青樓?!」江意惜吃驚極了。

花花喵喵叫道：「嗯，我看到寺裡住了幾個求子的女人，有一個女人被迷暈後，一個和尚跑進她屋裡，做我前主人和馬二郎最愛做的事。還有個老和尚說，今天的女人俊俏，可惜公子沒來。我前主人說這事只能夫妻二人做，既不是夫妻，又不在家裡，做這事的地方就是青樓。嘖嘖嘖，和尚和廟子還做這種事，阿彌陀佛！」小東西難得地唸了一聲佛。

儘管花花說得詞不達意，江意惜還是聽明白了。那些人真是喪盡天良，褻瀆神靈！

她神情嚴肅下來，坐起身靠在床頭想心事。她記得師父說過，女人生不出孩子不光是女人的毛病，許多時候是男人有病。若女人的丈夫有病，她又跟沒有病的男人睡過，就有可能懷孕了。怪不得傳說去百子寺求子靈驗，原來是因為這樣。

女人被迷暈了，有些根本不知發生過什麼事，即使知道了也不敢說出去。這種女人應該多為貧困女子，陪伴的人少，哪怕洩漏出去寺裡也不會認。有「公子」參與進去，說明這個寺的背後有俗世中的勢力，若有漂亮又沒身分的女人來求子，就會讓「公子」來「獵奇」。

既然趙元成和蘇新去過，而蘇新是新進京的人，那背後的勢力應該跟趙元成有關。

前世，在事情敗露後，蘇新逃跑時不慎掉下懸崖摔死，還在他身上找到一封孟月的信，邀蘇新去她那裡一聚，說自己被公婆丈夫苛待，不想活了，還說下人會「睡得很沈」。

江意惜之前一直想不明白，也不知道蘇新哪裡來的膽子，敢去睡成國公的長女、黃侍郎與晉寧郡主的兒媳。

蘇新的父親雖然是二品武官，但跟孟家和黃家的勢力完全無法比。

她現在有些想通了，蘇新很有可能根本不知道要睡的是誰，只因為之前嚐過甜頭，以為是求子的漂亮婦人就去睡，事情鬧出來後被人滅了口，那封信是他死後被人放進衣內的。

而且，要裡應外合，孟月的貼身奴才中就必須有水露那樣的奸細。

只一項她還沒想通，內宅中的孟月怎麼會跟蘇新有交集？因為只有他們有了交集，這個劇才能順利演下去。

孟月回府後就上吊自殺了，黃家覺得是奇恥大辱，把信和屍首都交給了成國公夫婦。成國公夫婦也覺得丟人，不知把孟月埋在了哪裡，連個石碑都沒立。

由於是醜事，孟、黃兩家也都沒報官。

那時孟辭墨即將失明又剛回京不久，孟月從來不跟他講心裡話，整個國公府由成國公夫婦把持，哪怕他有所懷疑，也沒有能力為孟月討公道。至於老國公，他不瞭解孟月，或許真的相信孟月受不了婆婆苛待、丈夫冷漠才做下醜事。他不能為孟月討公道，只能在之後想盡辦法打擊黃家，從此孟、黃兩家更加交惡。

江意惜氣得胸口痛。那個傻女人，最後得到這個下場，卻還幫著害她的人，排斥最關心她的孟辭墨。

花花問道：「主人讓我去夜探，是妳前世時出了什麼事嗎？」

江意惜點頭。「嗯，是孟辭墨的姊姊……」她大概講了一下孟月的事。

花花搖頭道：「胸大無腦。」

「這是什麼話？」

「李珍寶那個世界的話，意思是女人身材好，智力就不好，泛指傻美人。唉，我之前願意跟李珍寶，不止是因為她福氣好，還因為跟她有共同語言，哪裡像妳，啥都不懂……」

江意惜沒理小東西的碎碎唸，繼續想著該怎麼幫孟月避禍？還要揭發百子寺，不能讓那裡的和尚繼續禍害女人。

天亮後，江洵看到花花回來，高興地把牠抱了過去，他也擔心了一宿。

吃過早飯，幾人坐車下山。

江洵和江大幾人直接回京城，江意惜幾人去了江大夫人在北郊這裡的嫁妝莊子。莊頭周二強是江大夫人乳娘的兒子，水珠是周二強的媳婦。

江意惜沒進村，而是去了村外的一個茶肆。茶肆非常簡單，只有一個茅草頂，底下擺了幾張桌子，坐著幾個路人和喝茶的閒漢。不僅賣茶水，還賣包子、饅頭。

江意惜走去離茶肆不遠的一棵古榕樹下，雖然掉了許多葉子，還是能遮陽。

吳有富給了茶肆老丈五十文錢，借了一張桌子、幾把椅子，又要了幾碗茶水。

江意惜寧可坐在這裡也不願意去那個莊子。前世，江家大房不止主子看不上二房孤兒，奴才同樣看不上，否則水露不敢背叛前世的她，周二強也不敢如此欺負她從前的大丫頭。

她讓吳嬤嬤去叫水珠。為了讓水珠順利出來，以後少挨打，江意惜捏著鼻子拿出二兩銀子讓吳嬤嬤送給周二強。

一刻多鐘後，吳嬤嬤帶著一個女人走過來。

吳嬤嬤沈著臉，她既氣周二強把水珠折磨得不成人形，又氣他對自家姑娘的無禮。如今不說老太太，連江伯爺對二姑娘的態度都有了轉變，那個周二強的架子還端得足足的。給了他二兩銀子，他只鼻子「嗯」了一聲，弄得好像二姑娘要巴結他一樣，什麼東西！

她們走近了，江意惜的眼圈都紅了。不到三年，那個清秀的水珠已經變得面目全非。面色蒼白，很瘦，眼角有了皺紋，感覺年近三十，但她今年才剛剛十八歲。

有一個大嬸從這裡路過，她大著嗓門笑道：「周太太，聽說妳三個月前去百子寺求了子，這就懷上了？哎喲，百子寺可真靈驗，趕明兒得再讓我家老二媳婦去！」

水珠紅了臉，跟那個婦人強扯出幾絲笑。

江意惜看看水珠，哪怕她變化再大，跟鄉下媳婦也不一樣，不僅面皮白，氣質也要好很多。水珠略顯尷尬的表情讓江意惜心裡一沈，難道她也是……

水珠來到江意惜跟前，跪下磕了個頭，哭道：「奴婢以為這輩子再看不到二姑娘了！」

江意惜起身把她扶起來，難過地說：「之前是我大意了，不知道周二強那麼壞。若早知道，拚著得罪大夫人，也不會讓妳嫁給那個惡棍。」

水珠哭道：「這是奴婢的命，姑娘無須為奴婢難過。」

江意惜道：「妳是我的丫頭，我不會一直讓妳被那個人欺負。等著，我會讓人收拾周二強，強迫他跟妳和離。」她拿孟月的奴才沒辦法，但拿捏武襄伯府一個在鄉下的奴才，孟連山等人就能辦到。何況，周二強那麼壞的人，肯定不乾淨。她又問：「妳知道周二強犯過的罪行嗎？有證據更好。」

水珠道：「那個死鬼和他的兩個兒子沒一個好東西，他們偷偷提高田租吃差價，還逼租打死過人。」事後，他們私下賠了苦主家十兩銀子，又連逼帶嚇唬，苦主只得忍氣吞聲，不敢告發。

吃田租差價江意惜不感興趣，貪也是貪江大夫人的。逼死人嘛……民不告、官不糾，但若有人告了，成國公府再加一把火，官府就不能不徹查了。

江意惜詳細問了經過。回去就跟孟辭墨說，讓人給苦主家幾兩銀子，由苦主去縣衙狀告周二強父子，孟家人再去敲打縣令。

她又問：「妳懷孕多久了？」

水珠紅了臉，囁嚅道：「兩個多月。」

江意惜示意其他人走遠些，她先不好意思地抿抿嘴，然後才似下定決心，悄聲說：「我聽說，來百子寺求姻緣也很靈驗——」

她的話還沒說完，水珠就驚恐地阻止道：「別，姑娘千萬不要去那裡！」覺得自己失態了，又趕緊道：「百子寺小，靈驗都是傳說，奴婢懷孕，也是湊巧了。姑娘應該去報國寺、廣和寺這些大寺廟，昭明庵也不錯，離扈莊又近。」

江意惜固執道：「都說百子寺靈驗，妳一去那裡就懷了孕，哪裡是湊巧？妳也知道，我是孤女，終身大事不自己考慮，那些人根本不會真心幫我。」

水珠見姑娘一臉倔強，根本聽不進自己的勸，捂著嘴無聲流出淚來。看看周圍，又趕緊把眼淚抹去。

自己命苦，嫁了個混帳老男人。第一個孩子被打到掉，她便不想再要孩子了。自己不知道還能活多久，那兩個小混帳不會對自己的孩子好。可那個死鬼男人就是想要個老來子，她兩年沒懷上，就逼她去百子寺求子，結果卻遇到那種事……

無論如何不能讓姑娘去那裡！姑娘這麼俊俏，那些壞人怎麼可能放過她？水珠覺得自己已經這樣了，說不定哪天就會被那個死鬼打死，名聲算什麼？便鼓足勇氣悄聲說道：「姑娘，百子寺不妥，是、是……是淫窩。奴婢在誦經的時候，意外睡著了，等到醒來才發覺、發覺……」見姑娘怔怔地望著她，水珠羞得滿臉通紅，捂著嘴不讓自己哭出來。她覺得不說明白，姑娘根本不懂那些事，便又咬牙說道：「發覺奴婢被人強暴了。走的時候，一個惡僧還威脅奴婢……」那個和尚說「佛說，我不入地獄，誰入地獄？女施主求子，我們盡一切可能幫了。若懷了孩子，不需要妳來道謝，心裡念著我們的好即可。若敢胡說八道誣衊我們，妳會萬劫不復，而我們背後有人，不會被撼動絲毫」。那個惡僧四十幾歲，看著慈眉善目，說出來的話卻如冰錐刺骨！「奴婢懷的這個孩子，不知是那個死鬼的，還是那個惡僧的……」說完，水珠緊緊咬住嘴唇，不讓自己哭出來。

真的是這樣！儘管江意惜已經有所猜測，還是心疼地看著眼前這個女人。她連哭都不敢哭，卻有勇氣說出這個或許會令她萬劫不復的秘密。

江意惜的眼淚也湧了上來，又強壓下去，說道：「我知道了，謝謝妳告訴我這個秘密，我不會去那裡了。妳好好保重，我會盡快讓人來救妳，脫離周二強。」

「真的能讓我跟那個死鬼和離嗎？」水珠眼裡又燃起希望。

江意惜道：「當然能。我爹救了成國公世子，老國公和孟世子對我和洵兒非常好，他們會幫忙的。這事妳萬莫跟第二個人吐露，也不能讓周家人看出端倪，一定要保護好自己。」

江意惜給了她幾塊碎銀，又讓吳嬤嬤去村頭割幾斤肉給她。不是江意惜捨不得多給，而是這點銀子或許她才能保住。

江意惜坐上騾車，閉著眼睛想心事。或許真如花花說的那樣，重生人和穿越人總是比平常人幸運。她正愁該如何跟孟辭墨說百子寺的事，水珠居然也是百子寺的受害者。用水珠牽出百子寺，順理成章。

端掉百子寺好辦，甚至在百子寺捉趙元成和蘇新的醜事也好辦，但要讓孟辭墨知道趙家和付氏要利用蘇新害孟月，就要找個適當的契機了。

只得先說水珠的家事，水珠在百子寺的遭遇容後再說。至於蘇新，必須讓江大跟緊了。若他們計劃提前，得趕緊想辦法通知孟辭墨。

花花聽到剛才江意惜和水珠的談話，也是驚掉了下巴。「原來那裡叫淫窩，而不是叫青樓啊！人類真是太有學問了，一個意思可以有好多種說法……」

江意惜心裡難受，根本沒心情搭理牠。

原本計劃去通林縣城吃晌飯，再逛逛街，如今江意惜也不想去了，只在路過的小鎮吃了碗麵，買了些吃食和調料，就急急往回趕。

回到莊子已是未時末，她覺得身心疲憊，躺上床歇息。

啾啾見自己叫了半天「花兒、佳人」，主人都沒搭理自己，又生氣了，大罵著「滾」。

水香怕牠吵著主子，只得將牠拎去外院廚房，再把門關上。

——未完，待續，請看文創風1170《棄婦超搶手》2

為流浪貓狗加油 和貓寶貝 狗寶貝 廝守終生(一定要終生喔！)的幸福機會

對人來說，貓寶貝狗寶貝只是生活的一部分，但妳（你）對牠們來說，卻是生活的全部，領養前請一定要考慮清楚——

▲ 喵系活力美眉——肉鬆

性　　別：女生
品　　種：米克斯
年　　紀：約1歲半
個　　性：害羞、容易緊張，熟悉之後很愛撒嬌
健康狀況：已結紮，已施打八合一和狂犬疫苗
目前住所：花蓮縣壽豐鄉（中途愛媽家）

本期資料來源：鍾小姐

『肉鬆』的故事：

當時還是幼崽的肉鬆，被狗園救援收容，之後因結紮需要照顧，所以先暫時帶回家，但相處下來發現肉鬆脾氣非常好，認為牠值得擁有專屬自己的家。

不要看肉鬆瘦瘦的，牠的力氣很大，爆發力十足，跑步、跳高都難不倒牠！出外溜達時最好抓緊牽繩，以免牠到陌生的地方會因緊張而暴衝。已學會坐下、握手、趴下的基本指令，而且超愛撒嬌，喜歡在人身後當個跟屁蟲，也很親狗，甚至可以把到口的食物讓給其他狗狗，不過可別以為牠不愛吃，要說最不挑食又愛吃的狗狗，絕對非牠莫屬！

肉鬆是個十分享受家庭生活的毛小孩，會自己找個安全的角落當牠的窩，收放牠的娃娃和玩具，還會趁人不注意偷走沒收好的小物件。因為還是個小朋友，所以很喜歡耐咬的寶特瓶和娃娃，也會像貓咪一樣窩在紙箱裡，無論箱子多小都想塞進去，甚至連洗衣籃也可以跳進去玩樂。

如果您家的毛孩子還缺個玩伴，就讓肉鬆美眉加入吧，保證全家歡樂翻倍。手機輸入Line ID：wendy5472或直撥0910220008，鍾小姐很樂意為您介紹肉鬆之樂在何處！

認養資格：

1. 認養人須有責任心，為肉鬆定期施打預防針、心絲蟲預防藥和驅蟲。
2. 不放養、不鍊養，出門務必上牽繩，不餵食人類的廚餘和骨頭。
3. 須同意簽認養寵物切結書，並植入晶片。
4. 須同意送養人日後之追蹤家訪，半年內偶爾回傳照片，對待肉鬆不離不棄。

來信請說明：

a. 個人基本資料：姓名、性別、年齡、家庭狀況、職業與經濟來源等。
b. 想認養肉鬆的理由。
c. 過去養寵物的經驗，及簡介一下您的飼養環境。
d. 若未來有結婚、懷孕、出國或搬家等計劃，將如何安置肉鬆？

初試啼聲　驚豔四座／灩灩清泉

2015年11月出版

寡妻怕夫纏

她自認心臟夠大顆，沒談過戀愛就出車禍穿越了沒關係！
一穿越就變成寡婦，還帶個拖油瓶也沒關係！
成日忙著賺錢謀生，還要應付難搞親戚統統沒關係！
但是那無緣相公竟還活著，甚至渴望與她再續前緣?!
這這這……大大有關係啊！

文創風 350 1

江又梅辛苦打拚大半生，一場車禍卻讓所有成就統統歸零，
不但上演荒謬的穿越戲碼，醒來還有個五歲男孩哭著喊她娘！
定睛一瞧才發現身處的屋子還真是家徒四壁，隨時都有斷糧危機……
也罷，山不轉路轉，要知道，女強人的字典裡沒有「服輸」兩個字，
憑她聰明的商業頭腦、勤快的設計巧手，還怕翻不了身？
哪怕孤兒寡母日子大不易，她也能為自己、為兒子掙得一片天！

文創風 351 2

要在古代生存沒有想的那麼簡單，小自美食服飾，大至農耕投資，
江又梅包山包海，力拚第一桶金，誓要讓兒子小包子過上寬裕日子，
偏偏寡婦門前是非多，前有親戚碎嘴，後有惡鄰逼嫁，
連坐在家中都能遇上侯府世子爺，要求暫住養傷，還不許人拒絕！
這世子爺可不是顆軟柿子，問題出在他看她的眼神竟藏著太多憐惜，耐人尋味，
更令人發毛的是，他長得極為眼熟，分明是放大版的小包子，
這……不會是她想的那個答案吧？不妙，大大不妙！

文創風 352 3

當一切蛛絲馬跡都指向，他極可能是她那早該屍骨無存的「前夫」，
侯府為了不讓血脈流落在外，甚至情願明媒正娶，也要迎她入門，
但難道高高在上的世子要求再續前緣，她就該心存感激笑著接受？
更何況她的事業正待展翅高飛，才不想嫁人束縛自己，
怎奈小蝦米鬥不過大鯨魚，她哪裡有選擇的餘地？
既然逃不掉嫁人的宿命，江又梅只能爭取析產別居，
留在鄉下，遠離京城是非地，對這沒有感情的丈夫眼不見為淨！

文創風 353 4

江又梅本打算與丈夫分隔兩地、各過各的生活，從此相安無事，
豈料他竟死活賴著不走，猛烈攻勢讓她招架不住，險些束手就擒，
然而儘管他再三起誓不會再有別的女人，卻敵不過四面八方的壓力，
這不，連太后都要親自指婚賜平妻，若抗旨可是掉腦袋的事！
眼看距離幸福只差一步，辛苦建立起的踏實日子卻危在旦夕，
如今又回到進退兩難的窘境，下一步該如何是好?!

文創風 354 5 完

身在豪門，隨時都有禍事臨門——
相公才躲過抗旨拒婚的死罪，被逼往窮山惡水剿匪去，
好不容易凱旋而歸，卻又捲入皇位爭奪的風波中！
當年他為了不負誓言，拚死抗旨，教她動容不已，
兩人攜手走過這番風雨，早已在患難中生了真感情，
哪怕局勢凶險，侯府上下再度面臨抄家滅門的危機，
只要能與他生死與共，不論天涯海角、黃泉碧落，她都甘之如飴！

兩心相悅 琴瑟和鳴／灩灩清泉

2017年7月出版

錦繡榮門

穿成貧戶又怎樣，翻身靠的是實力！
看小小農女如何逆轉命運，帶領家人邁向錦繡錢程——

文創風 541 **1**

因為被勾錯魂而小命休矣，居然還得等待六年才能投胎，
錢亦繡只好晝伏夜出，用阿飄的身分在未來家門附近徘徊兼打探。
但這家的遭遇也太悲慘，人窮被人欺，小孫女竟被村民欺負致死，
既然重活機會是犧牲一條珍貴性命換來的，她絕不能辜負！
誰說小農家沒未來啊，看她帶家人把黑暗農途走成光明錢途～～

文創風 542 **2**

讓家裡吃飽喝足只是起點，她的發家大計才剛開始吶！
但在外闖蕩豈為易事，幸好有出身衛國公府的梁錦昭相助，
雖是不吵不相識，他卻大方地幫她賺銀子，還帶人保護她家店鋪。
眼看家業如願興旺，但失蹤的爹爹被證實陣亡，回不來了！
多年盼望成空，面對喪親之痛，她該怎麼安慰家人、繼續往前呢？

文創風 543 **3**

自從認識梁錦昭後，蒙他照拂，家裡的生意做得風生水起，
他的好，她默默記在心頭，得知他為癲癇所苦，求醫未果，
既然山中有靈藥能治，她當然要冒險去取，以回報他的恩惠。
錦繡行的買賣蒸蒸日上，去京城大展鴻圖的時機來臨，
但她沒想到，這回離家打拚，竟是一連串變化的開端……

文創風 544 **4**

外族進犯，大病初癒的梁錦昭主動請纓，追隨寧王上陣，
好！凌雲之志不可擋，錢亦繡決定用海外生意助他一臂之力。
大乾漂亮完勝，但這結果竟帶來意想不到的衝擊——
原來，和她一起長大的哥哥不是錢家人，乃寧王流落在外的血脈！
寧王決定接回兒子，同甘共苦的家人被迫分離，她該如何是好……

文創風 545 **5**

因撫養皇嗣有功，原本窮得餓肚皮的錢家變成大乾貴族，
但京城豈是好待的地方，寧王大業未成，也遭受各方打壓，
錢亦繡明白，此攸關家裡與哥哥的前程，遂掏出銀子襄助。
不過老天爺似乎嫌狀況不夠多，哥哥與梁錦昭居然先後對她告白 ?!
她幾時變成好媳婦人選的？看著兩人眼中的期待，她完全傻了……

文創風 546 **6** 完

為保大乾平安，錢亦繡決定再冒險一次，與梁錦昭扶持寧王登基，
原以為一切塵埃落定，沒想到今生最大的考驗竟在這裡等著她！
唉，做生意賺銀兩她在行，但要選個良人嫁，就太讓人頭疼了，
梁錦昭與太子哥哥的攻勢猛烈，她招架不住，壓力如山大啊……
如果非挑一個不可，誰才是她幸福的歸宿呢？

文創風

1169

棄婦超搶手 1

國家圖書館出版品預行編目資料

棄婦超搶手 / 灩灩清泉著. --
初版. -- 臺北市 : 狗屋出版社有限公司, 2023.06
冊 ; 公分. --（文創風 ; 1169-1174）
ISBN 978-986-509-430-0（第1冊 : 平裝）. --

857.7　　112006627

著作者	灩灩清泉
編輯	黃淑珍　李佩倫
校對	吳帛奕
發行所	狗屋出版社有限公司
地址	台北市104中山區龍江路71巷15號1樓
電話	02-2776-5889～0
發行字號	局版台業字845號
法律顧問	蕭雄淋律師
總經銷	知遠文化事業有限公司
電話	02-2664-8800
初版	2023年6月
國際書碼	ISBN-13　978-986-509-430-0

本著作物由起點中文網（www.qidian.com）授權出版

定價280元

狗屋劃撥帳號：19001626

網址：love.doghouse.com.tw　E-mail：love@doghouse.com.tw

版權所有・翻印必究　倘有倒裝、缺頁、污損請寄回調換